AUTORA DO BEST-SELLER *ESTILHAÇA-ME*
# TAHEREH MAFI

São Paulo
2023

Grupo Editorial
UNIVERSO DOS LIVROS

*A very large expanse of sea*
Copyright © 2018 by Tahereh Mafi

© 2021 by Universo dos Livros
Todos os direitos reservados e protegidos pela Lei 9.610 de 19/02/1998. Nenhuma parte deste livro, sem autorização prévia por escrito da editora, poderá ser reproduzida ou transmitida sejam quais forem os meios empregados: eletrônicos, mecânicos, fotográficos, gravação ou quaisquer outros.

**Diretor editorial**
Luis Matos

**Gerente editorial**
Marcia Batista

**Assistentes editoriais**
Letícia Nakamura e Raquel F. Abranches

**Tradução**
Cynthia Costa

**Preparação**
Marina Constantino

**Revisão**
Alline Salles e Marina Takeda

**Diagramação**
Aline Maria

**Capa**
Renato Klisman

Dados Internacionais de Catalogação na Publicação (CIP)
Angélica Ilacqua CRB-8/7057

M161o
    Mafi, Tahereh
        Oceano entre nós / Tahereh Mafi ; tradução de Cynthia Costa. — São Paulo : Universo dos Livros, 2021.
        304 p.

        ISBN 978-65-5609-119-8
        Título original: *A very large expanse of sea*

    1. Literatura juvenil 2. Discriminação religiosa 3. Bullying
    I. Título II. Costa, Cynthia

21-2362                                                                    CDD 028.5

**Universo dos Livros Editora Ltda.**
Avenida Ordem e Progresso, 157 — 8º andar — Conj. 803
CEP 01141-030 — Barra Funda — São Paulo/SP
Telefone/Fax: (11) 3392-3336
www.universodoslivros.com.br
e-mail: editor@universodoslivros.com.br
Siga-nos no Twitter: @univdoslivros

# um

**P**arecia que estávamos sempre nos mudando, sempre para melhor, sempre para melhorar a nossa vida, seja lá o que isso significasse. Eu não suportava mais aquela montanha-russa emocional. Já nem me lembrava mais dos nomes das escolas em que tinha feito o Ensino Fundamental por causa de tantas mudanças, mas aquela mudança constante no Ensino Médio estava começando a me fazer querer morrer. Seria o terceiro colégio em menos de dois anos, e meu dia a dia tinha virado um caos tão grande que às vezes mal conseguia abrir a boca. Tinha medo de que, caso gritasse ou falasse alguma coisa, a raiva escaparia pelos cantos dos lábios e me rasgaria ao meio.

Então, ficava calada.

Era fim de agosto, e o tempo estava quente, com uma brisa ocasional. Estava cercada por mochilas e jeans caros, e adolescentes que pareciam todos feitos de plástico. Pareciam felizes.

Suspirei e fechei com força a porta do meu armário na escola.

Para mim, era apenas mais um primeiro dia de aula em outra nova cidade, então fiz o que sempre fazia no meu primeiro dia em uma nova escola: não olhei para ninguém. As pessoas sempre me olhavam e, quando eu as olhava de volta, entendiam isso como um convite para falar comigo e, quando falavam comigo, quase sempre diziam algo ofensivo ou idiota ou as duas coisas, por isso já fazia bastante tempo que tinha decidido que era mais fácil fingir que elas não existiam.

Consegui sobreviver às três primeiras aulas do dia sem grandes incidentes, mas ainda estava meio perdida na escola. Parecia que minha próxima aula era do outro lado do colégio, e eu ainda estava tentando decifrar a minha localização — conferindo os números das salas com a minha grade horária — quando tocou o último sinal. No tempo que levei, meio atordoada, para olhar para o relógio, a multidão de alunos ao meu redor desapareceu. De repente, fiquei sozinha num longo corredor vazio, com o papelzinho do horário das aulas amassado numa das mãos. Apertei os olhos e xinguei baixinho pra mim mesma.

Quando finalmente encontrei a sala, já estava sete minutos atrasada. Abri a porta, as dobradiças rangeram um pouco e os alunos viraram-se em suas cadeiras. O professor parou de falar, deixando escapar um último som com a boca e com o rosto dividido entre duas expressões.

Ele olhou para mim e piscou.

Desviei o olhar, mesmo sentindo como se a sala estivesse se contraindo ao meu redor. Escorreguei na cadeira vazia mais próxima e tirei um caderno da mochila. Peguei uma caneta. Mal estava respirando, esperando aquele momento passar, esperando que as pessoas se virassem de novo, esperando o professor voltar a falar, quando, de repente, ele pigarreou e disse:

— Bem, como estava dizendo: nosso currículo tem muitas leituras obrigatórias, e pode ser que os alunos novos — hesitou e olhou para a chamada em suas mãos — não estejam acostumados com a intensidade e, hum, com a exigência da nossa escola.

Ele parou. Hesitou novamente. Tentou ler o papel em suas mãos.

E, então, sem mais nem menos, disse:

— Bom, me perdoe se eu estiver pronunciando incorretamente, mas é... *Sharon*?

Ele ergueu a cabeça e olhou diretamente nos meus olhos.

— É Shirin — disse.

Os alunos se viraram para me encarar novamente.

— Ah. — O prof. Webber não tentou pronunciar meu nome novamente. — Bem-vinda.

Não respondi nada.

— Então — ele sorriu. — Você sabe que esta é uma turma avançada de inglês.

Hesitei. Não sabia bem o que ele esperava que eu respondesse depois de uma declaração tão óbvia. Finalmente, disse:

— Sim?

Ele assentiu, riu e disse:

— Querida, acho que você pode estar na turma errada.

Eu queria pedir para ele não me chamar de *querida*. Aliás, queria pedir para ele não me chamar de nada, nunca. Em vez disso, falei:

— Estou na turma certa.

E ergui o meu horário amassado.

O prof. Webber balançou a cabeça, ainda que continuasse sorrindo.

— Não se preocupe, a culpa não é sua. Às vezes isso acontece com alunos novos. Mas a secretaria fica logo ali, no...

— Tô na turma certa, tá? — falei com mais agressividade do que pretendia. — Estou na turma certa.

Aquilo sempre acontecia comigo.

Não adiantava falar inglês sem sotaque estrangeiro. Não adiantava repetir mil vezes que eu tinha nascido ali, nos Estados Unidos, que o inglês era a minha língua nativa, que os meus primos no Irã zombavam do meu pársi medíocre carregado de sotaque americano — nada disso adiantava. Todos presumiam que eu acabara de chegar de uma terra desconhecida.

O sorriso do prof. Webber foi desaparecendo.

— Ah — disse. — Ok.

Os adolescentes à minha volta caíram na risada, e eu senti o meu rosto queimar. Olhei para baixo e abri o caderno novo em qualquer página, esperando que essa ação desse fim à conversa.

Mas não. O prof. Webber ergueu as mãos e falou:

— Ouça! Por mim? É claro que quero que você fique. Mas esta é uma turma bem avançada, e mesmo que eu ache o seu inglês ótimo, ainda assim...

— Meu inglês não é *ótimo* — retruquei. — Meu inglês é perfeito, porra.

Passei o resto da aula na diretoria.

Ouvi um sermão sobre o tipo de comportamento que era esperado dos alunos naquela escola e fui avisada de que, se fosse agir de maneira deliberadamente hostil ou pouco cooperativa, talvez aquele não fosse o lugar certo para mim. E ganhei uma suspensão por usar linguagem vulgar na sala de aula. O sinal para o almoço tocou enquanto o diretor gritava comigo, então, quando ele finalmente me deixou ir embora, peguei as minhas coisas e saí o mais rápido possível.

Não estava com pressa para ir a nenhum lugar; só queria ficar longe das pessoas. Tinha mais duas aulas depois do almoço, mas não tinha certeza se minha cabeça aguentaria. Já tinha atingido minha quota diária de estupidez.

Estava tentando equilibrar a bandeja com a comida no colo, sentada no banheiro, segurando a cabeça com força, quando o meu celular vibrou. Era o meu irmão.

que tá fazendo?
**almoçando**
mentira. tá escondida onde?
**no banheiro**
quê? por quê?
**o que mais posso fazer por 37 minutos?**
**encarar as pessoas?**

E aí ele me falou para sair do banheiro na mesma hora e ir almoçar com ele, porque, pelo jeito, a escola já havia encomendado um bando de amigos novos em folha em homenagem ao rostinho lindo dele, e eu devia me juntar a ele em vez de ficar escondida.

"Não, obrigada", respondi.

Joguei meu almoço na lixeira e fiquei na biblioteca até ouvir o sinal.

Meu irmão é dois anos mais velho que eu; quase sempre frequentamos a mesma escola juntos. Mas ele não odiava se mudar, como eu, nem sempre sofria quando chegávamos a uma nova cidade. Havia duas grandes diferenças entre nós dois: a primeira é que ele era extremamente bonito e a segunda é que ele não andava pelos lugares usando um néon metafórico pregado na testa com os dizeres PERIGO: TERRORISTA.

Não estou brincando. As garotas faziam fila para mostrar a escola para ele. Ele era o novo bonitão do pedaço. O garoto interessante com um passado e um nome interessantes. O garoto atraente e exótico que todas aquelas meninas bonitinhas usariam para satisfazer seu desejo de experimentar coisas novas e de se rebelar contra os pais. Eu tinha aprendido da pior forma possível que não podia almoçar com a turma dele. Toda vez que eu chegava, com o rabo entre as pernas e o orgulho esquecido, levava menos de cinco segundos para me dar conta de que a única razão pela qual as amiguinhas do meu irmão eram legais comigo era porque queriam me usar para chegar ao meu irmão.

Preferia almoçar no banheiro.

Dizia a mim mesma que não estava nem aí, mas é claro que eu me importava. Tinha de me importar. As notícias me impediam de respirar. O 11 de setembro havia sido há um ano, duas semanas após o início do meu primeiro ano do Ensino Médio, e, algumas semanas depois, dois caras haviam me atacado enquanto eu voltava para casa. A pior parte — a pior parte — foi que levei dias para superar a negação; levei dias para entender o *porquê*. Havia desejado que o que eles tinham feito tivesse uma explicação mais complexa, de que haveria mais do que ódio puro e cego por trás daquilo. Queria que houvesse outra razão para dois estranhos me seguirem até em casa, outro motivo que explicasse por que arrancaram o véu da minha cabeça e tentaram me sufocar com ele. Eu não entendia como alguém poderia ter tanta raiva de mim por algo que eu não tinha feito, tanta raiva que justificasse me agredir à luz do dia, no meio da rua.

Eu não *queria* entender aquilo.

Mas era assim.

Minhas expectativas não eram altas quando nos mudamos para cá, mas, ainda assim, lamentei quando percebi que a escola não parecia melhor do que a última. Estava presa em outra cidade pequena, confinada em outro universo povoado pelo tipo de pessoa que apenas via rostos como o meu nos noticiários, e eu odiava isso. Odiava os meses exaustivos e solitários que seriam necessários para me estabelecer na nova escola; odiava o tempo que demoraria para os colegas perceberem que eu não era nem aterrorizante nem perigosa; odiava o esforço patético e atroz que seria necessário para eu fazer uma única amiga corajosa o suficiente para se sentar ao meu lado em público. Eu já havia revivido esse ciclo horroroso tantas vezes, em tantas escolas diferentes, que às vezes minha vontade era de realmente bater a cabeça na parede. Tudo que mais queria no mundo era ser o mais comum possível. Queria saber como era atravessar uma sala sem ser encarada por ninguém. Mas uma única olhada pela escola tinha arrancado de mim quaisquer esperanças de que pudesse me misturar.

O corpo discente era, em sua maior parte, uma massa homogênea de cerca de dois mil alunos aparentemente apaixonados por basquete. Eu já havia passado por dezenas de pôsteres — e uma enorme faixa pendurada sobre a entrada — celebrando um time cujo campeonato ainda nem havia estreado. Havia grandes números em preto e branco colados nos corredores, placas dizendo para contarmos os dias até o primeiro jogo da temporada.

Eu não gostava de basquete.

A única coisa que estava contando eram as coisas idiotas que tinham me dito durante o dia. Já haviam sido quatorze quando, conforme me dirigia até a próxima aula, um garoto passou por mim no corredor e perguntou se eu usava aquela coisa na cabeça porque estava escondendo bombas por baixo. Eu o ignorei, aí o amigo dele disse que talvez eu fosse secretamente careca. Eu também o ignorei, e então um terceiro falou que eu devia ser, na verdade, um homem disfarçado. Aí mandei todos para aquele lugar enquanto eles comemoravam a quantidade de hipóteses que haviam sido capazes de levantar. Eu não tinha ideia da cara dos imbecis porque não olhei na direção deles, mas estava contando dezessete, *dezessete*, quando cheguei à sala muito antes do horário e tive de esperar, no escuro, até os outros alunos chegarem.

Aquelas injeções regulares de veneno administradas por estranhos eram, definitivamente, o pior lado de usar um véu. Mas o melhor lado era que os professores não conseguiam me pegar ouvindo música.

O véu era o disfarce perfeito para os meus fones de ouvido.

A música tornava o meu dia muito mais fácil. Caminhar pelos corredores da escola ficava mais fácil; passar o dia sozinha ficava mais fácil. Eu adorava o fato de que ninguém conseguiria dizer que eu estava ouvindo música e de que, porque ninguém sabia, nunca me pediam para desligar. Sobrevivi a várias conversas com professores que não tinham ideia de que eu estava ouvindo apenas metade do que diziam e, por alguma razão, isso me deixava feliz. A música parecia me sustentar como se fosse um segundo esqueleto; eu me apoiava nela quando os meus ossos pareciam abalados demais para me manterem em pé. Eu sempre escutava música no iPod que tinha roubado do meu irmão e, assim — como no ano anterior, quando ele o tinha comprado —, eu andava de sala em sala como se estivesse embalada pela trilha sonora da porcaria do meu próprio filme. Isso me dava um tipo inexplicável de esperança.

Quando a última aula do dia finalmente acabou, eu já estava assistindo o professor no mudo. Minha mente vagava; continuava olhando o relógio, desesperada para escapar dali. Naquele dia, eram os Fugees que estavam preenchendo os buracos na minha cabeça enquanto eu brincava com o meu estojo, virando-o de um lado para outro nas mãos. Eu adorava lapiseiras. Tipo, das boas. Tinha uma pequena coleção, que havia ganhado de uma antiga amiga de quatro mudanças atrás. Ela as havia trazido do Japão, e eu tinha ficado ligeiramente obcecada. Elas eram delicadas, coloridas e brilhantes e vinham com borrachinhas bonitinhas num estojo fofo, com uma estampa de ovelhinha que dizia *Não me tose só porque sou uma ovelha*. Eu sempre tinha achado a frase engraçada e estranha e estava sorrindo de leve enquanto me lembrava dela, quando alguém bateu no meu ombro. Com força.

— Que foi? — reagi me virando na mesma hora, falando alto sem querer.

Um cara. Ele pareceu assustado.

— Que foi? — repeti em voz baixa, já irritada.

Ele disse algo, mas não consegui ouvir. Tirei o iPod do bolso e apertei o *pause*.

— Ah. — Ele piscou e sorriu, mas pareceu confuso. — Você está ouvindo música por debaixo?

— Posso te ajudar?

— Ah... Não. Não, eu só bati o meu livro no seu ombro. Sem querer. Estava tentando me desculpar.

— Tudo bem. — Me virei e liguei a música de novo.

O dia acabou.

11

As pessoas tinham assassinado o meu nome, os professores tinham parecido não saber o que fazer comigo. O de matemática, assim que tinha batido os olhos em mim, fizera um discurso de cinco minutos para a classe sobre como pessoas que não amavam o país deviam simplesmente voltar para o lugar de onde tinham vindo, e eu fiquei olhando tão fixamente para o meu livro que depois levaria semanas para tirar a equação do segundo grau da cabeça.

Nenhum dos meus colegas de classe falou comigo, ninguém além do garoto que bateu sem querer no meu ombro com seu livro de biologia.

Queria não me importar com nada disso.

Naquele dia, voltei para casa tanto aliviada como arrasada. Exigia muito de mim manter a guarda sempre alta para me proteger do sofrimento, e, no fim de cada dia, eu ficava tão exaurida pelo esforço emocional que às vezes sentia todo o meu corpo trêmulo. Estava tentando reganhar o equilíbrio enquanto caminhava pelo silencioso trecho de calçada que me levaria para casa — tentando sacudir a névoa pesada e triste da minha cabeça — quando um carro diminuiu a velocidade para que uma senhora tivesse tempo de gritar que eu estava nos Estados Unidos e que não devia me vestir daquela forma, e eu estava tão, não sei, tão acabada que não tive forças nem para ficar com raiva, nem mesmo quando lhe mostrei o dedo do meio conforme o carro se afastava.

*Mais dois anos e meio,* foi tudo que consegui pensar.

Mais dois anos e meio até que pudesse me livrar daquela prisão chamada escola, daqueles monstros chamados de pessoas. Eu estava desesperada para escapar da instituição dos idiotas. Queria ir para a faculdade, construir minha própria vida. Só tinha de sobreviver até lá.

2 *dois*

Meus pais, na verdade, eram muito legais, pelo menos tanto quanto seres humanos podem ser. Eram orgulhosos imigrantes iranianos que trabalhavam duro, o dia todo, para tornar a minha vida — e a vida do meu irmão — melhor. Cada mudança era para nos levar para um bairro melhor, para uma casa maior, para escolas melhores que nos dariam um futuro melhor. Lutavam sem parar, meus pais. Empenhavam-se sem parar. Eu sabia que eles me amavam. Mas é bom você saber, logo de cara, que eles tinham zero compaixão pelos meus problemas, que consideravam ser normais.

Meus pais nunca falavam com meus professores. Nunca ligavam para a escola. Não ameaçaram ligar para a mãe de um garoto que tinha atirado uma pedra na minha cara. Eu sempre fui caçoada pelo meu nome/raça/religião e classe social, mas minha vida era tão fácil em comparação com a que meus pais tinham vivido, que realmente não conseguiam entender por que eu não acordava feliz e contente todas as manhãs. A história do meu pai era tão louca — ele havia saído de casa, sozinho, para ir para os Estados Unidos aos dezesseis anos — que a parte em que tinha sido convocado para lutar na Guerra do Vietnã parecia só um detalhe. Quando eu era criança e dizia à minha mãe que as pessoas eram más comigo na escola, ela passava a mão pela minha cabeça e me contava histórias sobre como tinha passado por uma guerra e uma revolução de verdade, e sobre como tinham partido seu crânio no meio da rua quando ela tinha quinze anos enquanto sua melhor amiga era destripada como um peixe, então, ora, por que você não come seu cereal e vai logo para a escola, sua americaninha ingrata?

Eu comia meu cereal. E não falava mais sobre isso.

Eu amava meus pais, realmente amava. Mas nunca falava com eles sobre as minhas dores. Era impossível conseguir a compaixão deles quando pensavam que eu tinha sorte de frequentar uma escola em que professores apenas *ofendiam*, não *batiam* de fato em ninguém.

Então, eu nunca mais disse nada.

Quando chegasse em casa da escola, daria de ombros para as perguntas dos meus pais sobre o meu dia. Faria minha lição de casa; me manteria ocupada. Eu lia muito. É um clichê, eu sei, a menina solitária com seus livros, mas o dia em que meu irmão entrou no meu quarto e jogou um exemplar de *Harry Potter* na minha cabeça dizendo "Ganhei na escola, parece uma coisa da qual você gostaria" foi um dos melhores dias da minha vida. Os poucos amigos que eu tinha feito que não viviam apenas nos livros haviam se tornado apenas memórias, e mesmo essas estavam desaparecendo rapidamente. Eu perdia muita coisa nas nossas mudanças de casa — tralhas, coisas, objetos —, mas nada doía mais do que perder as pessoas.

De qualquer forma, em geral, eu vivia sozinha.

Meu irmão, por outro lado, estava sempre ocupado. Ele e eu costumávamos ser próximos um do outro, melhores amigos, mas um belo dia ele percebeu que era descolado e bonito e que eu não era, que na verdade a minha existência assustava as pessoas, e, sei lá, acabamos nos afastando. Não havia sido de propósito. Mas ele sempre tinha gente para ver, coisas para fazer, meninas para quem ligar, e eu não. Porém, eu gostava do meu irmão. Amava, até. Ele era um cara legal quando não estava me enchendo o saco.

Sobrevivi às três primeiras semanas na nova escola sem muito para contar. Nada de empolgante. Um tédio. Eu interagia com pessoas apenas nos níveis mais básicos e superficiais e passava a maior parte do tempo ouvindo música. Lendo. Folheando revistas de moda. Eu adorava a moda elaborada à qual nunca teria acesso e passava meus fins de semana vasculhando brechós, tentando encontrar peças que lembravam meus *looks* favoritos das passarelas e, mais tarde, no silêncio do meu quarto, tentava recriá-los. Mas minha habilidade com a máquina de costura era medíocre; eu costurava melhor à mão. Ainda assim, quebrava agulhas e me espetava acidentalmente, aparecendo na escola com muitos curativos nos dedos, o que levava meus professores a me lançarem olhares ainda mais estranhos do que os de costume. Mas era uma distração. Ainda estávamos em meados de setembro, e eu já estava me esforçando para dar a mínima para a escola.

Depois de outro dia empolgadíssimo na prisão, desabei no sofá de casa. Meus pais não haviam chegado do trabalho ainda, e eu não sabia onde meu irmão estava. Suspirei, liguei a televisão e tirei meu véu. Desmanchei o rabo de cavalo, passei a mão no cabelo e me joguei no sofá.

Havia reprises de *Matlock* na TV todas as tardes exatamente àquela hora, e não tinha vergonha de admitir em voz alta que eu amava essa série. Amava *Matlock*. Produzida antes de eu nascer, contava a história de um advogado bem velho e bem caro chamado Matlock, que resolvia crimes por uma tonelada de dinheiro. Na atualidade, era popular apenas entre idosos, mas isso não me incomodava. Muitas vezes eu me sentia como uma velha presa no corpo de uma jovem; Matlock era um dos meus. Só precisava de uma tigela de ameixas secas ou um pouco de purê de maçã para completar o programa, e estava me perguntando se ainda haveria algo na geladeira quando ouvi meu irmão chegando em casa.

De início, não liguei. Ele gritou um olá, e eu só emiti um som esquivo; Matlock estava dando um show e eu não queria desviar o olhar.

— Ei, você não me ouviu?

Levantei a cabeça. Vi o rosto do meu irmão.

— Trouxe alguns amigos — ele disse, mas não entendi muito bem até um dos garotos aparecer na sala.

Levantei tão rápido que quase caí.

— *Mas que diabos,* Navid? — o repreendi e agarrei meu lenço.

Era um xale de *pashmina* confortável, em geral muito fácil de usar, mas me atrapalhei naquela hora, um pouco estabanada, e acabei colocando-o de qualquer jeito na cabeça. O cara só sorriu para mim.

— Ah, não esquenta — ele disse rápido —, eu sou oitenta por cento gay.

— Que ótimo — respondi, irritada —, mas isso não tem nada a ver com você.

— Este é o Bijan — Navid me disse, mal conseguindo conter a risada ao acenar para o outro garoto, que era tão obviamente persa que eu mal podia acreditar; não achava que havia outras pessoas do Oriente Médio na cidade. Mas Navid estava agora rindo da minha cara, e percebi que devia estar ridícula, parada ali com um xale amontoado na cabeça.

— Carlos e Jacobi estão...

— Tchau.

Eu corri escada acima.

Passei alguns minutos pensando enquanto andava de um lado para outro no meu quarto, revivendo o incidente embaraçoso. Eu me sentia confusa e estúpida, tendo sido pega de surpresa daquele jeito, mas finalmente concluí que, embora a coisa toda tivesse sido meio constrangedora, não era tanto a ponto de eu ficar horas me escondendo sem comida. Então prendi meu cabelo, me arrumei novamente com cuidado — não gostava de usar grampos para manter o lenço no lugar, então normalmente só o enrolava frouxamente em volta da cabeça, deixando as pontas mais longas caírem sobre os ombros — e voltei lá para baixo.

Quando entrei na sala, vi os quatro meninos sentados no sofá e comendo o que parecia ser toda a comida da nossa despensa. Um deles tinha realmente encontrado um saco de ameixas secas e as estava enfiando na boca.

— Ei — Navid ergueu os olhos.

— Oi.

O menino das ameixas olhou para mim.

— Então você é a caçula?

Cruzei os braços.

— Este é o Carlos — disse Navid. Depois apontou com a cabeça para o outro cara que eu não conhecia, um garoto negro muito alto: — Este é o Jacobi.

Jacobi acenou sem entusiasmo, sem nem mesmo olhar na minha direção. Ele estava comendo todo o *nougat* de água de rosas que a irmã da minha mãe havia mandado do Irã. Acho que ele nem sabia o que era.

Não era a primeira vez que ficava admirada com o insaciável apetite de garotos adolescentes. Isso me deixava enjoada de um jeito que nem consigo expressar. Navid era o único que não estava comendo nada; em vez disso, estava bebendo um daqueles *shakes* de proteína nojentos.

Bijan me olhou de cima a baixo e disse:

— Você parece estar melhor.

Estreitei os olhos para ele.

— Quanto tempo vocês vão ficar aqui?

— Não seja mal-educada — disse Navid sem me olhar. Ele agora estava de joelhos, mexendo no videocassete. — Eu queria passar *Breakin'* pra eles.

Fiquei mais do que um pouco surpresa.

*Breakin'* era um dos meus filmes favoritos.

Não conseguia lembrar exatamente como a obsessão tinha começado, mas meu irmão e eu sempre tínhamos gostado de vídeos de *break dance*: filmes sobre o estilo; longas competições de todos os cantos do mundo; qualquer coisa ligada a essa dança. Era algo que tínhamos em comum — o amor por esse esporte esquecido — que com frequência, no fim das contas, nos aproximava. Tínhamos encontrado aquele filme num brechó alguns anos antes e, desde então, o assistido pelo menos umas vinte vezes.

— Por quê? — perguntei, sentando de pernas cruzadas numa poltrona. Eu não pretendia ir a lugar nenhum. *Breakin'* era uma das poucas coisas das quais gostava mais do que *Matlock*. — Tem um motivo? — insisti.

Navid virou-se e sorriu para mim.

— Quero começar um grupo de *breakdance*.

— Tá falando sério?

Navid e eu tínhamos falado sobre isso muitas vezes: como seria poder dançar *break* — aprender realmente e até se apresentar —, mas nunca tínhamos colocado o plano em prática. Eu vinha pensando naquilo há anos.

Navid levantou-se e sorriu ainda mais. Sabia que ele tinha percebido a minha empolgação.

— Topa?

— Claro, porra — respondi baixinho.

Minha mãe entrou na sala nesse exato momento e bateu na minha cabeça com uma colher de pau.

— *Fosh nadeh* — ela me repreendeu. *Não fale palavrão.*

Esfreguei a cabeça.

— Putz, Ma, isso aí doeu — eu disse.

Ela me bateu de novo.

— *Droga.*

— Quem são esses? — ela acenou com a cabeça para os novos amigos do meu irmão.

Navid os apresentou rapidamente enquanto minha mãe fazia um inventário de tudo o que tinham comido. Ela sacudiu cabeça.

— *Een chiyeh?* — disse. *O que é isso?* E, então, em inglês: — Isso não é comida.

— Era o que tinha — Navid lhe respondeu.

O que era meio verdade.

**19**

Meus pais nunca, nunca compravam porcaria. Não comíamos salgadinhos nem biscoitos. Quando eu queria fazer um lanche, minha mãe me dava um pepino.

Ela suspirou dramaticamente com o comentário de Navid e começou a preparar comida de verdade para nós. Então disse algo em pársi sobre como tinha passado todos aqueles anos ensinando os filhos a cozinharem e que se, quando ela voltasse do trabalho no dia seguinte, o jantar não estivesse pronto, cabeças iam rolar — e eu tive a impressão de que apenas uns quarenta por cento eram brincadeira.

Navid pareceu irritado e eu quase comecei a rir, mas minha mãe se virou para mim e perguntou:

— Como vai a escola?

A pergunta arrancou rapidinho o sorriso do meu rosto. Mas sabia que ela não estava perguntando sobre a minha vida social. Ela queria saber sobre as minhas notas. Eu estava na escola havia menos de um mês, e ela já queria meu boletim.

— Está tudo bem — respondi.

Ela assentiu, depois saiu. Sempre em movimento, em ação, na luta.

Virei para o meu irmão:

— E então?

— Amanhã — ele disse. — Vamos nos encontrar depois da aula.

— Se encontrarmos um professor para nos supervisionar — disse Carlos —, podemos transformá-lo num clube oficial.

— Que legal. — Olhei para o meu irmão.

— É, né?

— Então, só um pequeno detalhe — falei com uma careta. — Não acha que se esqueceu de algo?

Navid ergueu uma sobrancelha.

— Quem vai ensinar a gente a dançar *break*?

— Eu — ele respondeu, sorrindo.

Meu irmão tinha um aparelho de supino que ocupava metade do quarto dele. Ele o tinha encontrado ao lado de uma lixeira, desmontado e enferrujado, e o levado para um dos nossos antigos apartamentos, consertado, pintado com *spray* e, lentamente, acumulado uma coleção de anilhas para usar com ele. Ele arrastava aquela coisa em todas as nossas mudanças. Meu irmão adorava treinar. Correr. Boxear. Ele costumava fazer aula de ginástica até ficar muito caro, e acho que, secretamente, queria se tornar um *personal trainer*. Malhava desde os doze anos; era quase todo feito de músculos e praticamente nenhuma gordura corporal, e eu sabia disso porque ele gostava de me manter atualizada sobre seu percentual de gordura. Uma vez, quando eu disse "Que bom pra você", ele beliscou meu braço, franziu os lábios e disse "Nada mal, nada mal, mas você podia ganhar mais músculos", e desde então me forçava a fazer supino e a malhar com ele.

Então, quando ele falou que queria nos ensinar a dançar *break*, eu acreditei nele.

Mas as coisas estavam prestes a ficar estranhas.

# três

Acontece muito, né? No Ensino Médio? Trabalho em dupla no laboratório. Que merda. Eu *odiava* aquilo. Era sempre uma provação para mim, a bizarra e angustiante vergonha de não ter ninguém com quem fazer o trabalho e ter de contar baixinho à professora no final da aula que não tem uma dupla, perguntar se pode fazê-lo sozinha, se isso seria possível, e ela diria que não, com um sorriso de santa, achando que estaria fazendo um grande favor ao juntá-lo a uma dupla que estava bem feliz de fazer o trabalho sozinha, Jesus Cristo...

Bem, não foi assim que aconteceu desta vez.

Desta vez, Deus iluminou este mundo e colocou um pouco de noção na cabeça da professora, que formou duplas aleatoriamente, com base em nossos lugares, e foi aí que me encontrei de repente diante da tarefa de esfolar um gato morto com o cara que tinha batido no meu ombro com seu livro de biologia no primeiro dia de aula.

Seu nome era Ocean.

As pessoas esperavam que eu tivesse um nome estranho depois de só uma espiada em mim, mas uma espiada naquele rosto do Ken da Barbie não levaria ninguém a esperar um nome como Ocean.

— Meus pais são estranhos — foi a única explicação dele.

Dei de ombros.

Esfolamos o gato morto em silêncio, principalmente porque foi nojento e ninguém queria narrar a experiência de cortar a carne ensopada fedendo a formol, e só conseguia pensar como o Ensino Médio era uma estupidez e me perguntar o que diabos estávamos fazendo, por que aquilo era uma tarefa, meu Deus, que coisa doentia, tão doentia, não conseguia acreditar que teríamos que trabalhar no mesmo gato morto por dois meses...

— Eu não posso ficar muito, mas tenho um pouco de tempo depois da aula — disse Ocean.

Pareceu uma declaração repentina, mas foi só aí que percebi que ele já estava falando havia um tempo; estava tão focada no bisturi que não tinha notado.

Levantei os olhos.

— Desculpe?

Ele estava preenchendo seu questionário do laboratório.

— Ainda temos que escrever um relatório sobre as descobertas de hoje — disse, e conferiu o relógio da sala. — Mas o sinal logo vai tocar. Então, acho que devemos terminar isso depois da aula. — Ele olhou para mim: — Certo?

— Ah. Bom... Eu não posso ficar depois da aula.

Ocean ficou com as orelhas um pouco vermelhas.

— Ah — exclamou. — Certo. Eu entendo. Você... Quer dizer, você não tem permissão para...

— Nossa — disse, arregalando os olhos. — *Nossa*. — Abanei a cabeça, lavei as mãos e suspirei.

— Nossa, o quê? — ele perguntou calmamente.

Eu o encarei.

— Olha, não sei o que você já decidiu pensar sobre a minha vida, mas eu não estou prestes a ser vendida pelos meus pais em troca de um bando de cabras, tá?

— Rebanho de cabras — ele disse, limpando a garganta. — Acho que se fala rebanho...

— Qualquer tipo idiota de cabras, tanto faz.

Ele se encolheu.

— Só tenho um compromisso depois da aula — informei.

— Ah.

— Então a gente pode combinar de outro jeito, tá?

— Ah. Tá. O quê... Que você vai fazer depois da aula?

Estava guardando as coisas na mochila e fui pega de surpresa pela pergunta. Deixei cair meu estojo e me abaixei para pegá-lo. Quando me levantei, lá estava ele olhando para mim.

— O quê? — perguntei. — Por que quer saber?

Agora ele parecia realmente desconfortável.

— Não sei.

Eu o observei pelo tempo necessário para analisar a situação. Talvez eu estivesse sendo dura demais com o Ocean de pais estranhos. Enfiei o estojo na mochila e depois fechei o zíper. Ajustei as alças nos meus ombros.

— Vou participar de um grupo de *breakdance* — respondi.

Ocean franziu a testa e sorriu ao mesmo tempo.

— É uma piada?

Revirei os olhos. O sinal tocou.

— Tenho que ir.

— Mas e o nosso trabalho?

Considerei as minhas opções e, por fim, anotei o número do meu celular e lhe dei.

— Pode me mandar mensagem. Vamos fazer o trabalho hoje à noite.

Ele encarou o pedaço de papel.

— Cuidado com isso — avisei, acenando para o papelzinho com a cabeça —, porque, se me mandar muitas mensagens, terá de se casar comigo. São as regras da minha religião.

Ele empalideceu.

— Espere. O quê?

Eu estava quase sorrindo.

— Preciso ir, Ocean.

— Espere... Não, falando sério. Você está brincando, certo?

— Nossa — eu disse, balançando a cabeça. — Tchau.

Meu irmão, tal como prometido, tinha conseguido um professor para supervisionar o grupo de *breakdance*. Tínhamos que preencher uma papelada até o final da semana para oficializar o clube, o que significava que, pela primeira vez na vida, eu estaria envolvida numa atividade extracurricular, o que me parecia estranho. Atividades extracurriculares não eram a minha praia.

Ainda assim, eu estava pra lá de feliz.

Sempre quisera fazer algo assim. Sempre tinha admirado o *breakdance* de longe; quando via as competições de dançarinas *b-girls*, sempre pensava que elas pareciam tão estilosas — *tão fortes*. Queria ser como elas. Mas *break* não era como balé; não era algo que se conseguia encontrar na lista telefônica. Não havia escolas de *breakdance*, ao menos não onde eu morava. Não havia dançarinos de *break* aposentados por aí, dispostos a aceitar que meus pais lhes pagassem em comida persa para que aperfeiçoassem o meu *flare*. Eu não tinha certeza se teria uma chance assim se não fosse por Navid. Na noite anterior, ele havia me confessado que estivera secretamente aprendendo e praticando por conta própria naqueles últimos dois anos, e eu fiquei encantada com quanto ele havia progredido sozinho. Entre nós dois, era ele quem realmente tinha levado nosso sonho a sério — a constatação me deixou orgulhosa dele e desapontada comigo mesma.

Navid estava se arriscando.

Nós nos mudávamos tanto que eu sentia que nunca podia fazer planos. Eu nunca estabelecia compromissos, nunca tinha entrado para clubes escolares. Nunca tinha comprado um anuário. Nunca tinha memorizado números de telefone ou nomes de ruas, nem aprendido nada além do absolutamente necessário sobre as cidades em que morava. Não parecia haver razão para isso. Navid também sofria com isso, do jeito dele, mas disse que não esperaria mais pelo momento certo. Ele se formaria naquele ano e queria tentar o *breakdance* antes que fosse para a faculdade e tudo mudasse. Eu estava orgulhosa dele.

Acenei para ele quando cheguei ao nosso primeiro treino.

Seria numa das salas de dança dentro do ginásio da escola, e os três novos amigos do meu irmão me olharam de cima a baixo de novo, embora já nos conhecêssemos. Pareciam estar me avaliando.

— E aí — disse Carlos. — Você dança *break*?

— Ainda não — disse, sentindo-me subitamente constrangida.

— Isso não é verdade. — Meu irmão deu um passo à frente e sorriu para mim. — O *uprock* dela não é nada mau, e ela faz um *6-step* decente.

— Mas eu não faço nenhum movimento de força — admiti.

— Tudo bem. Vou te ensinar.

Foi então que me sentei e comecei a me perguntar se Navid não estava fazendo tudo aquilo apenas para me dar uma chance. Pode ser que fosse coisa da minha cabeça, mas, pela primeira vez em muito tempo, ele parecia ser meu irmão novamente, e eu não tinha me dado conta até aquele momento da falta que vinha sentindo dele.

Meu irmão era disléxico. Quando ele começou a ir mal nas matérias, percebi que nós odiávamos a escola por razões muito diferentes. Letras e palavras nunca fizeram sentido para ele como faziam para mim. E só fazia dois anos que, diante da real possibilidade de expulsão, ele tinha tomado coragem de me contar a verdade.

De gritar a verdade, mais exatamente.

Minha mãe tinha me mandado ajudá-lo com o dever de casa.

Não tínhamos como pagar um professor particular, então eu é que teria de assumir essa função, e fiquei bem puta com isso. Não queria passar meu tempo livre dando aulas para o meu irmão mais velho. Então, quando ele se recusava a estudar, eu ficava brava.

— É só responder à pergunta — eu dizia bruscamente. — É uma interpretação de texto simples. Leia o parágrafo e faça um resumo, de algumas frases, do assunto que ele trata. É só isso. Não é física nuclear.

Ele se recusava.

Eu pressionava.
Ele se recusava.
Eu o insultava.
Ele me insultava de volta.
Eu o insultava ainda mais.

— Basta responder à bosta da pergunta, por que você é tão preguiçoso, *que diabos se passa com você...*

E, finalmente, ele explodiu.

Foi assim que descobri que meu irmão, meu lindo e brilhante irmão mais velho, não conseguia entender as letras e as palavras da maneira como eu conseguia. Ele poderia passar meia hora lendo um parágrafo várias vezes e, mesmo assim, não entender nada. Não sabia criar frases. Ele se esforçava, tremendamente, para traduzir seus pensamentos em palavras.

Então comecei a lhe ensinar a como fazer isso.

Estudávamos juntos todos os dias por horas, até tarde da noite, até que um dia ele começou a montar frases sozinho. Meses depois, ele estava escrevendo parágrafos. Demorou um ano, mas ele finalmente escreveu seu próprio artigo de pesquisa. E o que ninguém nunca soube é que fui eu que fiz todas as lições de casa dele nesse período. Todas as redações. Todos os trabalhos até que ele conseguisse fazer tudo sozinho.

Pensei que talvez aquela fosse a forma de ele me agradecer. Quer dizer, quase com certeza não era, mas eu não pude deixar de me perguntar por que mais ele apostaria em mim. Os outros caras que ele tinha juntado — Jacobi, Carlos e Bijan — já tinham experiência em outros grupos. Nenhum deles era especialista, mas também não eram novatos. Eu era a que mais precisava de treino, e Navid era o único que não parecia se irritar com isso.

Carlos, em particular, não parava de me olhar. Ele parecia cético com relação às minhas habilidades e me disse isso diretamente. Não foi nem maldoso, apenas sincero.

— O quê? — reagi. — Por que não?

Ele encolheu os ombros. Mas estava olhando para a minha roupa. Eu tinha colocado as únicas roupas de ginástica que tinha — calça de moletom e um agasalho fino com capuz —, mas também estava usando um lenço diferente na cabeça, feito de um algodão leve, que eu tinha amarrado em estilo turbante, e isso parecia chamar a atenção dele.

Por fim, ele apontou para minha cabeça e disse:

— Você consegue dançar *break* com isso?

Arregalei os olhos. Por algum motivo, fiquei surpresa. Não sei por que tinha pensado que aqueles caras seriam um pouco menos estúpidos do que todos os outros que conhecia.

— Você está falando sério? — perguntei. — Que coisa idiota de se dizer.

Ele riu e falou:

— Sinto muito, mas nunca vi ninguém dançando *break* assim antes.

— Nossa — disse, atordoada. — Eu literalmente nunca vi você sem esse gorro aí, mas você está me enchendo o saco por causa disso aqui?

Carlos pareceu surpreso. Ele riu ainda mais. Tirou o gorro da cabeça e passou a mão pelos cabelos. Ele tinha cachos muito pretos e definidos que eram um pouco longos e caíam sobre seu rosto. Colocou o gorro de volta.

— Tudo bem — disse. — Tudo bem. Ok. Desculpa aí.

— Ã-hã.

— Desculpa mesmo — insistiu ele, mas ainda estava sorrindo. — Falando sério. Desculpa. Foi uma coisa idiota de se dizer. Você tem razão. Eu sou um idiota.

— É mesmo.

Navid estava gargalhando. De repente, peguei raiva de todo mundo.

Jacobi balançou a cabeça e disse:

— Putz.

— Nossa — exclamei. — Vocês todos são péssimos.

— Ei... — Bijan estava alongando as pernas. Ele fingiu estar magoado. — Isso não é justo. Jacobi e eu não falamos nada.

— Sim, mas estavam pensando, não estavam?

Bijan deu um sorrisinho.

— Navid — eu disse —, seus amigos são péssimos.

— Eles são um projeto em andamento — ele respondeu, atirando uma garrafa de água em Carlos, que se esquivou facilmente.

Carlos ainda estava rindo. Ele andou até onde eu estava sentada no chão e me estendeu a mão.

Ergui uma sobrancelha pra ele.

— Desculpa — repetiu. — De verdade.

Peguei a mão dele, e ele me ajudou a levantar.

— Pronto — anunciou. — Agora me deixe ver esse *6-step*.

Passei o resto do dia praticando passos simples: paradas de mãos, flexões e tentando melhorar meu *uprock*. Um *uprock* eram os movimentos feitos quando se está de pé. Boa parte do *breakdance* é feita no chão, mas o *uprock* precisa de uma atenção especial, porque é o primeiro passo — é uma introdução, uma oportunidade de definir o clima — antes de ir para o chão, para o *downrock*, os movimentos de força e as poses subsequentes, que, em geral, compunham a coreografia.

Eu conseguia fazer um *uprock* muito básico. Meu trabalho com os pés era simples; os movimentos eram fluidos, mas não muito criativos. Eu tinha uma boa noção de ritmo — conseguia facilmente sincronizar meus movimentos com as batidas da música —, mas isso não era suficiente. Os melhores dançarinos de *break* tinham seu próprio estilo, e meus movimentos ainda eram bem genéricos. Eu sabia disso — sempre soube —, mas os garotos me apontaram essa falha de toda forma. Estávamos conversando sobre o que sabíamos e o que queríamos aprender como um grupo, e eu estava inclinada para trás sobre as mãos quando meu irmão bateu nos meus dedos e disse:

— Me deixe ver seus punhos.

Estendi as mãos.

Ele as dobrou para a frente e para trás.

— Você tem punhos bem flexíveis — disse —, pressionando minha palma para trás. — Não dói?

Abanei a cabeça.

Ele sorriu, com os olhos brilhando de empolgação.

— Vamos ensinar você a fazer o *crab walk*. Será o seu movimento de força especial.

Arregalei os olhos. Andar com as mãos no chão como se fosse um caranguejo era tão estranho quanto soava. Nada a ver com tudo que ensinavam nas aulas de Educação Física; era um movimento que, como a maior parte dos passos do *breakdance*, desafiava a gravidade. Exigia muita força do abdômen. Consiste em suportar todo o peso do corpo com as mãos, mantendo os cotovelos flexionados contra o torso, e sair andando pelo chão. Com as mãos.

Era difícil. Muito difícil.

— Legal — falei.

No fim, foi o melhor dia do Ensino Médio até então.

# quatro

Só consegui chegar em casa umas cinco, e quando terminei de tomar banho minha mãe já havia gritado várias vezes para irmos jantar. Desci as escadas mesmo sabendo que havia um bando de mensagens preocupadas, e até meio desesperadas, de Ocean no meu celular, mas eu não tinha o tipo de pais que me permitiriam ignorar o jantar — nem mesmo para fazer o dever de casa. Ocean teria que esperar.

Todo mundo já estava reunido quando cheguei lá embaixo. Meu pai estava com seu notebook aberto — o cabo da internet se arrastava pelo chão — e usava seus óculos de leitura na cabeça; ele acenou para mim quando entrei na sala. Ele estava lendo uma matéria sobre pepinos em conserva.

— *Mibini?* — ele me disse. *Está vendo?* — Muito fácil.

Não parecia particularmente fácil para mim, mas dei de ombros. Meu pai era um mestre em fazer coisas aleatórias e estava sempre tentando me recrutar para os seus projetos, e eu até gostava disso. Era como a gente se relacionava.

Eu tinha nove anos quando meu pai me levou a uma loja de ferragens pela primeira vez, e fiquei maravilhada com quanto o lugar era legal. Comecei a sonhar em voltar lá e a deixar de comprar cadernos de bichinhos e economizar para comprar uma placa de compensado apenas para ver o que conseguiria fazer com ela. Foi meu pai quem me ensinou a costurar, tempos depois. Ele tinha me visto grampeando a barra da minha calça jeans para evitar que se arrastasse pelo chão e, uma noite, me mostrou como fazer direito a bainha. Também me ensinou a manusear um machado para cortar lenha. E como trocar um pneu.

Mas às vezes a mente do meu pai funcionava tão rapidamente que eu quase não conseguia acompanhar. O pai do meu pai — meu avô — trabalhara como arquiteto no Irã, tendo sido responsável por projetar alguns dos edifícios mais bonitos do país, e eu conseguia ver no meu pai o mesmo tipo de criatividade. Ele devorava livros ainda mais rápido do que eu e os carregava consigo para todos os lugares. Onde quer que morássemos, a garagem sempre virava sua oficina. Ele reconstruía motores de carro só por diversão. Tinha construído a mesa de jantar ao redor da qual estávamos reunidos naquele momento — era uma recriação do estilo modernista escandinavo que ele adorava. E, quando minha mãe tinha voltado para a escola e estava precisando de uma mochila, meu pai insistiu em confeccionar uma para ela. Ele estudou diferentes moldes. Comprou o couro. E a costurou para ela, ponto por ponto. Ele ainda tem uma cicatriz em três dedos de quando se cortou acidentalmente.

Para ele, aquilo era um gesto romântico.

O jantar já estava na mesa, ligeiramente fumegante. Eu tinha sentido o cheiro lá de cima: os aromas do arroz basmati amanteigado e do *fesenjan* haviam inundado toda a casa. *Fesenjan* é um tipo de ensopado feito de pasta de nozes e melaço de romã, o que parece estranho, eu sei, mas é tão, *tão* gostoso. A maioria das pessoas usa frango na receita, mas minha falecida tia criou uma versão usando almôndegas pequenas que se tornou uma receita de família em sua homenagem. Havia também pequenos acompanhamentos, como conserva de vegetais, molho de alho com iogurte e rodelas de pão, ainda quentes, que meu pai fazia todas as noites. Além disso, uma travessa de hortaliças frescas e rabanetes e cubinhos de queijo feta. Uma tigela de tâmaras. Um pote de nozes frescas. E o samovar, borbulhando silenciosamente ao fundo.

A comida era uma constante em nossa casa, e na cultura persa em geral. A hora das refeições era um momento de encontro, e nossos pais nunca nos permitiram quebrar essa tradição, não importava quanto quiséssemos ver algo na TV ou ir a algum lugar. Só tinha me ocorrido alguns anos antes, quando um amigo de Navid tinha vindo jantar, que nem todo mundo levava tão a sério o momento das refeições. Ele achou meio louco de tão exagerado. Mas aquele jantar — ali, naquela noite — era uma versão extremamente simplificada de um jantar persa. Era assim que arrumávamos a mesa quando estávamos muito ocupados e não havia visitas. Para nós, era normal.

Era assim no nosso lar.

Quando eu finalmente consegui voltar ao meu quarto, já passava das oito, e Ocean havia atingido o ápice do pânico.

Fiquei meio constrangida ao ler as mensagens.

>oi
>vc tá aí?
>é o ocean
>espero que este seja o número certo
>olá?
>é o ocean, sua dupla de laboratório, lembra?
>tá ficando tarde, tô ficando preocupado
>temos de acabar isso antes da aula amanhã
>vc tá aí?

Fazia só alguns meses que eu tinha celular, e tinha precisado implorar muito para os meus pais — todo mundo que eu conhecia já tinha ganhado um no ano anterior —, que, bem a contragosto, finalmente me levaram para comprar um Nokia tijolo. Nós tínhamos um plano familiar, o que significava que nosso pacote limitado de minutos e SMS tinha que ser compartilhado entre nós quatro. E embora ainda fossem um fenômeno novo, as mensagens de texto já tinham me causado muitos problemas. Na minha empolgação por experimentar a novidade (cheguei a enviar trinta mensagens seguidas para o Navid só para encher a paciência dele), ultrapassei nosso limite em apenas uma semana, acumulando uma conta que me garantiu um sermão em que meus pais ameaçaram tirar meu celular. Percebi tarde demais que eu tinha que pagar não só pelos SMS que *enviava*, mas também pelos que recebia.

Uma olhada na longa série de mensagens de Ocean me dizia muito sobre o estado de sua conta bancária. Escrevi:

**oi**
**você sabe que essas mensagens de texto são caras, né?**

Ocean respondeu na mesma hora.

ah, oi
quase desisti de vc
desculpa pelas mensagens
vc tem AIM?

O AIM era o melhor meio para conversarmos naquela noite. Às vezes as pessoas usavam o MSN, mas, na maioria dos casos, recorríamos ao mágico e único AOL Instant Messenger, ou AIM. Ainda assim, eu sempre estava um pouco para trás quando se tratava de tecnologia. Sabia que tinha gente da minha idade com computadores caros da Apple e suas próprias câmeras digitais, mas nós tínhamos acabado de instalar internet discada em casa, e era um verdadeiro milagre que eu tivesse um computador velho e acabado no meu quarto que conseguia se conectar à internet. A máquina demorou uns quinze minutos só para ligar, mas, no fim, conseguimos nos falar. Os nossos nomes agora estavam numa janelinha só nossa na tela. Fiquei até surpresa ao ver que Ocean não tinha um nome de usuário idiota.

riversandoceans04: Oi
jujehpolo: Olá

Dei uma olhada no perfil dele automaticamente — quase por reflexo —, mas tive uma nova surpresa ao descobrir que ele o havia deixado em branco. Bem, não exatamente em branco.

Dizia *paranoid android* e nada mais.

Quase sorri. Não tinha certeza, mas esperava que fosse referência a uma música do Radiohead. Mas eu podia estar imaginando coisas. Eu adorava Radiohead. Na verdade, naquele momento, meu perfil no AIM continha uma lista das músicas que eu tinha ouvido sem parar na semana anterior:

1. "Differences", Ginuwine
2. "7 Days", Craig David
3. "Hate Me Now", Nas
4. "No Surprises", Radiohead
5. "Whenever, Wherever", Shakira
6. "Pardon Me", Incubus
7. "Doo Wop", Lauryn Hill

E foi só aí que me dei conta de que o Ocean também podia olhar o meu perfil.

Congelei.

Por alguma razão, deletei o conteúdo na mesma hora. Não sei por quê. Não conseguia explicar por que não queria que ele visse o tipo de música que eu escutava. De repente, isso pareceu invasivo. Pessoal demais.

riversandoceans04: Onde vc tava?
jujehpolo: Desculpa
jujehpolo: Minha tarde foi corrida
jujehpolo: Acabei de ver as mensagens
riversandoceans04: Vc foi mesmo dançar *break* depois da aula?
jujehpolo: Sim
riversandoceans04: Nossa. Legal.

Eu não disse nada. Realmente não sabia como responder. Tinha acabado de desviar o olhar para pegar minha mochila quando ouvi, mais uma vez, o toque duplo que indicava que eu tinha recebido uma nova mensagem. Abaixei o volume do computador. Conferi se a minha porta estava fechada. De repente, fiquei envergonhada. Estava conversando com um menino no meu quarto. *Estava conversando com um menino no meu quarto.* O AIM fazia as coisas parecerem inesperadamente íntimas.

>riversandoceans04: Ei, desculpa por pensar que vc não poderia fazer nada depois da aula.

*toque duplo*

>riversandoceans04: Não devia ter dito aquilo

Suspirei.
Ocean estava tentando ser simpático. Tentando fazer amizade, até. *Talvez.* Mas Ocean tinha todas as coisas boas das quais uma garota podia gostar num cara, o que tornava sua simpatia perigosa para mim. Eu podia até ser uma adolescente revoltada, mas não era cega. Não era magicamente imune a garotos fofos, e não me passara despercebido que Ocean tinha um tipo de beleza superlativa. Ele se vestia bem. Era perfumado. E muito educado. Mas nós parecíamos vir de mundos tão diametralmente opostos que eu sabia que era melhor não me tornar sua amiga. Eu não queria conhecê-lo melhor. Não queria me sentir atraída por ele. Não queria pensar nele, ponto final. Não só nele, na verdade, mas em qualquer garoto como ele. Eu era tão boa em me privar desse tipo de coisa, do simples prazer de ter até mesmo uma paixãozinha secreta, que os pensamentos nem chegavam a se formar na minha mente.

Eu já havia estado naquela situação tantas vezes antes.

Embora para a maioria dos caras eu fosse pouco mais do que um objeto de ridicularização, às vezes também me tornava um objeto de fascínio. Por algum motivo, alguns garotos tinham desenvolvido um interesse intenso em mim e na minha vida, que eu costumava interpretar como interesse romântico. Mas descobri — depois de passar muita vergonha — que eles me viam mais como uma curiosidade; um espécime exótico atrás de um vidro. Eles queriam apenas me observar de uma distância confortável, não que eu ficasse em suas vidas de forma permanente. Eu tinha vivido isso vezes o suficiente para já ter aprendido que nunca era uma verdadeira candidata a amiga — e definitivamente nada além disso. Eu sabia que o Ocean, por exemplo, nunca seria meu amigo depois daquele trabalho escolar. Eu sabia que ele não me incluiria em seu círculo de amigos, no qual eu me encaixaria tão bem quanto uma cenoura sendo jogada no processador.

Ele estava tentando ser legal, com certeza, mas sabia que seu súbito coração compassivo não passava de uma espécie de culpa constrangida, e que aquilo não levaria a lugar nenhum. Eu achava tudo aquilo exaustivo.

jujehpolo: Tudo bem

riversandoceans04: Não. Fiquei me sentindo péssimo a tarde toda.

riversandoceans04: Desculpa mesmo

jujehpolo: Ok.

riversandoceans04: Eu nunca tinha conversado com uma menina com esse adereço na cabeça.

jujehpolo: Adereço na cabeça, nossa

riversandoceans04: Viu? Eu não sei nada sobre isso.

jujehpolo: Pode chamar de véu

riversandoceans04: Ah

riversandoceans04: Aí fica mais fácil
jujehpolo: Sim
riversandoceans04: Achei que tinha outro nome
jujehpolo: Olha, não foi nada grave. Vamos fazer a lição de casa?
riversandoceans04: Ah
riversandoceans04: Sim
riversandoceans04: Ok.

E me virei por cinco segundos para pegar as folhas da tarefa na minha mochila quando escutei o barulho de novo — o suave toque duplo. Duas vezes.

Levantei os olhos para a tela.

riversandoceans04: Desculpa
riversandoceans04: Não quis deixar vc constrangida.

Jesus amado.

jujehpolo: Não estou constrangida
jujehpolo: Acho que talvez vc esteja constrangido
riversandoceans04: O quê? Não
riversandoceans04: Não estou
riversandoceans04: O que quer dizer?
jujehpolo: Quero dizer, isso tem de ser um problema? Meu adereço de cabeça?
jujehpolo: A situação é estranha demais pra vc?

Ocean demorou pelo menos uns vinte segundos para responder, o que, naquele momento, pareceu uma vida. Fiquei me sentindo mal. Talvez tivesse sido muito direta. Talvez eu estivesse sendo má. Mas ele estava tentando *demais* ser, não sei, bonzinho comigo. Não parecia natural. E sei lá, aquilo estava me irritando.

Ainda assim, a culpa estava me corroendo por dentro. Talvez eu tivesse ferido seus sentimentos.

Tamborilei os dedos pelo teclado, pensando no que dizer. Em como consertar a situação. Nós ainda tínhamos que trabalhar juntos no laboratório, afinal de contas.

Ou talvez não. Talvez ele apenas pedisse à professora para mudar de par. Já tinha acontecido antes. Uma vez, quando eu tinha sido unida aleatoriamente a outra aluna, ela simplesmente se revoltou. Recusou-se terminantemente a ser minha dupla na frente da classe toda e depois exigiu fazer o trabalho com uma amiga. Minha professora, tonta que era, entrou em pânico e disse que tudo bem. Eu acabei fazendo o trabalho sozinha. Foi humilhante.

*Droga.*

Talvez, desta vez, eu tenha provocado a humilhação.

Talvez o Ocean se revoltasse também. Meu estômago se revirou.

E, aí...

*toque duplo*

riversandoceans04: Eu não acho vc estranha

Estreitei os olhos para a tela do computador.

*toque duplo*

riversandoceans04: Desculpa

Ocean parecia pedir desculpas compulsivamente.

jujehpolo: Tá tudo bem
jujehpolo: Desculpa por fazer vc se sentir mal. Vc só estava tentando ser legal.

jujehpolo: Eu entendo
jujehpolo: Tá tudo bem

Mais cinco segundos se arrastaram.

riversandoceans04: Ok.

Suspirei e apoiei minha cabeça nas mãos. Eu tinha deixado as coisas estranhas. Estava tudo indo bem, tudo normal, e eu fui lá e estraguei. Agora só havia uma forma de consertar. Então respirei profundamente e comecei a digitar.

jujehpolo: Vc não precisa ser minha dupla se não quiser
jujehpolo: Sem problemas
jujehpolo: Posso falar com a profa. Cho amanhã
riversandoceans04: O quê?
riversandoceans04: Por que vc tá dizendo isso?
riversandoceans04: Vc não quer fazer o trabalho comigo?

Fiz uma careta.

jujehpolo: Tá, eu não sei o que tá acontecendo
riversandoceans04: Nem eu
riversandoceans04: Vc quer fazer o trabalho comigo?
jujehpolo: Sim
riversandoceans04: Ok.
riversandoceans04: Tá
jujehpolo: Ok.
riversandoceans04: Desculpa

Encarei a tela do computador. Aquela conversa estava me dando dor de cabeça.

jujehpolo: Por que tá pedindo desculpa?

Mais alguns segundos.

riversandoceans04: Já nem sei mais

Eu quase ri. Não entendi o que diabos tinha acabado de acontecer. Não entendi as desculpas nem a confusão dele e acho que nem queria entender. O que eu queria era voltar a não me importar mais com Ocean James, o garoto sem sobrenome. Tínhamos nos falado por, *no máximo*, uma hora e, de repente, ele estava presente no meu quarto, no meu espaço pessoal, me estressando.

Eu não estava gostando. Estava me sentindo estranha. Então, tentei ser prática.

jujehpolo: Por que não fazemos logo o trabalho?

Outros dez segundos.

riversandoceans04: Ok.

E assim fizemos.
Mas senti que algo tinha mudado entre nós, e não sabia bem o quê.

cinco

Na manhã seguinte, meu irmão, que tinha aula bem cedo e sempre saía para a escola uma hora antes de mim, parou no meu quarto para pegar de volta o CD do Wu-Tang que eu tinha roubado dele. Eu estava passando rímel quando ele começou a bater na minha porta, e estava exigindo que eu devolvesse não apenas o CD como também o iPod, e eu gritei de volta que o aparelho era muito mais útil para mim do que para ele durante o dia. Eu ainda estava argumentando quando abri a porta e ele, de repente, ficou paralisado. Ele me olhou de cima a baixo arregalando um pouco os olhos.

— Que foi? — questionei.

— Nada.

Eu o deixei entrar. Dei-lhe o CD que ele estava procurando. Ele continuou me olhando.

— *Que foi?* — repeti, irritada.

— Nada — ele respondeu, rindo. — Você está bonita. — Ergui uma sobrancelha. Devia ser uma pegadinha. — Roupa nova?

Conferi o que estava vestindo. O suéter não era novo. Mas eu tinha comprado a calça num brechó na semana anterior e tinha acabado de ajustá-la. Era grande demais para mim originalmente, mas a qualidade do jeans era boa. Além disso, tinha custado só cinquenta centavos.

— Mais ou menos — falei. — A calça é nova.

Ele assentiu.

— Ficou legal.

— Sim. Tá bom — eu disse. — Por que você tá estranho? Ele encolheu os ombros.

— Não tô estranho — respondeu. — O jeans tá bonito. Só é um pouco, hum, justo. Não tô acostumado a ver você vestida assim.

— Nojento.

— Ei, escuta, eu não me importo. Ficou bom em você.
— Ã-hã.
— Tô falando sério. Ficou legal.
Ele ainda estava sorrindo.
— Ai, meu Deus, que é que foi?
— Nada — disse pela terceira vez. — Eu só, sei lá, acho que a mamãe não vai gostar de ver a sua bunda nessa calça.
Revirei os olhos.
— Bom, ela não precisa olhar para a minha bunda se não quiser.
Navid riu.
— É só que... Às vezes o que você veste não combina, sabe? É um pouco confuso.

Ele apontou vagamente para a minha cabeça, embora eu não tivesse colocado o meu lenço ainda. Ainda assim, sabia o que ele estava tentando dizer. Sabia que ele estava tentando não me julgar. Mas a conversa me irritou.

As pessoas — garotos, principalmente — gostavam de dizer que as mulheres muçulmanas usavam véus para serem recatadas, ou porque estavam tentando encobrir sua beleza, e eu sabia que havia mulheres no mundo que se sentiam assim. Não poderia falar por todas as mulheres muçulmanas — ninguém podia —, mas era um conceito do qual discordava fundamentalmente. Não acreditava ser possível esconder a beleza de uma mulher. Eu achava as mulheres lindas, não importava o que usassem, e pensava que não deviam nenhuma explicação a ninguém sobre suas escolhas de vestuário. Mulheres diferentes se sentiam bem em roupas diferentes.

Elas eram todas lindas.

Mas eram apenas os monstros que forçavam mulheres a vestirem sacos de batata o dia todo que viravam manchete nos jornais, e eram esses idiotas que pareciam definir toda a nossa identidade. Ninguém me fazia mais essa pergunta; as pessoas simplesmente imaginavam que sabiam a resposta, e quase sempre estavam erradas. Eu me vestia daquele jeito não porque queria ser uma freira, mas porque me sentia bem assim — e porque fazia com que eu me sentisse menos vulnerável como um todo, como se usasse uma espécie de armadura todos os dias. Era uma preferência pessoal. Eu definitivamente *não* fazia aquilo porque estava tentando ser pudica, ou por causa dos cretinos que não conseguiam controlar o próprio pinto. As pessoas tinham dificuldade de acreditar nisso, porque tinham dificuldade de acreditar nas mulheres em geral.

Era uma das maiores frustrações da minha vida.

Então empurrei Navid para fora do quarto, dizendo que o jeito que o jeans deixava a minha bunda não era de sua conta. Ele se desculpou:

— Não, eu sei... Não foi isso que eu quis dizer...

— Não deixe a situação ainda mais estranha — respondi, fechando a porta na cara dele.

Depois que ele tinha ido embora, olhei no espelho.

A calça jeans estava *bonita*.

Os dias continuaram a se dissolver, silenciosamente.

Além das sessões de *breakdance*, praticamente nada tinha mudado, exceto que Ocean parecia estar se comportando de forma diferente comigo na aula de biologia. Ele tinha ficado diferente desde aquela primeira e única conversa no AIM, mais de duas semanas antes.

Ele falava demais.

Sempre dizia coisas como *Nossa, o tempo está tão estranho hoje*, e *Como foi o seu fim de semana?*, e *Ei, você estudou pra prova de sexta?*, sempre me pegando de surpresa. Eu o olhava por apenas um segundo e dizia *Sim, o tempo está estranho*, e *Hum, meu fim de semana foi bom*, e *Não, não estudei pra prova*, ao que ele respondia com *Né?!*, e *Que bom*, e *Jura? Eu estudei a semana toda*, e em geral eu o ignorava. Nunca lhe retribuía com outras perguntas.

Talvez eu estivesse sendo grossa, mas não me importava.

Ocean era um cara muito bonito, e sei que isso não parece um motivo válido para não gostar de alguém, mas era razão suficiente para mim. Ele me deixava nervosa. Eu não queria falar com ele. Não queria conhecê-lo melhor. Não queria *gostar* dele, o que era mais difícil do que se pensa, porque ele era muito simpático. Tinha certeza de que me apaixonar por alguém como Ocean só podia acabar mal. Eu não queria passar vergonha.

Naquele dia ele estava se esforçando muito para bater papo — o que acho compreensível, já que seria estranho ficarmos ali sentados dissecando um gato morto por uma hora sem falar nada. Ele disse:

— Você vai na festa de boas-vindas?

Desta vez, eu o olhei de verdade. Eu o encarei porque estava espantada. Ri baixinho e desviei o olhar novamente. A pergunta era tão ridícula que nem respondi. Durante toda a semana, estavam ocorrendo eventos para incentivar os atletas para o primeiro jogo do time da escola em casa — coisas do futebol americano, imagino — e eu estava fugindo de tudo aquilo. Parece que também havia uma competição pelo melhor espírito de classe, seja lá o que isso significasse. Eu deveria estar usando verde ou azul ou algo assim naquele dia, mas não estava.

O pessoal estava pirando com aquela bobagem.

— Você realmente não se envolve com as coisas da escola, hein? — Ocean disse, e me perguntei por que ele se importava com isso.

— Não — respondi calmamente. — Eu realmente não participo das coisas da escola.

— Ah.

Havia uma parte de mim que queria ser mais amigável com o Ocean, mas às vezes eu me sentia de fato *fisicamente desconfortável* quando ele era legal comigo. Parecia tão falso. Às vezes tinha impressão de que ele estava se esforçando um pouco demais para compensar aquele primeiro erro, o de pensar que meus pais estavam prestes a me mandar para um harém ou algo assim. Como se quisesse outra chance de provar que não tinha a mente fechada, pensando que eu não perceberia que ele tinha passado a achar que eu nem tinha permissão para fazer algo depois da aula para pensar que eu iria a uma festa, isso num espaço de duas semanas. Eu não gostava disso. Não me inspirava confiança.

Então, abri o coração de um gato morto e dei o dia por encerrado.

Cheguei ao treino um pouco cedo demais naquela tarde, e a sala ainda estava trancada; Navid era quem tinha a chave e ele não tinha chegado ainda, então me sentei no chão e esperei. Sabia que a temporada de basquete começaria no mês seguinte — e sabia disso porque tinha visto pôsteres colados em todo lugar —, mas parecia que o ginásio da escola já estava mais movimentado do que nunca. Bem barulhento. Muito barulhento. Muita gritaria. Apitos soprando e tênis rangendo. Eu realmente não sabia o que estava acontecendo; não sabia muito sobre esportes em geral. Tudo que ouvia era o estrondo dos muitos pés correndo pela quadra. Podia ouvir através das paredes.

Quando finalmente entrei na sala de dança com o resto do pessoal, colocamos a música bem alto e fizemos o nosso melhor para abafar as reverberações das muitas bolas de basquete batendo no chão. Naquele dia treinaria com Jacobi, que estava me ajudando a melhorar os meus passos. Eu já sabia fazer um *6-step* básico, que nada mais é do que uma série de seis passos no chão. Os braços sustentam o tronco enquanto as pernas fazem a maior parte do trabalho, movendo-se numa espécie de movimento circular. Servia como uma introdução ao seu movimento de força — seu movimento acrobático personalizado —, parecido, às vezes, com o tipo de coisa que os ginastas fazem sobre o cavalo com alças, só que muito mais estiloso. O *breakdance* se parece mais, em muitos aspectos, com algo como a capoeira, que envolve muitos chutes e giros no ar; uma luta de capoeira parece assustadora e bonita ao mesmo tempo.

O *breakdance* era mais ou menos assim.

Jacobi estava me mostrando como adicionar *CCs* ao meu *6-step*. Eram chamados assim porque foram inventados por um grupo de dançarinos que se autodenominavam *Crazy Commandos* ["Comandos Loucos"], e não porque o movimento se parecesse com um cê. Eram rotações corporais que tornaram minha coreografia mais complexa e, no geral, bem mais legal. Era nisso que eu vinha trabalhando. Já tinha aprendido como fazer um CC duplo, mas ainda estava pegando o jeito de fazer o CC com uma mão, e Jacobi estava me observando enquanto eu tentava uma vez atrás da outra. Quando finalmente consegui, ele bateu palmas animadamente.

Ele estava radiante.

— Bom trabalho — disse.

Eu quase caí para trás. Fiquei no chão, esparramada como uma estrela-do-mar, mas sorrindo.

Isso não era nada; apenas os *primeiros passos*. Mas eu me senti tão bem.

Jacobi me ajudou a levantar e apertou meu ombro.

— Legal — disse. —É sério.

Eu sorri para ele.

Me virei para pegar minha garrafa de água, de repente, congelei.

Ocean estava encostado no batente da porta, não exatamente na sala, nem exatamente fora dela, com uma bolsa de academia pendurada na transversal sobre o peito. Ele acenou para mim.

Olhei ao redor, confusa, como se ele estivesse acenando para outra pessoa, mas ele riu de mim. Por fim, fui falar com ele e percebi que alguém tinha deixado a porta entreaberta. Acontecia, às vezes, quando ficava muito quente lá dentro; um dos caras abria a porta para o ar circular um pouco.

Mesmo assim, nunca antes nossa porta aberta havia atraído visitantes.

— Hã... Oi — falei. — O que está fazendo aqui?

Ocean balançou a cabeça. Parecia, de alguma forma, ainda mais surpreso do que eu.

— Eu estava passando — explicou. — Ouvi a música. Quis saber o que estava acontecendo.

Ergui uma sobrancelha.

— Você estava apenas passando.

— Sim — ele sorriu. — Eu, hum, passo muito tempo na academia. De qualquer forma, honestamente, não sabia que você estaria aqui. Sua música é bem alta.

— Tá bom.

— Mas achei que devia dizer oi em vez de só ficar aqui, assistindo você como um pervertido.

— Boa ideia — concordei, mas continuava franzindo a testa. Ainda processando. — Então você não precisa de nada? Para a aula?

Ele abanou a cabeça.

Eu o encarei.

Finalmente, ele respirou fundo.

— Você realmente não estava brincando — disse. — Sobre dançar *break*.

Eu ri. O olhei com incredulidade.

— Você pensou que eu mentiria sobre algo assim?

— Não — ele respondeu, mas de repente parecia não ter certeza. — Eu só... Não sei. Não sabia.

— Ã-hã.

— São seus amigos? — Ocean perguntou.

Ele estava olhando para Jacobi, que estava me lançando um olhar de *Quem é esse cara?* e *O que está acontecendo?*, tudo ao mesmo tempo.

— Mais ou menos — respondi.

— Legal.

— Sim. — Eu estava tão confusa. — Hum, tenho que voltar.

Ocean assentiu. Endireitou-se.

— Sim, eu também.

Nos despedimos de um jeito meio sem graça. Assim que ele sumiu de vista, fechei a porta.

Jacobi foi o único que me notou falando com Ocean naquele dia e, quando me perguntou sobre isso, eu disse que não era nada, apenas um colega de classe que precisava de algo. Eu nem sabia por que tinha mentido.

Estava totalmente perplexa.

seis

Minha vida começou a entrar num ritmo. Estava estabelecendo uma nova rotina nesta cidade, e minhas ansiedades sobre não ter amigos na escola estavam começando a desaparecer. Eu não era mais uma novidade chocante; tinha me tornado parte integrante da escola, algo que agora a maioria dos meus colegas podia ignorar sem preocupações. As pessoas ainda gostavam de se referir a mim como Talibã quando eu passava, e de vez em quando encontrava um bilhete anônimo no meu armário me mandando chispar de volta para de onde eu vim e, às vezes, alguém dizia que gente de toalha na cabeça como eu não merecia viver no país — mas tentava não me abalar. Tentava me acostumar com isso. Tinha ouvido em algum lugar que as pessoas são capazes de se acostumar com qualquer coisa.

Felizmente, o *breakdance* me mantinha ocupada da melhor maneira possível.

Adorava tudo ligado àquela dança: a música, os movimentos, até mesmo a história. O *breakdance* começou na década de 1970 no sul do Bronx, em Nova York, e lentamente, ao longo do tempo, foi ganhando espaço até chegar a Los Angeles. Era ao mesmo tempo uma renovação, um braço e uma evolução do hip-hop, e o mais legal de tudo era que, originalmente, tinha sido usado como uma alternativa à violência física. Em suas lutas por territórios, gangues travavam batalhas de *breakdance* para determinar quem seria dono do quê — e é por isso que o termo batalha ainda hoje é usado nesse contexto. Grupos de *breakdance* não competem; travam uma batalha. Cada membro do grupo faz uma apresentação.

O melhor *b-boy* — ou a melhor *b-girl* — ganha.

Eu me dedicava aos treinos, indo para o ginásio quase todos os dias. Quando não podíamos usar a sala de dança da escola, criávamos um assoalho com caixas de papelão grandes que encontrávamos abandonadas em ruas e estacionamentos, ligávamos a caixa de som e praticávamos. Navid me arrancava da cama cedinho nos fins de semana para correr quinze quilômetros com ele. Começamos a treinar juntos regularmente. O *breakdance* envolvia um trabalho físico extremamente desgastante, mas era isso que me enchia de alegria e propósito. Na verdade, estava tão focada nessa nova vida fora da escola — e tão cansada com os treinos diários — que mal tinha tempo de ficar com raiva dos idiotas espalhados por toda parte.

A parte educacional da escola era muito chata.

Fazia muito tempo que tinha descoberto uma forma de só tirar a nota máxima sem nem me esforçar; meu truque para ser bem-sucedida era que eu realmente não me importava. Não sentia nenhuma pressão, então geralmente acabava me saindo bem. Eu tinha parado de me importar com a escola havia alguns anos, logo quando tinha idade suficiente para perceber que se preocupar com a escola — seus professores, alunos, paredes e portas e muitos corredores — quase sempre terminava em decepção. Então eu simplesmente parei. Parei de me lembrar das coisas. Das pessoas. Dos rostos. Com o tempo, as instituições e seus muitos nomes viraram uma coisa só. Profa. Fulana me deu aula no primeiro ano. Prof. Ciclano era o responsável pela minha turma do terceiro. Vai saber.

Eu era obrigada por lei e pela colher de pau da minha mãe a ir todos os dias, então eu ia. Aparecia lá, fazia meu trabalho, lidava com as constantes e persistentes microagressões das massas que influenciavam os padrões de humor do meu dia. Eu não me estressava com a ideia de entrar numa boa faculdade porque já sabia que não poderia pagar uma boa faculdade. Eu não me estressava com as disciplinas avançadas porque não as considerava diferentes das disciplinas normais. Eu não me estressava com os simulados porque quem dava a mínima para os simulados? Eu que não.

Não sei, acho que sempre pensei que tudo daria certo, mesmo que as minhas muitas escolas tentassem me mutilar. E me apegava a esse pensamento todos os dias. *Mais dois anos e meio*, pensava. Apenas mais dois anos e meio até que pudesse me livrar daquela existência governada por sinos escolares que, sejamos honestos, não tocavam.

Apitavam.

Era nisso que estava pensando enquanto separava outra camada gosmenta de pele do músculo gosmento do gato. Estava pensando quanto odiava tudo aquilo. Em como estava ansiosa para ir para o ginásio. Meu *crab walk* estava bem melhor agora — quase conseguia sustentar o peso do meu corpo com os cotovelos um dia antes —, e queria ver se faria mais progresso naquela tarde. Eu iria participar da minha primeira batalha de *breakdance* ao vivo naquele fim de semana e queria sentir que já dominava alguma coisa quando chegasse lá.

Terminei meu turno com o gato e tirei as luvas, jogando-as no lixo antes de lavar as mãos — por precaução — na pia da nossa bancada no laboratório. Até então, nossas descobertas não tinham sido nada assombrosas, e era melhor assim mesmo. Um outro grupo da nossa classe tinha descoberto que sua gata havia morrido grávida; eles encontraram uma ninhada de gatinhos em seu útero.

Aquele era um trabalho escolar seriamente errado.

— Sua vez — disse olhando para Ocean, cujo comportamento comigo havia mudado, de forma bastante drástica, na última semana.

Ele tinha parado de falar comigo na aula.

Não me fazia mais perguntas genéricas sobre minhas noites ou meus fins de semana. Na verdade, não me tinha dito mais do que algumas palavras nos últimos dias, desde aquela tarde na sala de dança. Eu o flagrara me olhando muitas vezes, mas, até aí, as pessoas sempre olhavam para mim. Ocean pelo menos tinha a decência de fingir que *não* estava olhando e nunca dizia nada, e eu ficava secretamente grata por seu silêncio. Eu preferia olhares silenciosos aos idiotas tagarelas que me diziam, de maneira espontânea, exatamente o que pensavam de mim.

Mas estaria mentindo se dissesse que não estava um pouco confusa.

Achava que já tinha entendido qual era a do Ocean, mas de repente já não tinha tanta certeza. Apesar do nome particular, ele me parecia um menino extremamente comum com pais extremamente comuns. O tipo de pais que compravam sopa enlatada, mentiam para os filhos sobre o Papai Noel, acreditavam em tudo que liam em seus livros de história e não falavam sobre seus sentimentos.

Meus pais eram exatamente o oposto.

Eu era fascinada por enlatados simplesmente porque aquela invenção milagrosa ocidental nunca tinha sido permitida na minha casa. Meus pais não compravam comida pronta, por mais básica que fosse; nunca celebrávamos o Natal, exceto quando às vezes minha mãe e meu pai tinham pena de nós — um ano, ganhei uma caixa de envelopes. Eles nos ensinaram sobre as atrocidades da guerra e do colonialismo desde antes de eu aprender a ler. Também não tinham problema em compartilhar sentimentos comigo. Eles adoravam. Gostavam de dizer o que havia de errado comigo — o que chamavam de *atitude infeliz* — o tempo todo.

De qualquer forma, eu não conseguia mais entender o que se passava com o Ocean, e me incomodava o fato de eu me incomodar com isso. Não era isso que eu queria? Não era por isso que eu tinha agido daquela forma? Mas, agora que ele realmente estava me ignorando, não conseguia deixar de me perguntar por quê.

Mesmo assim, o silêncio ainda era a melhor opção.

Naquele dia, porém, foi um pouco diferente. Depois de vinte minutos de perfeito silêncio, ele abriu a boca.

— Ei, o que aconteceu com a sua mão?

Na noite anterior, eu estava tentando abrir uma costura de uma jaqueta de couro quando acabei fazendo um pouco de força demais; o abridor de casa escorregou e cortou o dorso da minha mão esquerda. Eu estava usando um curativo grande entre o indicador e o polegar. Olhei Ocean nos olhos.

— Acidente de costura — respondi.

Suas sobrancelhas se juntaram.

— *Acidente de costura?* O que é um acidente de costura?

— Um acidente que acontece quando a gente costura — disse. — Tipo, roupas? Eu mesma faço várias das minhas roupas — expliquei, mas ele não pareceu entender. Continuei: — Quer dizer, com frequência eu compro roupas em brechós e depois faço as alterações. — Ergui a mão como prova. — Mas não sou muito boa nisso.

— Você faz suas próprias roupas? — Seus olhos se arregalaram um pouquinho.

— Às vezes — disse.

— Por quê?

Eu ri. Era uma pergunta razoável.

— Bem, ãh, porque as roupas que eu realmente quero estão acima do meu orçamento.

Ocean apenas me encarou.

— Você sabe alguma coisa sobre moda? — lhe perguntei.

Ele abanou a cabeça.

— Ah — falei, tentando sorrir. — É. Acho que não é para todos.

Mas eu adorava.

A coleção de outono do Alexander McQueen tinha acabado de chegar às lojas e, depois de muito implorar, tinha convencido minha mãe a me levar a uma das butiques chiques locais só para poder ver as peças pessoalmente. Nem toquei nelas. Apenas fiquei de perto, olhando. Achava o McQueen um gênio.

— Então foi você que fez isso com os seus tênis? — Ocean disse de repente. — Tipo, de propósito?

Olhei para baixo.

Estava usando o que costumava ser um par de tênis brancos simples, mas tinha desenhado neles. E na minha mochila. E nas minhas pastas. Era um dos meus hábitos. Eu me trancava no quarto e desenhava nas coisas ouvindo música. Às vezes eram rabiscos aleatórios, mas, nos últimos tempos, vinha experimentando com grafite — especificamente com *tags*, um tipo de assinatura — porque algumas técnicas do estilo me lembravam da caligrafia persa altamente estilizada. Eu não era como Navid; nunca tinha grafitado uma propriedade pública. Não mais do que duas vezes, pelo menos.

— Sim — afirmei lentamente. — Fiz de propósito.

— Ah. Legal.

Ri da expressão em seu rosto.

— Não, sério — ele disse. — Eu gostei.

Mesmo assim, fiquei em dúvida.

— Obrigada.

— Você tem outro par assim também, né?

— Sim. — Ergui uma sobrancelha. — Como você sabe?

— Você senta na minha frente — ele respondeu olhando bem nos meus olhos, e quase sorriu, mas parecia mais uma pergunta. — Tem dois meses que você senta na minha frente. Eu olho pra você todo dia.

Arregalei os olhos. E, então, fiz uma careta. Mas nem tive chance de falar nada antes que ele emendasse:

— Eu não quis dizer isso. — Ele balançou a cabeça, desviando o olhar. — Nossa, eu não quis dizer isso, tipo, que eu fico olhando pra você. Eu só quis dizer que vejo você.

Você entendeu. *Droga* — ele disse baixinho para si mesmo.
— Deixa pra lá.

Eu meio que ri, mas pareceu estranho.
— Tá tudo bem.

E foi isso. Ele não disse mais nada digno de nota pelo resto da aula.

sete

Eu estava guardando os livros no meu armário depois da aula — e pegando as roupas de ginástica que eu deixava lá, junto com a bolsa — quando ouvi uma onda repentina de vozes. Os corredores geralmente ficavam quietos àquela hora, e eu raramente via pessoas depois do sinal, então barulhos como aquele eram incomuns. Eu me virei antes de entender o que estava acontecendo.

*Líderes de torcida.*

Havia três. Muito bonitas e cheias de energia. Não estavam usando os uniformes oficiais, e sim roupas de treino coordenadas, só que era óbvio que eram líderes de torcida. Curiosamente, as líderes de torcida nunca tinham me maltratado; elas me ignoravam tão completamente que achava a presença delas inesperadamente reconfortante.

Dei as costas.

Eu tinha acabado de pendurar minha bolsa de ginástica no ombro quando ouvi alguém gritar um olá. Seja lá quem fosse, tinha certeza de que não estava falando comigo e, mesmo se *estivesse*, seria apenas para dizer algum novo insulto criativo, então ignorei. Bati a porta do armário, girei a combinação para trancá-lo e fui embora.

— Oi...

Continuei caminhando, mas agora estava começando a me sentir um pouco assustada, porque a voz *parecia* estar sendo direcionada para mim, que provavelmente não queria saber por que alguém estava tentando me chamar naquela hora. Todas as pessoas que eu conhecia naquela escola estavam esperando por mim, naquele exato momento, na sala de dança do ginásio, então, quem quer que fosse, com quase toda certeza estava tentando me incomodar e...

— Shirin!

Congelei. Aquilo, sim, era incomum. Em geral, os idiotas que me assediavam nos corredores não sabiam o meu nome. Eu me virei, mas olhando apenas por sobre o ombro.

— Ei.

Era o Ocean, parecendo um pouco frustrado.

Tive de fazer um esforço físico para não parecer surpresa.

— Você deixou cair seu celular — disse ele, estendendo-o para que eu o pegasse.

Olhei para o meu celular em sua mão. Depois, olhei para o rosto dele. Não entendia por que o mundo continuava jogando-o no meu caminho, mas também não tinha como ficar com raiva dele por ser uma pessoa decente, então peguei o telefone.

— Obrigada — agradeci.

Ele me olhou com uma expressão ao mesmo tempo de frustração e diversão, mas não disse nada, o que não seria um problema, caso ele não tivesse continuado a me encarar por uns três segundos a mais que o necessário, aí de repente a situação ficou estranha.

Respirei fundo. Estava prestes a me despedir quando alguém o chamou. Vi que era uma das líderes de torcida.

Fiquei surpresa, mas tentei não demonstrar.

E então fui embora, sem dizer uma palavra.

Naquela noite, após um treino particularmente exaustivo, estava me sentindo agitada demais para dormir e não conseguia explicar por quê. Estava sentada na cama, escrevendo, escrevendo, escrevendo. Sempre mantive um diário um tanto intenso.

Escrevia nele todos os dias, várias vezes ao dia. Até no meio da aula. Durante o intervalo de almoço. Ele era tão precioso para mim que o carregava aonde quer que fosse, porque era a única coisa que podia fazer, a única maneira de mantê-lo seguro. Eu tinha medo de que um dia minha mãe pudesse descobri-lo, ler tudo, perceber que sua filha era complicada, um ser humano imperfeito — que muitas vezes desconsiderava o dogma da religião —, e acabar tendo um aneurisma. Então, eu sempre o mantinha por perto.

Mas, naquela noite, não estava conseguindo me concentrar.

De tempos em tempos, eu levantava a cabeça e olhava para o meu computador, para sua tela apagada e escura reluzindo na luz fraca, e hesitava. Estava muito tarde, talvez por volta da uma da manhã. Todos estavam dormindo.

Abaixei minha caneta.

O velho e pesado computador do meu quarto era um dinossauro. Minha mãe o tinha montado peça por peça alguns anos antes, quando estava estudando para um novo nível de certificação em programação de computadores. Era um pouco como o monstro do Frankenstein, mas era o monstro da minha mãe, e eu tinha sido a sortuda destinatária de sua grande criação. Rapidamente, antes que pudesse mudar de ideia, liguei a coisa.

Fez um barulho alto.

A tela iluminou-se, ofuscante e ostensiva, e a CPU começou a zumbir como louca. A ventoinha estava muito forte, o disco rígido não parava de ranger, e eu imediatamente me arrependi da decisão. Tinha ouvido histórias de pais que deixavam seus filhos ficarem acordados a noite toda, mas não os conhecia. Meus pais ficavam sempre no meu pé e estavam sempre desconfiados — geralmente, por um bom motivo; meu irmão e eu não éramos muito obedientes. Tinha certeza de que ouviriam o barulho, entrariam no quarto e me forçariam a ir dormir.

Mordi meu lábio e esperei.

O maldito computador finalmente ligou. Demorou uns dez minutos. E mais outros dez para que eu conseguisse acessar a internet, porque às vezes ele era, sei lá, ainda mais teimoso. Eu estava estranhamente nervosa. Nem sabia o que estava fazendo. Por que eu estava fazendo aquilo. Não exatamente.

Meu programa de mensagens abriu automaticamente, e a minha curta lista de amigos estava toda off-line. Exceto por um.

Meu coração deu um salto e eu me levantei muito rápido, sentindo-me repentinamente burra e envergonhada. Eu nem conhecia aquele cara. Ele não estaria — *nunca* estaria — nem remotamente interessado em alguém como eu, e eu sabia disso. Sabia disso e ainda estava ali parada como uma idiota.

Eu não ia fazer aquilo. Não ia dar uma de idiota.

Voltei para o computador, pronta para apertar o botão de desligar, quando...

*toque duplo*
*toque duplo*
*toque duplo*

riversandoceans04: Ei
riversandoceans04: Vc tá on-line
riversandoceans04: Vc nunca tá on-line

Encarei a tela com o dedo congelado sobre o botão de liga/desliga.

*toque duplo*

riversandoceans04: Olá?

Sentei na frente do computador.

jujehpolo: Oi
riversandoceans04: Oi
riversandoceans04: O que vc tá fazendo acordada tão tarde?

Comecei a digitar "Não sei", mas percebi que a minha resposta podia ser óbvia demais. Tentei algo mais genérico.

> jujehpolo: Não conseguia dormir
> riversandoceans04: Ah
> riversandoceans04: Ei, posso fazer uma pergunta?

Encarei a janela de mensagens. Fiquei um pouco alarmada.

> jujehpolo: Claro
> riversandoceans04: O que significa jujehpolo?

Fiquei tão aliviada por ele não ter me feito uma pergunta superofensiva que quase ri alto.

> jujehpolo: É, tipo, uma coisa persa. *Jujeh* significa pequeno, mas também é a palavra para pintinho.
> jujehpolo: E polo significa arroz
> jujehpolo: Tô percebendo só agora que não faz nenhum sentido, mas é tipo uma piada interna, eu acho. Minha família me chama de *jujeh*, porque sou pequena, e *jujeh kabab* com arroz é uma receita...
> jujehpolo: Enfim
> jujehpolo: É só um apelido.
> riversandoceans04: Não, eu entendi. Muito legal.
> riversandoceans04: Então você é persa?
> Jujehpolo: Sim
> riversandoceans04: Isso é muito legal. Eu adoro comida persa.

Minhas sobrancelhas se levantaram. Surpresa.

> jujehpolo: Você conhece?
> riversandoceans04: Sim. Eu adoro homus.

riversandoceans04: E faláfel.

Ah. Sim. Ok.

jujehpolo: Nenhuma dessas coisas é persa
riversandoceans04: Não?
jujehpolo: Não
riversandoceans04: Ah

Apoiei a cabeça nas mãos. De repente, senti ódio de mim mesma. O que diabos eu estava fazendo? Aquela conversa era tão idiota. Eu era tão idiota. Não conseguia acreditar que tinha ligado o computador para isso.

jujehpolo: Bem, tenho que ir dormir
riversandoceans04: Ah, ok.

Eu já havia digitado "Tchau" e estava prestes a dar enter...

riversandoceans04: Ei, antes de vc ir

Hesitei. Apaguei. Reescrevi.

jujehpolo: Sim?
riversandoceans04: Talvez um dia vc possa me mostrar o que é a comida persa.

Encarei minha tela por um longo tempo. Fiquei confusa. Meu primeiro impulso foi achar que ele estava me chamando para sair; o segundo, mais sábio, foi concluir que ele nunca, jamais, seria burro o suficiente para fazer algo assim, que ele quase com certeza estava ciente do fato de que meninos brancos simpáticos não ousam convidar estranhas garotas muçulmanas para encontros, mas, ainda assim, fiquei perplexa.

Ele queria que eu, tipo, o ensinasse sobre comida persa? Ensinasse sobre os costumes do meu povo? Que diabos? Então decidi ser honesta.

jujehpolo: Acho que não entendi o que você quis dizer
riversandoceans04: Eu quero experimentar comida persa
riversandoceans04: Tem algum restaurante persa por aqui?
jujehpolo: Haha
jujehpolo: Por aqui? Não.
jujehpolo: Não a menos que você conte a cozinha da minha mãe
riversandoceans04: Ah
riversandoceans04: Então talvez eu possa ir jantar um dia

Quase caí da cadeira. A ousadia daquele garoto, caramba.

jujehpolo: Você quer vir na minha casa e jantar com a minha família?
riversandoceans04: Isso é estranho?
Jujehpolo: Hum, um pouco
riversandoceans04: Ah
riversandoceans04: Então isso é um não?
jujehpolo: Não sei

Fiz uma careta para o computador.

jujehpolo: Acho que posso perguntar para os meus pais.
riversandoceans04: Legal
riversandoceans04: Ok, boa noite
jujehpolo: Tá
jujehpolo: Boa noite

Não tinha ideia do que diabos havia acabado de acontecer.

# oito

Passei o fim de semana ignorando meu computador. Eram meados de outubro, fazia dois meses que eu estava naquela escola, e ainda estava tentando entender tudo aquilo. Não tinha feito nenhum amigo sozinha, mas não estava me sentindo solitária, e essa era uma sensação nova. Além disso, andava bastante ocupada — o que também era novo — e, de quebra, ainda tinha *alguma coisa* para fazer no fim de semana. Na verdade, estava me preparando para sair.

Naquela noite, eu ia para uma batalha de *breakdance*. Ficaríamos na plateia, mas a perspectiva me animava. Queríamos nos juntar à cena do *breakdance* naquela nova cidade e ver aonde isso nos levaria. Talvez, uma vez que fôssemos bons o suficiente, começaríamos a travar batalhas com outros grupos. Talvez um dia, nós sonhávamos, entraríamos para o campeonato regional, depois estadual e talvez, *talvez*, até em competições internacionais.

Tínhamos grandes sonhos. E nossos pais os aprovavam.

Meus pais eram um pouco conservadores, um pouco tradicionais, mas, em alguns aspectos, surpreendentemente progressistas. Em geral, eram bem descolados. Ainda assim, tinham dois pesos e duas medidas. Tinham medo de que o mundo pudesse me machucar, por eu ser uma menina, muito mais do que temiam pelo meu irmão, e por isso eram mais rígidos comigo, com toques de recolher, com o que eu poderia e não poderia fazer. Nunca tinham tentado me isolar socialmente, mas sempre queriam saber tudo sobre aonde eu estava indo, com quem estava indo e exatamente quando estaria de volta, e quase nunca faziam isso com o Navid. Quando o Navid chegava tarde em casa, eles só ficavam ligeiramente irritados. Uma vez, depois de assistir ao primeiro filme do Harry Potter, cheguei em casa uma hora atrasada — não tinha ideia de que teria *três horas de duração* — e minha mãe estava tão aborrecida que não conseguia decidir se chorava ou se me matava. Essa reação me deixou passada, porque minhas atividades sociais eram tão moderadas que quase não existiam. Eu não ficava em festas até tarde. Não ia me embebedar por aí. Eu fazia coisas tontas com meus amigos, como vagar por lojas de departamento e comprar as coisas mais baratas que pudéssemos encontrar para "decorar" os carros no estacionamento.

Minha mãe não aprovava nada disso.

A vantagem de dançar *break* com meu irmão era que os meus pais se preocupavam menos quando sabiam que ele estava comigo, pronto para dar um soco na cara de algum assediador desavisado, caso fosse necessário. Mas meu irmão e eu também tínhamos aprendido havia muito tempo a jogar com o sistema; quando eu queria sair para algum lugar e sabia que os meus pais não deixariam, ele me dava cobertura. Eu fazia o mesmo por ele.

Mas Navid tinha acabado de fazer dezoito anos. Ele era mais velho e, por isso, mais livre. Já tinha feito bicos em todos os lugares em que tínhamos morado, mesmo quando era mais novo que eu era, e tinha economizado o suficiente para comprar um iPod *e* um carro. Era o sonho de qualquer adolescente. Ele era o atual e orgulhoso proprietário de um Nissan Sentra 1988, que um dia usaria para me atropelar. Até então, eu continuava indo a pé para a escola todos os dias. Às vezes eu pegava carona com ele, mas ele tinha aulas mais cedo e, à tarde, geralmente me abandonava após o treino para fazer algo com seus amigos.

Naquele dia, embarcaríamos naquela bela lata velha rumo a um novo mundo. Um mundo que daria um novo título e uma nova faceta para a minha identidade. Eu queria me tornar uma *b-girl* no sentido completo da palavra. Seria muito melhor ser chamada de *b-girl*, uma dançarina de *break*, do que de a garota que usa aquela coisa na cabeça.

O evento foi ainda mais emocionante do que eu esperava. Tinha assistido a batalhas antes, claro — tínhamos assistido fitas de antigas competições de *breakdance* por anos —, mas era outra coisa poder testemunhar pessoalmente. O espaço era relativamente pequeno — parecia uma galeria de arte que tinha sido adaptada —, e as pessoas ficavam amontoadas como cigarros num maço, pressionadas contra as portas e paredes, comprimindo-se para deixar espaço vazio suficiente no centro da sala. A energia era palpável. A música reverberava nas paredes e no teto, o baixo pulsava nos meus tímpanos. Ali, as pessoas não pareciam se importar comigo; ninguém me encarava, os olhos apenas passavam pelo meu rosto e pelo meu corpo. Não sabia por que, de repente, a minha aparência já não importava, por que não gerava reações. Talvez porque a amostra demográfica ali fosse outra. Estava cercada por diversos tipos de corpos e rostos; ouvia espanhol em um ouvido e chinês no outro. Éramos brancos e pretos e pardos reunidos por um único interesse.

*Eu amei.*

De alguma forma descobri, naquele momento, que tudo o que importava naquele mundo era talento. Se eu fosse uma boa dançarina de *break*, as pessoas me respeitariam. Ali eu poderia ser mais do que os padrões que a sociedade aplicava à minha vida.

Era tudo que eu sempre quisera.

Cheguei em casa naquela noite me sentindo mais animada do que — bem, nunca. Buzinei tudo na orelha da minha mãe e ela sorriu, impressionada, e me mandou ir fazer a lição de casa. A escola estaria me esperando cedinho no dia seguinte, mas, naquela noite, eu ainda estava radiante. Ecos da música dançavam na minha cabeça. Me preparei para ir dormir, mas não conseguia me concentrar na tarefa que tinha deixado inacabada. Em vez disso, abri um espaço no meio do meu quarto e pratiquei o *crab walk* por um bom tempo, até o carpete começar a queimar as minhas mãos. Eu continuava a cair para a frente — beijando o chão, como meu irmão gostava de dizer — e não conseguia acertar. Ainda tinha um longo caminho antes de me tornar uma boa dançarina de *break*, mas até aí, eu nunca tinha tido medo de trabalhar duro.

# nove

Minha segunda aula do dia chamava-se Perspectivas Globais. Meu professor era um daqueles pensadores rebeldes e criativos, um daqueles caras determinados a fazer descobertas com adolescentes. Ele era mais legal do que a maioria dos professores, mas, quase todos os dias, ficava óbvio que estava tentando demais nos convencer disso. Ainda assim, eu não odiava a aula dele. A única coisa que ele exigia de nós era participação em sala de aula.

Não havia provas nem tarefa de casa.

Em vez disso, ele nos forçava a debater fatos atuais. Política. Tópicos polêmicos. Ele queria que fizéssemos perguntas difíceis uns aos outros, que questionássemos as nossas ideias sobre o mundo, que interagíssemos diretamente uns com os outros de maneiras inéditas. Os que se recusassem a participar — que não expressassem opiniões em voz alta — não passariam.

Eu gostava daquilo.

Até então, não tínhamos tido grandes dramas. Tinha começado leve. Quando chegamos para a segunda aula, descobrimos toda as carteiras da sala organizadas em grupos de quatro. Tínhamos de começar assim, num grupo menor, antes de ele fazer outras mudanças.

Depois de meia hora de discussões intensas, ele veio ao nosso pequeno grupo e nos pediu para recapitular o que tínhamos conversado.

Daí, disse:

— Ótimo, ótimo. Pois, então, qual é o nome de todos do grupo?

Foi isso que me fez levá-lo a sério. Porque, nossa, já estávamos conversando havia um tempo e ninguém tinha perguntado o nome de ninguém. Pensei que talvez aquele cara fosse inteligente. Achei que talvez fosse diferente. Pensei *Ora, o prof. Jordan pode ser bom mesmo.*

Mas aquela era uma nova segunda-feira. Dia de mudanças.

Mal tinha chegado ao meu lugar quando ele gritou:

— Shirin e Travis, venham aqui, por favor.

Eu o olhei confusa, mas ele apenas acenou para mim. Coloquei minha mochila no chão ao lado da minha carteira e fui, relutantemente, até a frente da classe. Olhei para os meus pés, para a parede. Estava nervosa.

Eu não conhecia o Travis ainda — ele não era uma das quatro pessoas no meu grupo —, mas era tudo o que a televisão nos ensina sobre como se parece um atleta. Grande, loiro e forte, vestindo uma jaqueta de beisebol. Notei que ele também olhou ao redor sem jeito.

O prof. Jordan estava sorrindo.

— Um novo experimento — anunciou para a classe, batendo as mãos. — Vamos lá, vocês dois — disse antes de virar nossos ombros para que Travis e eu ficássemos de frente um para o outro. — Não se contorçam. Quero que vocês olhem um para o rosto do outro.

Alguém venha aqui me matar, por favor.

Eu olhei para o Travis apenas porque não queria tirar uma nota baixa. Travis também não parecia muito animado em olhar para o meu rosto, e me senti mal por ele. Nenhum de nós queria fazer o que diabos meu professor estava prestes a nos obrigar a fazer.

— Continuem olhando — disse o prof. Jordan. — Eu quero que vocês enxerguem um ao outro. Que realmente se enxerguem. Estão se olhando?

Lancei um olhar agudo para o prof. Jordan. Não disse nada.

— Tudo bem — disse ele, sorrindo como um maníaco. — Agora, Travis, quero que me diga exatamente o que você pensa quando olha para a Shirin.

Perdi a sensibilidade das pernas.

Me senti repentinamente tonta, mas, ao mesmo tempo, como se estivesse enraizada no chão. Senti pânico e indignação — me senti traída — e não tinha ideia do que fazer. Como poderia justificar me virar e dizer ao meu professor que ele estava louco? Como poderia fazer isso sem me meter numa encrenca?

Travis ficou vermelho brilhante. Ele começou a balbuciar.

— Seja honesto — o prof. Jordan disse. — Lembre-se, honestidade é tudo. Sem ela, nunca podemos seguir em frente. Nunca teremos discussões produtivas. Portanto, *seja honesto*. Diga exatamente o que você pensa quando olha para o rosto dela. Primeiras impressões. Sem pensar demais. Vamos, *agora*.

Eu estava entorpecida. Paralisada por uma impotência e um constrangimento que não sabia explicar. Fiquei ali, me odiando, enquanto Travis procurava as palavras.

— Não sei — falou, mal conseguindo olhar para mim.

— Mentira — rebateu o prof. Jordan, com os olhos brilhando. — Isso é mentira, Travis, e você sabe disso. Agora, seja *honesto*.

Eu estava respirando muito rápido. Estava encarando Travis, implorando-lhe com o olhar para ir embora, para me deixar em paz, mas ele estava perdido em seu próprio pânico. Ele não conseguia ver o meu.

— Eu... eu não sei — disse novamente. — Quando olho para ela, eu não vejo nada.

— O quê? — fez o Prof. Jordan, aproximando-se de Travis e examinando-o com atenção. — O que quer dizer com não vê nada?

— Quero dizer, quero dizer... — Travis suspirou. O rosto dele estava manchado de tanta vermelhidão. — Quero dizer, ela não, tipo... Eu não a vejo. É como se ela não existisse pra mim. Quando olho pra ela, eu não vejo nada.

A raiva invadiu o meu corpo. Me senti subitamente mole. Oca. Lágrimas formaram-se nos meus olhos; eu lutei contra elas.

Ouvi os sons vagos e distorcidos de comemoração do prof. Jordan. O ouvi batendo palmas, animado. E o vi vindo na minha direção, ostensivamente, para anunciar a minha vez no seu experimento estúpido, mas, em vez disso, apenas o encarei, entorpecida.

E fui embora.

Peguei minha mochila no lugar onde a tinha deixado e me movi, no que pareceu ser em câmera lenta, em direção à porta. Estava me sentindo cega e surda ao mesmo tempo, como se estivesse passando por uma neblina, e então percebi — como percebia toda vez que algo assim acontecia — que não era tão forte quanto gostaria de ser.

Eu ainda me importava muito. Ainda era tão pateticamente fácil me atingir.

Eu não sabia aonde estava indo. Simplesmente sabia que precisava ir. Tinha que sair, tinha que escapar dali antes que chorasse na frente de toda a classe, xingasse o prof. Jordan e fosse expulsa.

Corri cegamente pela porta e pelo corredor e por metade da escola antes de perceber que queria ir para casa. Queria esvaziar a cabeça; queria me afastar de tudo por um tempo. Então, atravessei o pátio e o estacionamento e estava prestes a sair do campus quando senti alguém agarrar meu braço.

— Caramba, você anda rápido...

Me virei, atordoada.

A mão de Ocean estava no meu braço, e seus olhos cheios de alguma coisa como medo ou preocupação. Ele disse:

— Fiquei chamando você sem parar. Não me ouviu?

Olhei ao redor como se estivesse enlouquecendo. Por que aquilo continuava acontecendo comigo? O que diabos Ocean estava fazendo ali?

— Me desculpa — respondi, com a voz vacilante. Percebi que ele ainda estava me tocando, então dei um passo repentino, de nervoso, para trás. Continuei: — Eu, hum, estava meio perdida na minha própria cabeça.

— Sim, imaginei — ele disse, suspirando. — O prof. Jordan é um babaca. Um completo imbecil.

Arregalei os olhos. Fiquei, sabe-se lá como, ainda mais confusa.

— Como você sabe sobre o prof. Jordan?

Ocean me encarou. Parecia não ter certeza se eu estava brincando.

— Também *faço essa aula* — explicou, finalmente.

Eu pisquei.

— Tá falando sério? — ele perguntou. — Você não sabia que eu estava na mesma sala que você? — Ele riu, mas parecia triste. Abanou a cabeça. — Nossa — fez.

Eu não estava conseguindo processar aquilo. Era um pouco demais, coisa demais acontecendo de uma vez.

— Você acabou de se transferir para essa disciplina ou algo assim? — perguntei. — Ou sempre esteve nessa turma?

Era o Ocean que parecia atordoado agora.

— Ai, nossa, eu realmente sinto muito — disse. — Não estava, tipo, ignorando você. Eu só, eu realmente não olho para as pessoas, na maioria das vezes.

— Sim — concordou ele, e riu novamente. — Eu sei.

Levantei minhas sobrancelhas. E ele suspirou e disse:

— Ei, sério... Você está bem? Eu não acredito que ele fez aquilo com você.

— Sim. — Desviei o olhar. — Eu me sinto meio mal pelo Travis.

Ocean emitiu um som de descrença.

— O Travis vai ficar bem.

— Sim.

— Então, você está bem? Não precisa que eu volte lá e acabe com ele?

Levantei a cabeça, incapaz de conter minha surpresa. Em que momento Ocean tinha se tornado um cara disposto a defender a minha honra? Quando tinha sido promovida a ponto de me tornar alguém para quem ele faria uma oferta assim? Eu mal falava com o cara, e mesmo quando falava, nunca era muito. Na semana anterior, ele mal tinha falado comigo na aula de biologia. Percebi, então, que não o conhecia mesmo.

— Estou bem — afirmei.

Quer dizer, não estava, mas não sabia mais o que dizer. Só queria mesmo ir embora. E só me dei conta de que falei isso em voz alta quando Ocean disse:

— Boa ideia. Vamos sair daqui.

— O quê? — Sem querer, ri dele. — Está falando sério?

— Você estava prestes a matar aula — argumentou ele. — Não?

Concordei.

— Bem — disse ele, encolhendo os ombros —, eu vou com você.

— Não precisa fazer isso.

— Eu sei que *não preciso* — disse. — Eu só quero. Tudo bem?

Eu o encarei.

Encarei seu cabelo castanho, simples e descomplicado. Sua blusa azul-clara e seu jeans escuro. Ele estava usando um tênis muito branco. Também estava apertando os olhos, me olhando sob a luz fria do sol, esperando minha resposta, e finalmente tirou um par de óculos escuros do bolso e os colocou. Eram bonitos. Ficavam bem nele.

— Sim — concordei calmamente. — Tudo bem.

## dez 16

Caminhamos até uma lanchonete. Não ficava longe da escola e parecia um destino inofensivo o suficiente, para conseguir comida barata e uma pequena mudança de ares. Mas, então, lá estávamos sentados nos sofazinhos, um de frente para o outro. E, de repente, não tinha ideia do que estava fazendo. Do que *estávamos* fazendo.

Estava tentando pensar no que dizer, em como dizer, quando Ocean pareceu subitamente lembrar que ainda estava de óculos escuros.

Ele disse:

— Ah, é mesmo...

E os tirou.

Foi um gesto tão simples. Um momento tranquilo e comum. O mundo não parou de girar; pássaros não se puseram a cantar. Obviamente, eu já tinha visto seus olhos antes. Mas, de alguma forma, de repente, era como se os estivesse vendo pela primeira vez. E, de alguma forma, de repente, eu não conseguia parar de olhar para o rosto dele. Algo vibrou no meu coração. Senti minha armadura começando a se quebrar.

Ele tinha olhos realmente lindos.

Eram uma mistura incomum de castanho e azul, que, juntos, compunham uma espécie de cinza. Eu nunca tinha percebido aquele detalhe. Talvez porque ele nunca tivesse me olhado assim antes. Diretamente para mim. Sorrindo. De fato, sorrindo para mim. Só então percebi que nunca tinha recebido um sorriso completo de Ocean. Na maioria das vezes, seus sorrisos eram confusos ou medrosos, ou uma combinação de uma série de outras coisas. Mas, por algum motivo, naquele momento, naquela mesa feia da lanchonete, ele sorria para mim como se houvesse um motivo para comemorar.

— O quê? — ele disse, finalmente.

Pisquei rápido, assustada. Envergonhada. Olhei para o cardápio e disse "nada" muito baixinho.

— Por que você estava me olhando?

— Eu não estava olhando pra você. — E segurei o cardápio mais perto do rosto.

Ninguém disse nada por alguns segundos.

— Você não ficou mais on-line no fim de semana — ele disse.

— Sim.

— Por que não? — Ele esticou a mão e gentilmente empurrou o cardápio para longe do meu rosto.

*Ai, meu Deus.*

Eu não conseguia deixar de olhar. Eu não conseguia deixar de olhar, *ai, meu Deus*, alguém me salve de mim mesma, eu não conseguia deixar de olhar para o rosto dele. O que estava acontecendo comigo? Por que de repente estava tão atraída por ele?

*Por quê?*

Por dentro, estava procurando desesperadamente as muralhas, minhas antigas armaduras, qualquer coisa que pudesse me salvar daquilo ali — do perigo de todas as idiotices que afetavam minha mente quando eu estava perto de garotos bonitinhos —, mas nada estava funcionando porque ele não parava de me olhar.

— Estava ocupada — disse, mas as palavras saíram um pouco estranhas.

— Ah — ele disse e se recostou no banco.

Seu rosto estava inescrutável. Ele pegou o cardápio e ficou examinando as muitas opções.

E, então, simplesmente, não sei o que me deu. Acho que eu não aguentava mais.

— Por que você está aqui comigo? — perguntei.

As palavras simplesmente aconteceram. Saíram sem fôlego e um pouco zangadas. Eu não o entendia, não gostava do que acontecia com o meu coração perto dele, não gostava de não ter ideia do que ele estava pensando. Estava confusa pra caramba, sentindo-me deslocada, impotente, então era melhor colocar as cartas na mesa e acabar logo com aquilo.

Não pude evitar.

Ocean baixou o cardápio. Parecia surpreso.

— O que você quer dizer?

— Quero dizer... — Olhei para o teto, mordi meu lábio. — Quero dizer que não entendo o que está acontecendo aqui. Por que você está sendo tão legal comigo? Por que me seguiu para fora da classe? Por que está pedindo para jantar na minha casa...

— Ah, é mesmo, você perguntou aos seus pais sobre isso...

— Não entendo o que você está fazendo — disse, o interrompendo. Podia sentir meu rosto ficando quente. — O que você quer de mim?

Ele arregalou os olhos.

— Eu não quero nada de você.

Engoli em seco. Desviei o olhar.

— Isso não é normal, Ocean.

— O que não é normal?

— Isso — eu disse, gesticulando entre nós. — *Isto* aqui. Não é normal. Caras como você não falam com meninas como eu.

— Meninas como você?

— Sim — respondi. — Meninas como eu — repeti, estreitando meus olhos para ele. — Por favor, não finja que não sabe do que estou falando, ok? Eu não sou idiota.

Ele ficou me encarando.

— Só quero saber o que está acontecendo — continuei. — Não entendo por que você está se esforçando tanto para ser meu amigo. Não entendo por que continua aparecendo na minha vida. Sente pena de mim ou algo assim?

— Ah. — Ele ergueu as sobrancelhas. — Nossa.

— Porque, se você está apenas sendo legal comigo porque sente pena de mim, por favor, não seja.

Ele abriu um sorriso tímido, mais para si mesmo.

— Você não entende — disse. Não era uma pergunta.

— Não, eu não entendo. Estou tentando entender e não entendo, e isso está me assustando.

Ele riu, apenas uma vez.

— Por que isso a está deixando assustada?

— Apenas está.

— Tá.

— Quer saber de uma coisa? — Balancei a cabeça. — Deixa pra lá. É melhor eu ir embora.

— Não... — Ele suspirou pesadamente, interrompendo-se. — Não vá embora. — Ele bagunçou o cabelo e murmurou *Jesus* baixinho. Finalmente, disse: — Eu só acho que você parece legal. — E me encarou: — É tão difícil de acreditar nisso?

— Meio que é.

— Eu também acho você muito linda, mas não vai me dar a chance de disfarçar isso, vai?

Achei que, sem dúvida, meu coração tivesse parado. Eu sabia, racionalmente, que aquilo era impossível, mas por algum motivo parecia verdade.

A única vez que alguém tinha me chamado de algo parecido com linda tinha sido na oitava série. Ouvi uma menina explicando para outra colega que não gostava de mim porque eu parecia uma daquelas garotas muito bonitas e muito más. Ela dissera isso de uma forma maldosa e engraçadinha, o que me fez pensar que era realmente verdade.

Na época, foi a coisa mais legal que alguém já havia dito sobre mim.

Me perguntei muitas vezes desde aquele dia se eu realmente era bonita, mas ninguém além da minha mãe se preocupara em corroborar aquela declaração.

E, agora, ali...

Eu estava abismada.

— Ah — foi tudo o que consegui dizer. Meu rosto parecia estar pegando fogo.

— Sim — disse ele. Eu não estava mais olhando para ele, mas sabia dizer que ele estava sorrindo. — Entende agora?

— Mais ou menos — respondi.

E, então, pedimos panquecas.

# onze

Passamos o resto da nossa experiência na lanchonete falando sobre nada em particular. Na verdade, mudamos de marcha tão rapidamente, do sério ao superficial, que realmente fui embora me perguntando se tinha imaginado a parte em que ele tinha dito que eu era linda.

Acho que a culpa foi minha. Eu meio que tinha ficado sem reação. Eu o pressionei para me dar uma resposta direta, mas recebi uma que não estava esperando, e isso me desestabilizou. Eu não sabia o que fazer com aquilo.

Fazia com que eu me sentisse vulnerável.

Então conversamos sobre filmes. As coisas que tínhamos visto e as que não tínhamos visto. Foi bom, mas meio chato. Acho que nós dois ficamos aliviados de ir embora, deixando a lanchonete para trás, como se estivéssemos tentando nos livrar do constrangimento.

— Você sabe que horas são? — lhe perguntei.

Estávamos caminhando em silêncio, lado a lado, indo em nenhuma direção específica.

Ele olhou para o relógio e disse:

— A terceira aula está quase no fim.

Suspirei.

— Acho que devemos voltar para a escola.

— Sim.

— Chega de matar aula.

Ele parou de andar e tocou no meu braço. Disse o meu nome.

Olhei para cima.

Ocean era bem mais alto do que eu, e eu nunca tinha olhado assim para ele antes. Sua sombra estava me cobrindo. Estávamos na calçada, um de frente para o outro, e não havia muito espaço entre nós.

Ele era muito cheiroso. Meu coração ficou estranho de novo.

Mas havia preocupação em seu olhar. Ele abriu a boca para dizer algo e então, de repente, mudou de ideia. Desviou o olhar.

— Que foi? — perguntei.

Ele balançou a cabeça. Sorriu de esguelha para mim, mas apenas brevemente.

— Nada. Deixa pra lá.

Eu sabia que algo o estava incomodando, mas sua relutância em compartilhar me fez pensar que, provavelmente, era melhor não saber o que ele estava pensando. Então mudei de assunto.

— Ei, há quanto tempo você mora aqui?

Inesperadamente, Ocean sorriu. Ele parecia ao mesmo tempo satisfeito e surpreso com a pergunta.

— Desde sempre — disse. E depois: — Quer dizer, me mudei para cá quando tinha, tipo, seis anos, mas, sim, basicamente desde sempre.

— Nossa — exclamei. Quase tinha sussurrado minha resposta. Ele descreveu numa única frase algo com o qual sempre tinha sonhado. — Deve ser bom morar no mesmo lugar por tanto tempo.

Tínhamos voltado a andar. Ocean esticou a mão para cima, arrancou uma folha da árvore pela qual estávamos passando e a girou em suas mãos.

— É bom — deu de ombros. — É meio chato, na verdade.

— Não sei — disse. — Parece muito bom. Você provavelmente conhece seus vizinhos, né? E pode ir para a escola com todas as mesmas pessoas.

— As mesmas pessoas — concordou ele, balançando a cabeça. — Sim. Mas, acredite em mim, cansa rápido. Estou louco pra ir embora daqui.

— Jura? — Me virei para o encarar. — Por quê?

Ele descartou a folha e enfiou as mãos nos bolsos.

— Tem muita coisa que eu quero fazer — disse. — Coisas que quero ver. Não quero ficar preso aqui para sempre. Quero morar numa cidade grande. Viajar. — Ele me olhou. — Eu nunca nem saí do país, sabe?

Eu sorri para ele, mais ou menos.

— Na verdade, não sei — respondi. — Acho que já viajei o suficiente por nós dois. Estou pronta para me aposentar. Me fixar num lugar. Envelhecer.

— Você tem *dezesseis anos*.

— Mas tenho a alma de um homem de setenta e cinco.

— Nossa, espero que não.

— Sabe, quando eu tinha oito anos — falei —, meus pais tentaram voltar para o Irã. Eles empacotaram todas as nossas tralhas, venderam a casa e simplesmente arriscaram. — Ajustei minha mochila nos ombros. Suspirei. — No final das contas, não deu certo. Éramos americanos demais. Muita coisa tinha mudado. Mas eu morei no Irã por seis meses, entre o campo e a cidade. Frequentei uma escola internacional muito chique em Teerã por um tempo, e todos os meus colegas de sala eram filhos de diplomatas horríveis, mimados, idiotas. Eu chorava todos os dias. Implorava para minha mãe me deixar ficar em casa. Mas, então, fomos passar um tempo mais ao norte, em uma parte do país ainda mais perto do mar Cáspio, e aí eu tinha aula com crianças da aldeia. A escola inteira era uma única sala — parece uma coisa do livro *Anne de Green Gables* — e, das doze escolas que frequentei na vida, ainda é a minha favorita.

Eu ri. Continuei:

— As crianças costumavam me perseguir na hora do almoço e me implorar para dizer coisas em inglês. Eram obcecadas com os Estados Unidos. Nunca fui tão popular na minha vida.

Eu ri de novo e olhei para cima, buscando os olhos de Ocean, mas ele tinha diminuído o ritmo. Estava olhando para mim, mas não conseguia decifrar sua expressão.

— O quê? — perguntei. — Estranha demais?

O olhar intenso em seus olhos evaporou. Na verdade, ele de repente parecia frustrado. Balançou a cabeça e disse:

— Eu queria que você parasse de dizer coisas assim pra mim. Não acho você estranha. E não sei por que acha que vou descobrir quanto você é estranha e surtar. Não vou. Tá certo? Não me importo que você cubra o seu cabelo. Eu não... Quero dizer — hesitou —, desde que seja algo que você realmente faça por vontade própria.

Ele me olhou. Esperou uma reação.

Olhei para trás, confusa.

— Quero dizer — falou —, seus pais não, tipo, forçam você a usar o véu, né?

— O quê? — Fiz uma careta. — Não. Não, tipo, eu não amo o jeito que as pessoas *me tratam* por usá-lo, o que muitas vezes me faz pensar que deveria simplesmente parar, mas não — eu disse. Olhei para longe. — Quando não estou pensando no *bullying* que sofro todos os dias, eu gosto da maneira como me sinto com ele. É legal.

— Legal como?

Nós oficialmente tínhamos desistido de andar. Estávamos parados na calçada, ao lado de uma rua meio movimentada, e eu estava tendo uma das conversas mais íntimas que já tinha tido com um menino.

— Quero dizer, não sei. Eu me sinto... Sei lá. Como se estivesse no controle. Eu posso escolher quem pode me ver. Como me ver. Não acho que seja algo para todo mundo — disse, encolhendo os ombros. — Conheci garotas que se sentem forçadas a usá-lo e que odeiam. E acho que isso é uma droga. Obviamente, eu não acho que uma pessoa deva usá-lo sem querer. Mas eu gosto. Gosto da ideia de que as pessoas precisam da minha permissão para ver meu cabelo.

Os olhos de Ocean se arregalaram de repente.

— Posso ver seu cabelo?

— Não.

Ele riu alto. Desviou o olhar. E disse:

— Tudo bem. — Mas, então, baixinho, completou: — Eu já consigo ver um pouco do seu cabelo, porém.

Eu o olhei, surpresa.

Eu usava o lenço um pouco frouxo, o que às vezes permitia ver um pouco do cabelo na testa. Algumas pessoas ficavam obcecadas com esse detalhe. Eu não tinha certeza do motivo, mas elas adoravam me lembrar de que podiam ver um centímetro do meu cabelo, como se fosse o suficiente para anular a coisa toda. Achava essa fixação meio hilária.

— Sim — concordei. — Bem, quero dizer, geralmente basta isso mesmo. Os caras veem um centímetro do meu cabelo e, sabe — imitei uma explosão com as mãos —, perdem a cabeça. É pedido de casamento para todo lado.

Ocean parecia confuso.

Ele não disse nada por um segundo, e então...

— Ah. *Ah*, você está brincando.

Eu o olhei com curiosidade.

— Sim — disse. — Estou mesmo só brincando.

Ele estava me olhando com a mesma curiosidade que eu estava olhando para ele.

Ainda estávamos parados na calçada, conversando. De frente um para o outro. Finalmente, ele falou:

— Então você está tentando me dizer que o que eu disse foi idiota, né? Só agora caiu a ficha.

— Sim — admiti. — Desculpa. Em geral, sou mais direta.

Ele riu e desviou o olhar. Depois, virou-se de volta para mim.

— Tô deixando a situação esquisita? Devo parar de fazer essas perguntas?

— Não, não. — Balancei a cabeça. Sorri, até. — Ninguém nunca me faz essas perguntas. Eu gosto que você pergunte. A maioria das pessoas apenas pensa que sabe o que estou pensando.

— Bem, eu não tenho ideia do que você está pensando. Como sempre.

— Agora — disse —, estou pensando que você é muito mais corajoso do que pensei que fosse. Estou meio impressionada.

— Espere, o que você quer dizer com *pensou* que eu fosse?

Eu não pude evitar, de repente caí na risada.

— Não sei... Quando o conheci você parecia bem... Tímido — disse. — Meio apavorado.

— Bem, sendo justo, você é meio assustadora.

— Sim — concordei, ficando instantaneamente séria. — Eu sei.

— Eu não quero dizer... — Balançou a cabeça, rindo. — Não é por causa do véu ou da sua religião, ou do que for. Só quero dizer que você não se vê da forma como outras pessoas a veem.

Ergui uma sobrancelha para ele.

— Tenho certeza de que sei como as outras pessoas me veem.

— Talvez algumas pessoas — rebateu ele. — Sim. Tenho certeza de que existem pessoas horríveis no mundo. Mas há muitas outras pessoas que olham para você porque a acham interessante.

— Bem, eu não quero ser *interessante* — respondi. — Não existo para fascinar estranhos. Estou apenas tentando viver. Só quero que as pessoas ajam de forma normal comigo.

Ocean não estava me olhando diretamente quando disse baixinho:

— Eu não faço ideia de como alguém conseguiria ser normal perto de você. Não consigo ser normal perto de você.

— O quê? Por que não?

— Porque você é muito intimidadora — disse. — E nem percebe isso. Você não olha para as pessoas, não fala com as pessoas, não parece se importar com nada que é importante para a maioria dos adolescentes. Tipo, você aparece na escola como se tivesse acabado de sair das páginas de uma *revista* e acha que as pessoas a estão encarando por causa de algo que viram no noticiário.

Fiquei repentinamente paralisada.

Meu coração parecia acelerar e desacelerar. Não fazia ideia do que dizer, e Ocean não estava me olhando nos olhos.

— Mas, enfim — ele concluiu. Limpou a garganta. Percebi que suas orelhas tinham ficado vermelhas. — Então você já foi para doze escolas diferentes?

Assenti.

— Que droga.

— Sim — disse. — É uma merda. Continua a ser uma merda.

— Sinto muito.

— Quero dizer, não está ruim *agora* — falei, olhando para os nossos pés. — No momento, não está tão ruim.

— Não?

Levantei a cabeça. Ele estava sorrindo para mim.

— Não — disse. — No momento, não está nada mal.

# doze

Ocean e eu nos separamos na hora do almoço. Acho que ele almoçaria comigo se eu o chamasse, mas não chamei. Não sabia o que ele fazia no almoço, quem eram seus amigos, quais eram suas obrigações sociais, e não tinha certeza se queria descobrir tão cedo. No momento, só queria espaço para processar a nossa conversa. Queria espaço para pensar no que fazer a respeito da disciplina do prof. Jordan. Queria tempo para colocar o cérebro no lugar. Eu não estava mais com fome, graças à pilha de panquecas que havia comido na lanchonete, então fui direto para minha árvore.

Essa era minha solução para o problema da hora do almoço solitária. Tinha enjoado do banheiro e da biblioteca, e tempo suficiente havia passado para que não me sentisse mais tão envergonhada de comer sozinha. A escola tinha algumas áreas verdes, e escolhi aleatoriamente uma para tornar minha. Escolhi uma árvore. Sentava-me debaixo dela, encostada no tronco. Comia quando estava com fome; mas, principalmente, escrevia no meu diário ou lia um livro.

Naquele dia, porém, cheguei atrasada.

Havia outra pessoa sentada sob a minha árvore.

Como eu tinha aquele hábito infeliz de não olhar para pessoas, não notei que havia alguém debaixo da árvore até quase pisar nele.

Ele gritou.

Eu pulei para trás. Assustada.

— Ai — falei. — Ai, meu Deus, desculpe!

Ele se levantou, franzindo a testa, e eu dei uma boa olhada em seu rosto e quase caí para trás. Ele era, nossa, era provavelmente o cara mais bonito que eu já tinha visto na vida. Tinha a pele morena, olhos castanho-esverdeados e parecia ser do Oriente Médio. Eu tinha um sexto sentido para esse tipo de coisa. Quem quer ele fosse, claramente não era do segundo ano; ele tinha, talvez, a idade do meu irmão.

— Oi — eu disse.

— E aí? — ele disse de volta. Ele estava me olhando com curiosidade. — Você é nova aqui?

— Sim. Comecei este ano.

— Nossa, legal — disse ele. — Não recebemos muitas *hijabis* por estas bandas. Que corajosa — afirmou, acenando com a cabeça para a minha cabeça.

Mas eu estava distraída. Nunca pensara que ouviria um aluno daquela escola usar a palavra *hijab* tão casualmente. *Hijab* era a palavra árabe para véu. *Hijabis* era uma espécie de termo coloquial que algumas pessoas usavam para se referirem a meninas que usavam *hijab*. Tinha de haver uma razão para ele saber disso.

— Você é muçulmano? — perguntei.

Ele assentiu.

— Ei, por que você ia pisar em mim?

— Ah — exclamei e, de repente, me senti estranha. — Eu geralmente fico aqui durante o almoço. Simplesmente não vi você.

— Ah, foi mal — disse ele, olhando para a árvore. — Não sabia que o lugar era de alguém. Estava terminando algumas tarefas antes da aula. Precisava de um lugar tranquilo para estudar.

— A biblioteca costuma ser um bom lugar para esse tipo de coisa — comentei.

Ele riu, mas não quis explicar por que não tinha optado pela biblioteca. Em vez disso, perguntou:

— Você é síria?

Abanei a cabeça.

— Turca?

Balancei a cabeça de novo. Isso acontecia muito comigo. Aparentemente, as pessoas nunca sabiam onde colocar o meu rosto no mapa.

— Eu sou persa.

— Ah — exclamou ele, erguendo as sobrancelhas. — Legal, legal. Eu sou libanês.

Concordei com a cabeça, sem surpresa. Pela minha experiência, os caras mais bonitos do Oriente Médio eram os libaneses.

— De qualquer maneira — ele disse, respirando fundo. — Legal conhecer você.

— Você também — retribuí. — Me chamo Shirin.

— Shirin — repetiu ele, sorrindo. — Legal. Bem, espero cruzar com você de novo. Eu sou o Yusef.

— Tá bom — eu disse, o que foi uma coisa meio estúpida de se dizer, mas eu realmente não percebi no momento. — Tchau.

Ele acenou e foi embora, e não fiquei muito feliz de vê-lo partir. Ele vestia uma blusa justa que pouco ajudava a esconder seu corpo de atleta.

Droga. Estava realmente começando a gostar dessa escola.

Biologia seria minha última aula do dia. Eu esperava encontrar Ocean, mas ele não apareceu. Larguei minha mochila no chão e dei uma olhada pela sala de aula. Sentei na minha cadeira me sentindo meio distraída. Quando fomos enviados para nossas bancadas no laboratório, cortei meu gato sem conseguir parar de me perguntar onde ele estaria. Fiquei até preocupada, por um segundo, imaginando que algo ruim pudesse ter acontecido. Mas não havia nada a ser feito a respeito.

Quando o sinal tocou, fui para o treino.

— Ouvi dizer que você matou aula hoje — foi a primeira coisa que meu irmão me disse.

*Merda.*

Já tinha quase me esquecido daquilo.

— Quem disse pra você que eu matei aula?

— O prof. Jordan.

— Quê? — Fiquei novamente indignada. — Por quê? Como vocês dois se conhecem?

Navid apenas sacudiu a cabeça. Estava quase rindo.

— O prof. Jordan é o supervisor do nosso grupo de dança.

— Claro que só podia ser ele. — O professor moderninho tinha que aproveitar a chance de supervisionar um grupo de *breakdance*. Claro.

— Ele disse que estava preocupado com você. Contou que ficou chateada durante a aula e saiu correndo sem dizer uma palavra. — Navid fez uma pausa. E me dirigiu um olhar. — Ele disse que você saiu correndo com um carinha.

— O quê? — Fiz uma careta. — Em primeiro lugar, não saí correndo da aula. Em segundo lugar, não saí com nenhum *carinha*. Ele que me seguiu.

— Tanto faz — disse Navid. — O que tá acontecendo? Você tá matando aula? Fugindo da escola com um cara aleatório? Vou ter de quebrar a cara de alguém amanhã?

Revirei os olhos. Carlos, Bijan e Jacobi estavam assistindo à nossa conversa com um grande fascínio, e eu fiquei irritada com todos eles.

— O prof. Jordan agiu como um babaca — expliquei. — Ele forçou um garoto e eu a ficarmos olhando um para o outro na frente da classe inteira. Depois mandou o cara dizer, em voz alta, exatamente o que estava pensando ao me olhar.

— E? — Meu irmão cruzou os braços. — E daí?

Encarei-o, surpresa.

— O que você quer dizer com e daí? O que você acha que aconteceu? Foi humilhante.

Navid baixou os braços.

— O que você quer dizer com humilhante?

— Quero dizer que foi horrível. Ele disse que eu não parecia com nada. Que eu basicamente nem existia. — Fiz um gesto de frustração. — Sei lá, tanto faz. Parece idiota agora, mas realmente fiquei magoada. Então, fui embora.

— Droga — disse Navid, em voz baixa. — Então eu realmente *tenho* que quebrar a cara de alguém amanhã.

— Você não tem que quebrar a cara de ninguém — eu disse, desabando no chão. — Tá tudo bem. Acho que posso simplesmente largar essa matéria. Ainda dá tempo.

— Acho que não. — Navid balançou a cabeça para mim. — Tenho quase certeza de que o prazo já passou. Você pode desistir, mas vai aparecer no boletim, o que...

— Eu não dou a mínima para o boletim — falei, irritada.

— Tudo bem — meu irmão se rendeu, erguendo as mãos. — Ok. — Me olhou, genuinamente compassivo, por uns cinco segundos antes de, do nada, franzir o cenho. — Espere, não entendi uma coisa... Por que você fugiu com um cara que pensa que você não existe?

Sacudi a cabeça. Suspirei.

— Outro cara.

Navid ergueu as sobrancelhas.

— Outro cara? — Ele olhou para os amigos. — Vocês três estão ouvindo essa história? Ela disse que foi com *outro* cara.

Carlos riu.

— Essas crianças crescem rápido — disse Jacobi.

Bijan sorriu para mim e comentou:

— Tá podendo, garota.

— Ai, meu Deus — suspirei, fechando os olhos com força. — Calem a boca, todos vocês. Estão sendo ridículos.

— Então, quem é o outro cara? — perguntou Navid. — Ele tem nome?

Abri os olhos. Olhei para ele.

— Não.

O queixo de Navid caiu. Ele estava metade sorrindo, metade surpreso.

— Nossa — disse. — *Nossa*. Você deve gostar mesmo dele.

— Eu não gosto dele — rebati. — Só não quero que vocês o incomodem.

— Por que incomodaríamos? — Meu irmão ainda sorria.

— Podemos simplesmente começar o treino? Por favor?

— Não até que você me diga o nome dele.

Suspirei. Sabia que fugir só pioraria a situação, então desisti.

— É Ocean.

Navid franziu a testa.

— Que raio de nome é Ocean?

— Sabe, as pessoas se perguntam a mesma coisa sobre você.

— Até parece — disse. — Meu nome é incrível.

— Na verdade — continuei —, Ocean é meu parceiro de laboratório em outra aula. Ele apenas se sentiu mal porque o prof. Jordan foi idiota.

Meu irmão ainda parecia cético, mas não insistiu. Percebi que estava começando a se afastar, perdendo o interesse na conversa, e isso me deixou repentinamente ansiosa. Havia algo que eu ainda queria dizer. Algo que estava me incomodando muito naquele dia. Tinha refletido por horas se devia ou não fazer aquela pergunta — e até mesmo sobre *como* devia perguntar — e, por fim, acabei me enrolando completamente.

— Ei, Navid? — chamei baixinho.

Ele tinha acabado de me dar as costas para pegar algo na mochila, e aí se virou de volta para mim.

— Quê?

— Você... — hesitei. Reconsiderei.

— Eu o quê?

Respirei fundo.

— Você me acha bonita?

A reação de Navid à minha pergunta foi tão absurda que quase nem sei como descrever. Ele parecia meio chocado, confuso e histérico, tudo ao mesmo tempo. No fim, ele acabou rindo. Muito. De um jeito estranho.

Fiquei completamente envergonhada.

— Ai, Jesus, deixa pra lá — disse rapidamente. — Desculpa ter perguntado. Viajei.

Eu já estava no meio da sala quando Navid começou a correr lentamente, arrastando o tênis, atrás de mim.

— Espere, espere... Desculpa.

— Esquece — falei com raiva. Estava corando até o couro cabeludo. Estava agora muito perto de Bijan, Carlos e Jacobi e não queria que eles ouvissem aquela conversa. Tentei desesperadamente transmitir isso com os olhos, mas Navid parecia incapaz de captar meus sinais. — Não quero falar sobre isso, ok? Esquece o que eu disse.

— Ei, escuta... — disse Navid —, você me pegou de surpresa. Não esperava que fosse dizer algo assim.

— Dizer algo como o quê? — Bijan entrou na conversa.

Eu quis morrer.

— Nada — falei para Bijan. E olhei para Navid: — *Nada*, tá?

Navid olhou para os caras e suspirou.

— A Shirin quer saber se eu a acho bonita. Escuta — emendou, olhando para mim novamente —, não acho que seja eu quem deveria responder a essa pergunta. Parece uma pergunta estranha para uma irmã fazer ao irmão, sabe? Talvez você devesse perguntar a esses caras — explicou, gesticulando para o resto do grupo.

— *Ai, meu Deus* — eu disse, meio que num sussurro. Realmente pensei que poderia matar meu irmão. Eu queria agarrá-lo pela garganta. — Tá *louco*? — gritei.

E aí...

— Eu acho você bonita — disse Carlos. Ele estava amarrando os cadarços. Falou como se estivesse comentando sobre o clima.

Olhei para ele me sentindo um pouco zonza.

— Quer dizer, acho você bem assustadora — continuou ele, encolhendo os ombros. — Mas, sim. Quer dizer, sim. Muito bonitinha.

— Você me acha assustadora? — questionei, franzindo a testa.

Carlos fez que sim com a cabeça sem nem olhar para mim.

— *Você* me acha assustadora? — perguntei para Bijan.

— Ah — disse ele, erguendo as sobrancelhas. — Com certeza.

Literalmente dei um passo para trás, de tão surpresa que fiquei.

— Estão falando sério? Vocês todos acham isso?

E todos eles concordaram. Até Navid.

— Mas acho você linda — adicionou Bijan. — Se isso ajuda.

Fiquei boquiaberta.

— Por que vocês todos me acham tão assustadora?

Eles deram de ombros coletivamente.

— As pessoas pensam que você é má — Navid, por fim, me disse.

— As pessoas são idiotas — rebati.

— Viu? — Navid apontou para mim. — É assim que você faz.

— Faço o quê? — questionei, frustrada. — As pessoas atiram todo tipo de merda em mim, todo dia, e eu não posso ficar brava com isso?

— Você pode ficar brava — interveio Jacobi, e o tom de sua voz me assustou. Ele parecia, de repente, muito sério: — Mas você parece pensar que *todo mundo* é horrível.

— Todo mundo *é* horrível.

Jacobi balançou a cabeça.

— Ouça — disse ele —, eu sei como é sentir raiva o tempo todo, ok? Eu entendo. As coisas que você tem que enfrentar são uma merda... De verdade. Mas você não pode viver assim.

*Não pode* ficar com raiva o tempo todo. Confie em mim — concluiu. — Eu tentei viver assim. Isso vai acabar matando você.

Olhei para ele. Realmente olhei para ele. Havia algo de empático nos olhos de Jacobi que eu nunca tinha visto. Não era *pena*. Era uma identificação. Ele parecia se identificar comigo, com a minha dor e a minha raiva, como ninguém.

Não como meus pais. Nem mesmo como meu irmão.

De repente, senti como se tivesse levado uma facada no peito. Senti uma súbita vontade de chorar.

— Apenas tente ser feliz — Jacobi finalmente me disse. — A felicidade é a única coisa que esses idiotas não suportam.

# 13 *treze*

Fiquei a tarde toda pensando no que Jacobi tinha me dito. Cheguei em casa e tomei banho pensando naquilo. Durante o jantar, continuei pensando. Sentei na minha escrivaninha e fiquei olhando para a parede enquanto ouvia música e pensava, e pensava, e pensava.

Me tranquei no quarto e continuei pensando.

Eram apenas nove e pouco. A casa estava quieta. Era o momento de silêncio antes da hora de dormir imposta pelos meus pais — as horas gloriosas durante as quais todos os membros da minha família deixavam uns aos outros em paz. Agora eu estava sentada na cama, olhando para uma página em branco do meu diário.

Pensando.

Me perguntei, pela primeira vez, se talvez eu estivesse vivendo de forma errada. Se talvez tivesse me deixado cegar pela raiva, excluindo todo o resto. Se talvez, apenas talvez, estivesse tão determinada a não ser estereotipada que comecei a estereotipar todos ao meu redor.

Isso me fez pensar em Ocean.

Ele estava tentando ser legal comigo e, de uma forma inesperada, sua bondade tinha me deixado brava e confusa. Eu o tinha afastado porque tinha medo de me aproximar, mesmo que só um pouquinho, de alguém que um dia pudesse me magoar. Eu não confiava em mais ninguém. Estava tão ferida pelas crueldades que já tinha vivido que agora até os pequenos arranhões deixavam marcas. Se a caixa do supermercado fosse grosseira comigo, ficava nervosa pelo resto do dia, porque não sabia... Não tinha como saber se...

*Você é racista? Ou apenas está num mau dia?*

Eu não conseguia mais distinguir pessoas de monstros.

Não via mais as nuances do mundo ao meu redor. Não via nada além da possibilidade da dor e o consequente desejo de me proteger frequentemente.

*Droga*, pensei.
Aquilo era realmente exaustivo.
Suspirei e peguei meu celular.

**Oi. Por que vc não foi na aula hoje?**

Ocean respondeu na mesma hora.

Nossa
nem achei que vc notaria que eu tinha ido embora
pode ficar on-line?

Sorri.

jujehpolo: Oi
riversandoceans04: Oi
riversandoceans04: Desculpa por não ter aparecido na aula de biologia
riversandoceans04: Ninguém deveria ter que fatiar um gato morto sozinho
jujehpolo: É, realmente, a pior tarefa escolar da minha vida
riversandoceans04: Pra mim tb

E aí...
Não sei bem por quê, mas tive uma repentina e estranha sensação de que havia algo errado. Era difícil saber com base nas poucas palavras digitadas, mas tive um pressentimento. Ocean parecia diferente, por algum motivo, e eu não conseguia passar por cima daquilo.

jujehpolo: Ei, está tudo bem?
riversandoceans04: Sim
riversandoceans04: Mais ou menos

Esperei.

Esperei e nada aconteceu. Ele não escreveu mais nada.

jujehpolo: Não quer falar disso?
riversandoceans04: Na verdade, não
jujehpolo: Se meteu em encrenca porque matou aula?
riversandoceans04: Não
jujehpolo: Tá com algum problema?
riversandoceans04: Haha
riversandoceans04: Sabe que isso é o exato oposto de não falar sobre algo, certo
jujehpolo: Sim
riversandoceans04: Mas ainda estamos falando sobre isso
jujehpolo: Estou preocupada com ter criado um problema pra vc

E, então, nossas mensagens se cruzaram no éter:

Escrevi "meu irmão não incomodou você, incomodou?", e Ocean escreveu "não se preocupe, não tem nada a ver com você."

E, depois...

riversandoceans04: Quê?
riversandoceans04: Por que seu irmão me incomodaria?
riversandoceans04: Nem sabia que vc tinha irmão
riversandoceans04: Espera
riversandoceans04: Você falou sobre mim com o seu irmão?

Droga.

jujehpolo: Não sabia que era o prof. Jordan que estava supervisionando nosso grupo de *breakdance*.

jujehpolo: Ele contou pro meu irmão que eu saí correndo da sala com um cara

jujehpolo: E meu irmão ficou bravo

jujehpolo: Mas tá tudo bem agora. Eu expliquei o que aconteceu.

riversandoceans04: Ah

riversandoceans04: E o que isso tem a ver com seu irmão me incomodando

jujehpolo: Nada

jujehpolo: Ele apenas pensou que tínhamos saído da aula juntos

riversandoceans04: Mas foi o que fizemos

jujehpolo: Eu sei

riversandoceans04: Então seu irmão me odeia agora?

jujehpolo: Ele nem te conhece

jujehpolo: Tava apenas sendo superprotetor

riversandoceans04: Espera um pouco, quem é seu irmão? Ele tá na nossa escola?

jujehpolo: Sim. Está no quarto ano. O nome dele é Navid.

riversandoceans04: Ah

riversandoceans04: Acho que não conheço

jujehpolo: Provavelmente, não

riversandoceans04: Então, devo ficar preocupado?

riversandoceans04: Com o seu irmão?

jujehpolo: Não

jujehpolo: Hahaha

jujehpolo: Viu, não tô tentando deixar você assustado, desculpa

riversandoceans04: Não tô assustado

Claro que não.

Esperei alguns segundos para ver se ele diria mais alguma coisa, mas não. Finalmente, escrevi:

jujehpolo: Então vc não vai mesmo me contar o que aconteceu com você hoje?

riversandoceans04: Depende

riversandoceans04: Muitas coisas aconteceram comigo hoje

Meu estômago deu uma pequena cambalhota. Não pude deixar de me perguntar se ele estava se referindo a nós dois. Às nossas conversas. À curta distância física entre os nossos corpos numa esquina qualquer no meio de uma cidade qualquer. Eu não sabia o que isso significava — ou se algum dia significaria alguma coisa. Talvez fosse a única a sentir o estômago se revirando. Talvez estivesse projetando meus próprios sentimentos nas suas palavras.

Talvez estivesse maluca.

Ainda não tinha decidido o que responder quando ele enviou outra mensagem.

riversandoceans04: Ei

jujehpolo: Sim?

riversandoceans04: Você pode pegar o celular?

jujehpolo: Ah

jujehpolo: Vc quer falar pelo celular?

riversandoceans04: Sim

jujehpolo: Por quê?

riversandoceans04: Quero ouvir sua voz

Fui inundada por um nervosismo estranho, mas não exatamente indesejado. Meu cérebro ficou subitamente quente, como se alguém tivesse enchido minha cabeça de água com gás. Eu preferiria ter desaparecido naquele momento; em vez de pegar o telefone, eu queria dissecar aquela conversa em outro lugar, sozinha em algum lugar. Queria desmontar tudo e montar tudo de novo. Queria entender o que me parecia inexplicável. Na verdade, ficaria feliz se *quero ouvir sua voz* fosse a última coisa que Ocean me dissesse.

Mas escrevi "ok".

Escutar a voz de Ocean perto do meu ouvido deve ter sido uma das experiências físicas mais intensas que já tive. Era estranho. Fiquei inesperadamente nervosa. Já tinha conversado com ele tantas vezes — afinal, ele era a minha dupla de laboratório —, mas, por algum motivo, aquilo era diferente. Parecia tão íntimo falarmos ao telefone. Como se nossas vozes tivessem se encontrado no espaço sideral.

Ele disse "oi", e senti o som tomar conta de mim.

— Oi — respondi. — Isso é estranho.

Ele riu.

— Eu acho bom. Parece mais real assim.

Nunca tinha percebido isso pessoalmente, com tantas outras coisas para me distrair, mas ele tinha uma voz muito bonita. Soava diferente — de um jeito bom — no telefone.

— Ah. — Meu coração estava disparado. — Verdade.

— Então seu irmão quer me pegar, é?

— Quê? Não — vacilei. — Quer dizer, acho que não. Não pra valer.

Ele riu novamente.

— Você tem irmãos? — perguntei.

— Não.

— Ah. Bom... Talvez seja melhor assim.

— Não sei — disse ele. — Parece ser legal.

— Às vezes é realmente bom — concordei, pensando sobre isso. — Meu irmão e eu somos bem próximos. Mas também passamos por um período em que literalmente passaríamos rasteira um no outro.

— É, aí não parece legal.

— Sim. — Fiz uma pausa. — Mas ele também tinha me ensinado a lutar, o que foi um bônus.

— Mesmo? — Ocean pareceu surpreso. — Você luta?

— Não bem.

Ele disse "hum" de uma forma pensativa, e então ficou quieto. Esperei alguns segundos antes de dizer:

— Então, o que aconteceu com você hoje?

Ele suspirou.

— Se você realmente não quiser falar sobre isso — emendei —, não precisa. Mas, se quiser falar, nem que só um pouco, vou ficar feliz de ouvir.

— Eu quero contar pra você — disse, mas sua voz soou de repente distante. — E ao mesmo tempo não quero.

— Ah — respondi. Confusa. — Tudo bem.

— É coisa pesada demais, é cedo demais.

— Ah — eu disse.

— Talvez a gente possa conversar sobre os meus problemas familiares complicados depois de eu saber o seu nome do meio, por exemplo.

— Eu não tenho um nome do meio.

— Hum. Tudo bem, que tal...

— Você me faz muitas perguntas.

Silêncio.

— Isso é ruim?

— Não — respondi. — Mas, *posso* fazer algumas perguntas também?

Ele não disse nada por um segundo. E, então, baixinho, "ok".

Ele me contou por que seus pais lhe deram o nome Ocean, que a história não era assim tão emocionante, disse que sua mãe era obcecada por água e que isso era irônico, porque, na verdade, ele sempre tinha tido um estranho medo de se afogar, era um péssimo nadador e nunca tinha realmente gostado do oceano, sendo sincero, e que seu nome do meio era Desmond, o que o fazia ter não apenas dois nomes, mas três, e eu falei que realmente gostava do nome Desmond, e ele disse que era o nome do seu avô e que não havia nada de especial nisso, e eu perguntei se ele conhecia o avô e ele disse que não, que seus pais tinham se separado quando ele tinha cinco anos e que tinha perdido contato com aquele lado da família, que desde então só via o pai de vez em quando. Eu queria fazer mais perguntas sobre seus pais, mas não fiz, porque sabia que ele não queria falar sobre isso, então perguntei para qual faculdade ele queria ir, e ele disse que estava na dúvida entre a Columbia e a Berkeley, porque a Berkeley parecia perfeita, mas não ficava numa cidade grande, e que realmente queria viver numa metrópole, e eu disse sim, você já me disse isso antes, e ele continuou:

— Sim. Às vezes, sinto que nasci na família errada.

— O que você quer dizer?

— Sinto que todos ao meu redor estão mortos — falou, e sua raiva me surpreendeu. — Parece que ninguém *pensa* mais. Todos parecem satisfeitos com a vidinha mais deprimente. Eu não quero ser assim.

— Eu também não gostaria de ser assim.

— Sim, bem, não acho que você corra esse risco.

— Ah — disse, surpresa. — Obrigada.

E, então, ele perguntou:

— Você já namorou?

Senti o momento congelar ao meu redor.

Nunca tinha tido um namorado, falei para ele, não, nunca.

— Por que não?

— Hum — disse, dando uma risada. — Nossa, por onde eu começo? Em primeiro lugar, tenho certeza de que meus pais ficariam horrorizados se eu *insinuasse* que tenho sentimentos por um menino, porque penso que eles acham que ainda tenho cinco anos. Em segundo lugar, nunca morei num lugar por tempo o suficiente para algo assim acontecer e, hum, não sei, Ocean — ri de novo —, a verdade é que os garotos não me chamam pra sair.

— Bem, e se um cara a convidasse para sair?

Eu não estava gostando do rumo da conversa.

Não queria chegar àquela situação. Sinceramente, nunca pensei que fosse chegar tão longe. Eu tinha tanta certeza de que Ocean não se interessaria por mim que não me preocupei em imaginar como seria se ele *estivesse* interessado.

Achava Ocean um cara legal, mas também o achava ingênuo.

Talvez eu pudesse tentar me livrar daquela raiva que carregava, talvez pudesse tentar ser mais gentil para variar, mas sabia que mesmo a atitude mais otimista não mudaria as estruturas do mundo onde vivíamos. Ocean era um rapaz legal, bonito, heterossexual e branco, e o mundo esperava grandes coisas dele. Dentre elas, não estava se apaixonar por uma controversa menina do Oriente Médio que usava um véu. Eu tinha que salvá-lo de si mesmo.

Então, não respondi à pergunta. Mas disse:

— Quero dizer, não é uma ocorrência frequente na minha vida, mas na verdade *já* aconteceu. Quando eu estava no Ensino Fundamental, meu irmão passou por uma fase em que era um idiota total e completo, e ele lia meu diário para descobrir quem eram esses pobrezinhos raros e corajosos para poder persegui-los. Ele os apavorava. — Fiz uma pausa. — Isso fez maravilhas pela minha vida amorosa, como você pode imaginar.

Eu não sei o que esperava que ele dissesse exatamente, mas quando Ocean perguntou "Você tem um diário?", percebi que não era *isso*.

— Ah — eu disse. — Sim.

— Que legal.

E senti, então, de alguma forma, que precisava encerrar aquela conversa. Algo estava acontecendo; algo estava mudando, e aquilo estava me assustando.

Então falei, um pouco repentinamente:

— Ei, acho que preciso ir. É tarde e ainda tenho muita tarefa pra fazer.

— Ah — ele disse.

E eu percebi, mesmo com base naquela palavrinha, que ele parecia surpreso e talvez — *talvez* — desapontado.

— Vejo você amanhã?

— Claro — ele respondeu.

— Tá bom — Tentei sorrir, embora ele não pudesse me ver. — Tchau.

Depois que desligamos, desabei na cama e fechei os olhos. Aquela tontura estava na minha medula, na minha mente.

Estava sendo burra.

Sabia que era perigoso e, mesmo assim, tinha mandado uma mensagem para ele, e agora tinha confundido aquele pobre garoto que não tinha ideia de onde estava se metendo. Tudo devia parecer simples para ele: Ocean me achava bonita e tinha me dito isso; eu não o tinha mandado ir pro inferno, então cá estávamos. Ele tentando, talvez, me convidar pra sair? Chamar uma garota que ele achava bonita para sair parecia uma atitude óbvia para ele, mas simplesmente não era algo que eu queria que acontecesse. Queria passar longe daquele drama todo.

Nossa, eu tinha sido burra.

Tinha baixado a guarda. Tinha feito aquilo de novo — permitir que meninos bonitinhos entrassem na minha cabeça e mexessem com o meu bom senso — e me deixado levar por aquela conversa com o Jacobi.

*Mas nada tinha mudado.*

Tinha cometido um erro ao me abrir daquela forma. Era um erro. Tinha que parar de falar com Ocean. Tinha que reverter a situação.

Mudar de marcha.

E rápido.

# quatorze

Matei a aula do prof. Jordan por quatro dias seguidos. Tinha procurado minha orientadora pedagógica e lhe disse que queria desistir da disciplina Perspectivas Globais, e ela me perguntou o porquê, e eu disse que não gostava da aula, que não gostava do professor e dos métodos dele, mas ela respondeu que era tarde demais para abandonar a disciplina, que eu teria um zero no boletim e que as faculdades não gostavam disso, e eu dei de ombros, ela franziu a testa e ficamos as duas olhando uma para a outra por um minuto. Finalmente, ela disse que teria de notificar o prof. Jordan sobre a minha desistência. Explicou que ela dependeria da aprovação dele e perguntou se eu estava ciente disso, ao que eu falei "Sim, tudo bem".

E simplesmente parei de ir à aula do prof. Jordan. Funcionou bem de início, mas, no quarto dia — uma quinta-feira —, ele me encontrou no meu armário. E disse:

— Olá. Não a vejo na aula há alguns dias.

Olhei para ele. Fechei meu armário com força; girei a combinação.

— É porque não vou mais assistir às suas aulas.
— Ouvi dizer.
— Ok.
Comecei a andar.
Ele acompanhou.
— Posso falar com você por um minuto?
— Está falando comigo agora.
— Shirin — ele disse —, eu realmente sinto muito. Percebi que fiz algo errado, e realmente gostaria de conversar sobre isso com você.

Parei no meio do corredor. Virei para encará-lo.

Estava me sentindo corajosa, pelo jeito.

— Sobre o que você gostaria de conversar?
— Bem, obviamente eu a aborreci...

— *Obviamente* me aborreceu, sim. — Eu o olhei bem. — Por que o senhor tomaria uma atitude tão idiota, professor? *Sabia* que o Travis ia dizer algo horrível sobre mim e queria que ele fizesse isso.

Vários alunos estavam passando ao nosso redor, alguns deles diminuindo o ritmo para ver o que estava acontecendo. O prof. Jordan parecia confuso.

— Isso não é verdade — disse, com o pescoço ficando vermelho. — Eu não queria que ele dissesse nada horrível sobre você. Só queria que nós falássemos sobre estereótipos e sobre como eles são prejudiciais. Como você é mais do que ele poderia estar pensando sobre você.

— Seja como for — falei. — Isso deve ser sessenta por cento da verdade. Os outros quarenta por cento são que o senhor sacrificou o meu bem-estar só para parecer progressista. Me colocou naquela situação ridícula porque achou que fosse ser chocante e empolgante.

— Por favor, podemos falar sobre isso em outro lugar? — Seus olhos pareciam implorar. — Talvez na minha sala?

Respirei profundamente.

— Tá bom.

Honestamente, não sabia por que ele se importava tanto.

Não sabia por que era um problema tão grande abandonar a disciplina dele, mas, afinal, eu não sabia nada sobre como é ser professor. Talvez a minha reclamação tivesse gerado problemas para o prof. Jordan. Eu não fazia ideia.

Mas ele simplesmente não queria desistir.

— Sinto muito — disse ele pela quinta vez. — De verdade. Eu realmente não tive a intenção de aborrecê-la assim. Não pensei que isso a fosse magoar.

— Então o senhor não parou para *pensar* — respondi.

Minha voz estava um pouco trêmula; parte da minha bravata havia passado. Ali, separada dele pela mesa, de repente fiquei bem consciente do fato de que estava falando com um professor, e hábitos antigos e profundamente arraigados estavam me lembrando de que eu era apenas uma garota de dezesseis anos à mercê daqueles adultos aleatórios e mal pagos.

— Não precisa de muito — eu continuei falando, mas agora mais calma — para imaginar um resultado doloroso disso. Mas, de qualquer forma, isso nem tem a ver com o fato de o senhor ter me magoado.

— Não?

— Não — respondi. — Tem a ver com o fato de o senhor ter achado que estava sendo útil. Se parasse para refletir por cinco segundos sobre como a minha vida realmente é, talvez percebesse que não estaria me fazendo um favor. Eu não preciso de mais ninguém dizendo alguma estupidez na minha cara, tá? Não preciso. Já tive de aguentar isso a vida inteira. O senhor não pode me usar como exemplo — declarei. — Não daquela maneira.

— Eu sinto muito.

Balancei a cabeça. Desviei o olhar.

— O que posso fazer para que você volte para a aula?

Ergui uma sobrancelha para ele.

— Não estou negociando um acordo.

— Mas precisamos da sua voz na sala de aula — argumentou ele. — O que você acabou de me dizer aqui, agora. Quero ouvir você dizer isso na aula. Tem permissão para me dizer quando eu estiver passando dos limites, ok? Mas, se você se afasta no momento em que as coisas ficam difíceis, como algum de nós aprenderá? Quem estará lá para nos guiar?

— Talvez vocês devam pesquisar. Visitar uma biblioteca.

Ele riu. Suspirou. Recostou-se na cadeira.

— Entendo — disse, erguendo as mãos em sinal de derrota. — Entendo mesmo. Não é seu trabalho educar os ignorantes.

— Não — falei. — Não é. E estou cansada pra caramba, professor. Tenho tentado educar as pessoas por anos, e é *exaustivo*. Estou cansada de ser paciente com fanáticos. Cansada de tentar explicar por que não mereço ser tratada como lixo o tempo todo. Cansada de implorar a todos que entendam que as pessoas de outras etnias não são todas iguais, que não acreditamos todas nas mesmas coisas nem sentimos as mesmas coisas, nem entendemos o mundo da mesma maneira. — Sacudi a cabeça com força. — Eu só... Estou farta e cansada de tentar explicar para o mundo por que o preconceito é ruim, ok? Por que essa seria minha missão?

— Não é.

— Tem razão — concordei. — Não é.

— Eu sei.

— Não acho que saiba.

Ele se inclinou para a frente.

— Volte para a aula — insistiu. — Por favor. Eu sinto muito.

O prof. Jordan estava me cansando.

Eu nunca tinha falado assim com um professor, e estaria mentindo se dissesse que não fiquei surpresa por não ter sido repreendida. Ele também parecia... Não sei? Parecia se importar genuinamente. Isso me fez querer lhe dar outra chance.

Ainda assim, eu disse:

— Veja, agradeço suas desculpas, mas não sei se o senhor realmente me quer de volta na aula.

Ele pareceu surpreso.

— Por que não?

— Porque — eu disse —, se fizer outra proeza como essa, vou mandá-lo para o inferno na frente de todos os alunos.

Ele parecia imperturbável.

— Aceito essa condição.

Finalmente, eu disse:

— Tudo bem.

O prof. Jordan deu um sorriso tão largo que achei que fosse partir seu rosto. Ele perguntou:

— Verdade?

— Sim, fazer o quê. — E me levantei.

— Vai ser um ótimo semestre — ele disse. — Você não vai se arrepender.

— Ã-hã.

Ele se levantou também.

— Aliás, estou feliz que vocês vão se apresentar no show de talentos. Parabéns.

Congelei.

— O quê?

— O show de talentos da escola — ele repetiu, confuso. — O grupo de *breakdance*?

— Sim, o que tem?

— Seu irmão inscreveu o grupo há duas semanas. Ele não contou? A inscrição foi aprovada hoje. É uma grande coisa, porque...

— *Ai, droga* — falei, gemendo.

— Ei, vai ser ótimo... Vocês vão se sair muito bem...

— Bom, eu preciso ir — eu disse.

E estava com um pé para fora da sala quando o prof. Jordan me chamou de novo.

Me virei de volta para ele.

Seus olhos de repente pareceram tristes.

— Eu realmente espero que você não deixe essas coisas a derrubarem — disse. — A vida melhora muito depois do Ensino Médio, eu prometo.

Eu queria dizer *Então por que o senhor continua aqui?*, mas decidi deixá-lo um pouco em paz. Ofereci a ele um meio sorriso e fui embora.

# quinze

Cheguei ao treino e Navid bateu palmas, sorriu e disse:

— Tenho uma boa notícia.

— Ah, é?

Larguei minha mochila no chão. Queria matá-lo.

— O show de talentos da escola — disse com um sorriso largo. — Algumas semanas depois das férias de inverno, o que significa que temos cerca de três meses para nos preparar. E vamos começar agora.

— Não viaja, Navid.

Seu sorriso desapareceu.

— Ei — estranhou —, achei que você fosse ser mais boazinha agora. O que aconteceu com aquele plano?

Revirei os olhos.

— Por que não me contou que inscreveu a gente para essa porcaria de show de talentos da escola?

— Achei que você não se importaria.

— Bom, eu me importo sim, tá? Eu me importo. Não entendo por que você acha que eu gostaria de me apresentar para a escola toda. Eu odeio esta escola.

— Sim, mas, para ser justo — afirmou ele, apontando para mim —, você meio que odeia tudo.

— Vocês estão de boa com isso? — perguntei, me virando para Jacobi, Carlos e Bijan, que fingiam não estarem ouvindo a nossa conversa. Todos levantaram a cabeça, de repente. — Vocês três querem se apresentar para a escola?

Carlos deu de ombros.

Bijan escolheu aquele momento para beber um longo gole de água de sua garrafa.

Jacobi apenas riu de mim.

— Eu não fiquei revoltado — comentou. — Pode ser legal.

Ótimo. Então era eu que estava exagerando. Era a única que pensava que a ideia era idiota. Que maravilha.

Suspirei e disse:

— Vocês que sabem. — E me sentei.

Tinha trocado de tênis muito rápido naquele dia e ainda não tinha amarrado os cadarços.

— Ei, vai ser divertido — Navid me falou. — Prometo.

— Eu mal consigo segurar uma pose agora — rebati, olhando para ele. — Como isso vai ser divertido? Vou passar vergonha.

— Deixe que eu me preocupo com isso, ok? Você está melhorando a cada dia. Ainda temos tempo.

Resmunguei algo baixinho.

Bijan aproximou-se e sentou-se ao meu lado. O olhei pelo canto do olho.

— Que foi? — disse.

— Nada.

Ele estava usando brincos de brilhantes quadrados, um em cada orelha. Suas sobrancelhas eram perfeitas. Seus dentes eram superbrancos. E notei isso porque ele estava sorrindo para mim.

— *Que foi?* — repeti.

— Qual é o problema? — ele perguntou. — Por que tá se preocupando tanto com isso?

Acabei de amarrar meus cadarços.

— Não estou. Tá tudo bem.

— Então, tá — falou. — Agora pode se levantar.

— Ãh? Por quê?

— Vou te ensinar a dar um mortal de costas.

Arregalei os olhos. Ele fez um sinal com a mão.

— Levante-se, por favor.

— Por quê? — repeti.

Bijan riu.

— Porque é divertido. Você é pequena, mas parece forte. Não vai ser muito difícil pra você.

*Foi* difícil.

Na verdade, estava certa de que quase tinha quebrado os dois braços. E as costas. Mas, sim, acabou sendo divertido também. Bijan já tinha sido ginasta. Seus movimentos eram tão limpos e fortes, não pude deixar de ficar surpresa por ele estar disposto a desperdiçar seu tempo ali, com nosso grupinho. Mesmo assim, fiquei grata. Bijan parecia sentir pena de mim de uma forma que eu considerava apenas um pouco humilhante, então até gostava da sua companhia. E não me incomodava o fato de ele passar o restante do tempo tirando sarro de mim.

 Depois do que pareceu ter sido minha centésima tentativa fracassada de um salto mortal para trás, finalmente caí e não consegui levantar. Estava ofegante. Meus braços e pernas tremiam. Navid andava pela sala de dança com as mãos, dando chutes de tesoura. Jacobi estava praticando moinhos de vento, um movimento de força clássico que havia aperfeiçoado há muito tempo; agora estava tentando encaixar seus moinhos de vento na coreografia. Carlos o observava, mãos nos quadris, um capacete debaixo do braço. Carlos podia dar um giro de cabeça por dias; ele nem precisava do capacete. Eu me sentia ao mesmo tempo animada e inferior quando olhava para eles. Era, de longe, a menos talentosa do grupo. Claro que se sentiriam mais à vontade se apresentando em público. Eles já eram tão bons.

 Eu, por outro lado, precisaria treinar muito.

 — Vai dar tudo certo — me disse Bijan, cutucando meu braço. Me virei para ele. — E você não é a única que odeia a escola, sabia? Não foi você que inventou isso.

 Ergui uma sobrancelha.

 — Sim, eu sei que não inventei.

 — É bom mesmo. — Ele me olhou. — Foi só pra ter certeza.

 — Então, ei — eu lhe disse —, se você é apenas oitenta por cento gay, isso não faz de você bissexual?

 Bijan franziu a testa. Hesitou por um momento.

 — Hum... — considerou. — Sim, eu acho.

 — Você não sabe?

 Ele inclinou a cabeça para mim e disse:

 — Ainda estou tentando descobrir.

— Seus pais sabem?

— Aff. — Ele ergueu as sobrancelhas. — O que você acha?

— Acho que não?

— Sim, e vamos manter assim, ok? Não estou a fim de ter aquela conversa agora.

— Tá bom.

— Talvez, quem sabe, no meu leito de morte.

— Como quiser — disse, dando de ombros. — Seus oitenta por cento estão seguros comigo.

Bijan riu e me olhou.

— Você viaja, sabia disso?

— Como assim?

Ele balançou a cabeça. Ficou encarando o nada.

— Só viaja.

Não tive chance de perguntar mais nada. Navid gritou para eu pegar minha mochila, porque nosso tempo na sala estava acabando.

— Tô morto de fome — ele disse, correndo na nossa direção. — Querem ir comer alguma coisa?

Não tinha me ocorrido que poderia haver algo de estranho em alguém como eu, uma estudante do segundo ano, sair com um grupo de caras veteranos o tempo todo. Nunca tinha pensado sobre isso. Navid era meu irmão, e aqueles eram seus amigos. Era um habitat familiar para mim. Navid tinha desde sempre infestado meu espaço pessoal — em casa, na escola —, com seus muitos amigos, e, em geral, eu não ligava. Ele e seus amigos sempre estavam comendo a minha comida. Mexendo nas minhas coisas. Saíam do meu banheiro e diziam, sem nenhuma noção de nada, que haviam aberto a janela, mas que, se eu quisesse me preservar, devia usar outro banheiro por um tempo.

Era *nojento*.

Os amigos do meu irmão sempre pareciam vagamente atraentes no começo, mas bastava uma única semana de observação para que eu quisesse ficar trancada no meu quarto.

Então, foi só quando saímos da sala de dança que, de repente, lembrei que estava no colégio, e que, por algum motivo, Navid e seus amigos eram meio populares. Ao menos o suficiente para que uma líder de torcida quisesse falar comigo.

Tinha começado a notá-las o tempo todo agora. As líderes de torcida. Estavam sempre por perto, depois do horário, e levei mais tempo do que deveria para perceber que era porque, provavelmente, estavam se reunindo para treinar todos os dias. Então, quando encontramos um grupo de garotas ao ir embora, não fiquei surpresa. O que me surpreendeu foi que uma delas acenou para mim.

De início, fiquei confusa. Achei que ela estava tendo um ataque de nervos. E estava tão certa de que essa garota não estava acenando para *mim* que a ignorei por um total de quinze segundos antes que Navid me cutucasse e dissesse:

— Acho que aquela garota está tentando chamar a sua atenção.

Por mais louco que fosse, ela estava mesmo.

— Que ótimo — disse. — Já podemos ir?

— Você vai ignorar a menina? — Jacobi pareceu surpreso, e não de maneira positiva.

— A chance de que ela não tenha nenhuma razão boa para querer falar comigo é de cem por cento — afirmei. — Então, sim, vou ignorar.

Bijan abanou a cabeça para mim. Ele quase — *quase* — sorriu.

Navid me empurrou um pouco para a frente.

— Você disse que ia ser mais boazinha.

— Não, não disse.

Mas eles todos pareciam tão decepcionados comigo que acabei cedendo. Eu me odiei por toda a caminhada de oito metros até ela, mas fui.

Assim que tinha me aproximado o suficiente, ela agarrou o meu braço.

Eu enrijeci.

— Oi — ela disse rápido. Nem estava olhando para mim, mas por cima de mim. — Quem é aquele ali?

Nossa, eu odiava poucas coisas mais do que odiava aquele tipo de conversa.

— Hum, quem é *você*? — perguntei.

— Quê? — Ela me olhou. — Ah. Meu nome é Bethany. Como você é amiga desses caras, hein?

Era por isso. Exatamente por isso. Era por isso que não queria falar com as pessoas.

— Foi pra isso que me chamou até aqui? Por que você quer que eu te apresente pra um daqueles meninos?

— Sim. Para aquele ali. — Indicou com a cabeça. — O de olhos azuis.

— Quem? Pro Carlos? — Fiz uma careta. — O de cabelo preto cacheado?

Ela assentiu.

— O nome dele é Carlos?

Suspirei.

— Carlos — gritei. — Pode vir aqui, por favor?

Ele veio, confuso. Mas aí eu o apresentei para Bethany, e ele pareceu de repente maravilhado.

— Divirtam-se — disse. — Tchau.

Bethany tentou me agradecer, mas meio que a cortei. Eu me decepcionava muito com o meu próprio gênero. A qualidade daquela interação entre mulheres era pior que péssima. E estava prestes a ir embora quando um rosto conhecido me distraiu.

Era Ocean, saindo do ginásio.

Carregava aquela bolsa de academia grande na frente do peito e parecia ter acabado de tomar banho; seu cabelo estava molhado e as bochechas, rosadas. Eu o vi por apenas um segundo antes de ele desaparecer cruzando o corredor para outra sala.

Senti uma pontada no coração.

Eu não falava com Ocean havia três dias. Eu queria. Eu realmente, realmente queria, mas estava tentando fazer o que pensava ser a coisa certa. Não queria enganá-lo. Não queria que ele pensasse que havia potencial naquilo, entre nós. Ele tinha tentado, duas vezes, correr atrás de mim depois da aula, mas o tinha despistado. Fazia o meu melhor para evitar o olhar nos olhos. Não fiquei on-line. Mantive nossas conversas na aula de biologia tão breves e chatas quanto possível. Estava tentando não me envolver mais com ele, porque não queria lhe dar a ideia errada. Mas percebi que ele estava magoado e confuso.

Eu não sabia mais o que fazer.

Havia uma pequena parte covarde de mim que esperava que Ocean percebesse por si mesmo que eu não era uma opção digna de se explorar. Ele parecia fascinado por mim de uma forma que parecia conhecida, mas também inteiramente nova, e me perguntava se seu fascínio acabaria passando, como sempre acontecia nesse tipo de situação. Também me perguntava se ele se esqueceria de mim. Se voltaria para os seus amigos. Encontraria uma bela namorada loira.

Era confuso, eu sei, como fui passar de querer um novo amigo naquela escola para de repente desejar simplesmente poder desfazer tudo. Embora, sendo justa, eu estivesse na verdade procurando uma amizade sincera, de preferência com uma menina. Não um namorado nem nada perto disso. Só queria, tipo, ter uma experiência normal de uma adolescente normal. Queria almoçar com amigos, no plural. Queria ir ao cinema com alguém. Talvez até quisesse fingir que me importava um pouco com os simulados. Sei lá. Mas estava começando a me perguntar se essa experiência normal de uma adolescente normal existia mesmo.

— Ei, podemos ir? Tô morrendo de fome. — Era Navid, batendo no meu ombro.

— Ah, sim, claro — disse. Mas ainda estava encarando a porta pela qual Ocean tinha passado. — Sim, vamos embora daqui.

dezesseis

Apareci na aula do prof. Jordan no dia seguinte, como prometido, mas meu retorno foi mais estranho do que eu esperava. Não tinha me dado conta de que todos teriam sabido — ou mesmo notado — que eu tinha ido embora da aula e depois faltado pela maior parte da semana. Achei que ninguém se importaria. Mas, quando me sentei no meu lugar de sempre, meus colegas de grupo me encararam como se eu fosse uma aparição.

— Que foi? — indaguei. Larguei a mochila no chão ao meu lado.

— Você realmente tentou largar a disciplina? — perguntou uma das meninas. Seu nome era Shauna.

— Sim — respondi. — Por quê?

— Nossa. — A outra garota, Leilani, ficou me encarando. — Que loucura.

Ryan, o último membro do nosso grupo — um garoto que falava *comigo* sem nunca me olhar nos olhos —, escolheu bocejar naquele momento. Ruidosamente.

Fiz uma careta para Leilani.

— Por que loucura? O prof. Jordan me deixou superdesconfortável.

Nenhuma das meninas parecia pensar que esse era um motivo aceitável.

— Ei, por que o Ocean seguiu você naquele dia? O que foi aquilo? — Era Leilani novamente.

Fiquei realmente chocada. Não conseguia nem imaginar por que elas se importavam com aquilo. Nem tinha noção de que Leilani sabia quem era o Ocean. Aquela disciplina era eletiva, então havia muita variedade na lista de chamada — não éramos todos do mesmo ano. Leilani e Shauna, por exemplo, eram do terceiro.

— Não sei — respondi. — Acho que ele se sentiu mal.

Shauna estava prestes a me fazer outra pergunta quando o prof. Jordan bateu palmas com força e gritou uma saudação.

— Tudo bem, pessoal, vamos mudar as coisas hoje.

Agora o prof. Jordan estava dançando o chá-chá-chá na frente da sala. Ele era tão estranho. Eu ri, e ele parou quando me viu.

— É bom ver você de novo, Shirin — disse ele, sorrindo, e as pessoas se viraram para me olhar.

Parei de rir.

— Então — ele voltou a falar com toda a classe novamente —, vocês estão prontos? — Pausou por apenas um segundo antes de anunciar: — Novos grupos! Todo mundo, de pé.

A turma gemeu alto, e concordei com o sentimento coletivo. Definitivamente não queria conhecer mais pessoas novas.

Odiava conhecer novas pessoas.

Mas também entendia que esse era o objetivo.

Então suspirei, resignada, enquanto o prof. Jordan organizava os novos grupos. Acabei do outro lado da sala, com três meninas, e todas nós evitamos olhar umas para as outras por alguns minutos.

— Oi.

Me virei, assustada.

Ocean estava sentado não exatamente ao meu lado, mas perto de mim. Num grupo diferente. Ele estava recostado na cadeira. Sorria, mas seus olhos pareciam cautelosos, um pouco preocupados.

— Oi — eu disse.

— Oi — ele repetiu.

Ele tinha um lápis atrás da orelha. Eu não achava que as pessoas realmente fizessem isso, mas ele estava mesmo com um lápis atrás da orelha. Tão fofo. Ele era tão fofo.

— Você deixou isso cair — ele disse, me estendendo um pedaço de papel pequeno e dobrado.

Olhei para o papel em sua mão. Tinha certeza de que não tinha deixado cair nada, mas sabe-se lá. Eu o peguei da mão dele e senti que a preocupação em seus olhos se transformou em outra coisa.

Senti meu coração acelerar.

*Alguém mais já descobriu que você está sempre ouvindo música na aula? Está ouvindo música agora? Como você consegue ouvir música o tempo todo sem bombar em todas as matérias? Por que deletou seu perfil do* AIM *naquela primeira vez em que conversamos?*

*Eu tenho muitas dúvidas.*

Eu o olhei, surpresa, e ele sorriu tanto que quase riu alto. Ele parecia muito orgulhoso de si mesmo. Balancei a cabeça, mas estava sorrindo também. E, então, deliberadamente, tirei o iPod do bolso e apertei o *play*.

Quando me virei na cadeira, quase saí do meu próprio corpo.

As três outras meninas do meu grupo agora estavam olhando inexpressivamente para mim, parecendo mais confusas com a minha existência do que eu esperava.

— Não se esqueçam de se apresentarem — gritou o prof. Jordan. — Os nomes são importantes!

E, então, ele pegou o grande pote que ficava sobre sua mesa e disse:

— Hoje o tópico é... — Tirou um papel de dentro. — Conflito palestino-israelense! Este vai ser muito bom — falou. — Hamas! Terrorismo! O Irã é cúmplice? Os pontos de discussão estarão na lousa. Divirtam-se!

Abaixei a cabeça na carteira.

Provavelmente não é nenhuma surpresa que me saí pessimamente na tentativa de ignorar Ocean.

Fingi, fingi muito parecer desinteressada por ele, mas era só fingimento mesmo. Eu era realmente boa em fingir. Havia me proibido de pensar sobre ele, o que, de alguma forma, me fazia pensar nele o tempo todo.

Eu reparava nele o tempo todo agora.

De uma hora para a outra, ele parecia estar em toda parte. Tanto que comecei a me perguntar se estava errada, se talvez não parávamos de nos aproximar por uma mera coincidência. Podia ser que, em vez disso, ele sempre tivesse estado lá, e talvez só agora eu tivesse começado a notá-lo. Era como quando Navid comprou aquele Nissan Sentra; antes disso, eu nunca, jamais, tinha visto um na rua. Agora via aquele modelo velho em todos os lugares possíveis e imagináveis.

Aquilo tudo estava me estressando.

Me sentia nervosa apenas por estar na mesma sala de aula com ele. Nossa tarefa de biologia tinha se tornado mais difícil do que nunca, só porque eu estava tentando não gostar dele e não estava funcionando; ele era quase bionicamente simpático. Tinha uma presença reconfortante, que me fazia sentir como se pudesse baixar a guarda com ele.

O que, de alguma forma, só me deixava mais nervosa.

Pensei que ficar quieta — falando apenas o absolutamente necessário — ajudaria a neutralizar qualquer tensão que existia entre nós, mas isso só parecia tornar as coisas mais intensas. Mesmo quando não conversávamos, parecia haver um mecanismo invisível girando uma bobina entre o nosso corpo. De certa forma, meu silêncio era mais revelador do que se eu falasse. Era uma espécie de dilema cruel.

Continuei tentando me afastar, mas não conseguia.

Naquele dia — era uma segunda-feira —, eu só tinha conseguido ignorar Ocean por meia hora na aula de biologia.

Estava tamborilando com o lápis contra uma página em branco do meu caderno, evitando o gato morto entre nós e tentando encontrar coisas para odiar em Ocean, quando ele se virou para mim, a propósito de nada, e disse:

— Ei, eu digo o seu nome do jeito certo?

Fiquei tão surpresa que me aprumei na cadeira. Olhei para ele.

— Não — respondi.

— Jura? Você tá falando sério? — Ele riu, mas parecia chateado. — Por que não me falou?

Dei de ombros. Voltei para o meu caderno.

— Ninguém nunca diz meu nome do jeito certo.

— Bem, eu gostaria de aprender. — Ele tocou no meu braço, e eu ergui os olhos novamente. — Como é que se fala?

Ele pronunciava meu nome Shi-*riin*, com ênfase na segunda sílaba, o que já era melhor do que a maior parte das pessoas; a maioria separava as sílabas de outro jeito: Shir-in, o que estava muito errado. Na verdade, a pronúncia era *Shii-riin*. Tentei lhe explicar isso. Tentei lhe dizer que o erre era vibrante. Que a coisa toda tinha de ser pronunciada suavemente. Levemente.

Ocean tentou, várias vezes, falar corretamente, e eu fiquei genuinamente comovida. Achei um pouco divertido.

— Parece tão bonito — disse ele. — O que significa?

Eu ri. Não queria lhe contar, então balancei a cabeça.

— O quê? — ele perguntou, com os olhos arregalados. — É algo ruim?

— Não — suspirei. — Significa "doce". Eu só acho engraçado. Acho que os meus pais esperavam um tipo diferente de criança.

— O que você quer dizer?

— Quero dizer que ninguém nunca me acusou de ser doce.

Ocean riu. Ele encolheu os ombros, lentamente.

— Não sei — disse. — Acho que você não é exatamente *doce*. Mas... — ele hesitou. Pegou o lápis, girou-o entre as mãos — Você é, tipo...

Parou. Suspirou. Não estava olhando para mim.

E eu não sabia o que fazer. Não sabia o que dizer. Eu definitivamente queria saber o que ele estava pensando, mas não queria que *ele* soubesse que eu queria saber o que ele estava pensando, então apenas fiquei parada, esperando.

— Você é tão forte — falou, finalmente. Ele ainda estava olhando para o lápis. — Não parece ter medo de nada.

Não tinha certeza do que esperava que ele dissesse, mas fiquei surpresa. Tão surpresa, na verdade, que fiquei, por um momento, sem palavras.

Raramente me sentia forte. Eu sentia medo.

Quando ele levantou os olhos, eu já o estava olhando.

— Tenho medo de muitas coisas — sussurrei.

Estávamos apenas olhando um para o outro, quase sem respirar, quando, de repente, o sinal tocou. Dei um pulo, sentindo-me inesperadamente envergonhada, agarrei as minhas coisas e desapareci.

Ele me mandou uma mensagem naquela noite.

"Do que você tem medo?", escreveu.

Mas eu não respondi.

Cheguei à aula de biologia no dia seguinte preparada para fazer o hercúleo esforço de voltar a ser uma parceira de laboratório indiferente e chata, quando tudo finalmente desmoronou. Desabou.

Ocean trombou comigo.

Eu não sei como aconteceu, exatamente. Ele tinha desviado rápido — alguém estava correndo entre as mesas do laboratório com um gato morto nas mãos — e bateu em mim exatamente quando eu estava chegando. Foi como se fosse um filme.

Seu corpo era definido e macio e minhas mãos voaram para cima, agarrando suas costas, e ele me pegou, passando os braços ao meu redor, e disse:

— Ah, desculpa...

Mas ainda estávamos pressionados um contra o outro quando minha cabeça levantou por instinto com o susto, e tentei falar algo, mas, em vez disso, meus lábios roçaram seu pescoço, e, por um segundo, senti o perfume dele, até que ele me soltou rápido demais e eu tropecei; ele pegou minhas mãos e eu olhei em seus olhos, arregalados, profundos, assustados, e então me afastei, quebrando a conexão, cambaleando.

Foi a interação física mais desajeitada que já aconteceu; a coisa toda não durou mais do que vários segundos. Tenho certeza de que ninguém mais percebeu que isso tinha acontecido. Mas eu o vi tocar o lugar onde minha boca tinha tocado seu pescoço. Senti meu coração palpitar quando me lembrei dos braços dele ao meu redor.

E nenhum de nós falou nada pelo resto da aula.

Peguei minha mochila assim que o sinal tocou, pronta para correr pela minha vida, quando ele disse o meu nome e apenas as regras básicas de etiqueta me seguraram no lugar. Meu coração estava acelerado, tinha ficado acelerado por uma hora. Eu me sentia elétrica, como uma bateria sobrecarregada. Coisas faiscavam dentro de mim, e eu precisava ir embora, fugir dele. Ficar sentada ao lado dele durante a aula toda tinha sido uma tortura.

Eu já tivera muitas paixõezinhas insignificantes por meninos. Tinha alimentado devaneios patéticos e fantasias bobas e, ao longo dos anos, tinha dedicado muitas páginas do meu diário a pessoas totalmente esquecíveis que eu conhecia e rapidamente descartava.

Mas nunca, nunca tinha me sentido daquele jeito depois de encostar em alguém: como se houvesse eletricidade dentro de mim.

— Ei — ele disse.

Foi muito difícil me virar, mas eu me virei, e, quando fiz isso, ele parecia diferente. Como se talvez estivesse tão apavorado quanto eu.

— Oi — respondi, mas a palavra quase não saiu dos meus lábios.

— Podemos conversar?

Balancei a cabeça.

— Preciso ir.

Eu o observei engolir, o pomo de adão subindo e descendo em sua garganta. Ele disse:

— Tudo bem.

Mas então ele se aproximou de mim, e senti algo estalar na minha cabeça. Neurônios morrendo, provavelmente. Ele não estava olhando diretamente para mim, mas para os cinco centímetros de chão entre nós, e pensei que ele talvez fosse dizer algo, mas não disse nada. Apenas ficou lá, e eu fiquei observando os movimentos suaves de seu peito enquanto ele respirava, para dentro e para fora, para cima e para baixo, e senti algo girando na minha cabeça e como se meu corpo tivesse superaquecido, e meu coração não parava, não conseguia parar de bater cada vez mais rápido. Finalmente — sem me tocar, sem nem mesmo olhar para mim —, ele sussurrou as palavras:

— Eu só preciso saber — disse —, você está sentindo isso também?

Aí ele ergueu os olhos. Me olhou nos olhos.

Não falei nada. Não conseguia lembrar como falar. Mas ele deve ter encontrado algo no meu olhar, porque, de repente, exalou suavemente; olhou, apenas uma vez, para os meus lábios e deu um passo para trás. Pegou a mochila.

E saiu.

Eu não tinha certeza se algum dia iria me recuperar.

*dezessete*

Me saí ridiculamente mal no treino. Não conseguia me lembrar de como fazer coisas simples. Fiquei pensando no fato de que Ocean e eu só tínhamos nos tocado *por acidente*, e se tivéssemos nos tocado *de propósito* e, nossa, tive medo de que minha cabeça fosse explodir. Também fiquei pensando que não queria acabar de coração partido. Não sabia o que poderia resultar daquilo, de nós, ou como poderíamos navegar aquelas águas turvas, eu não sabia o que fazer.

Senti como se tivesse perdido o controle.

De uma hora para outra, eu só conseguia pensar em beijá-lo. Um menino tinha tido a coragem de me beijar uma vez, no rosto, e não foi exatamente repugnante, mas a coisa toda tinha sido tão esquisita que até mesmo a memória daquilo me incomodava.

Eu era terrivelmente despreparada sobre o tópico.

Sabia que meu irmão tinha beijado muitas garotas. Não sabia o que mais ele tinha feito e nunca perguntei. Na verdade, já tinha tido que mandá-lo calar a boca várias vezes, já que, por alguma razão, ele sempre se sentia à vontade para compartilhar aqueles detalhes comigo. Acho que meus pais sabiam de seus muitos relacionamentos, mas também acho que prefeririam fingir que não sabiam. Também tinha certeza de que os dois teriam tido ataques cardíacos se soubessem que eu estava *pensando* em beijar um menino, o que, surpreendentemente, não influenciava em nada as minhas considerações.

Para mim, não havia nada de errado com a ideia de beijar Ocean. Eu só não via como beijá-lo poderia melhorar a situação.

Naquele momento, meu irmão atirou sua garrafa de água em mim.

Levantei a cabeça.

— Você está bem? — perguntou. — Parece estar passando mal.

Eu estava me sentindo mal. Como se estivesse com febre. Tinha certeza de que não estava, mas minha pele estava estranhamente quente. Queria ir para a cama e me esconder.

— Sim — disse. — Estou me sentindo meio estranha. Posso terminar mais cedo e ir pra casa?

Meu irmão se aproximou de mim e pegou a garrafa. Colocou a mão na minha testa. Seus olhos arregalaram-se.

— Sim, vou te levar.

— Jura?

Ele pareceu irritado, de repente.

— Acha que deixaria minha irmã ir andando pra casa com febre?

— Não estou com febre.

— Sim — ele falou. — Está.

Ele não estava errado. Cheguei em casa mais cedo do que de costume, então meus pais não tinham chegado do trabalho ainda. Navid me levou água, me deu remédios e me colocou na cama. Eu não estava passando mal, exatamente, mas me sentia estranha e não sabia descrever a sensação. Aparentemente, não havia nada de errado comigo, exceto que minha temperatura havia disparado.

Mesmo assim, dormi.

Quando acordei, a casa estava às escuras. Eu estava zonza. Pisquei e olhei ao redor. Ergui o corpo e peguei a garrafa de água que Navid havia deixado. Bebi tudo, encostei minha cabeça quente contra a parede fria e me perguntei que diabos tinha acontecido comigo. Só então reparei no meu celular na mesinha ao lado da cama. Tinha cinco mensagens não lidas.

As duas primeiras eram de seis horas antes.

oi
como foi o treino?

As outras três mensagens tinham sido enviadas havia dez minutos. Vi que horas eram: duas da manhã.

vc deve estar dormindo
mas, se não, vc me liga?
(desculpa por acabar com a sua franquia de mensagens)

Eu não tinha certeza se tinha condições de ligar para alguém naquele momento, mas nem pensei sobre isso. Selecionei o número dele e liguei na mesma hora — e então me enterrei sob as cobertas, puxando o lençol sobre a cabeça para ajudar a abafar a minha voz. Não queria ter que explicar aos meus pais por que estava perdendo preciosos minutos de telefone falando com um menino às duas da manhã. Eu não tinha ideia do que diria.

Ocean atendeu ao primeiro toque, o que me fez pensar que talvez ele também estivesse se escondendo da mãe. Mas ele falou "oi" em voz alta, como uma pessoa normal, e percebi que não, que eram apenas os meus pais que se metiam na minha vida o tempo todo.

— Oi — sussurrei. — Estou me escondendo debaixo das cobertas.

Ele riu.

— Por quê?

— Todo mundo está dormindo — eu disse calmamente. — Minha mãe e meu pai me matariam se me encontrassem ao telefone tão tarde. Além disso, os minutos são caros.

— Desculpa — ele respondeu, mas não parecia estar arrependido.

— A propósito, tô com febre... Fiquei na cama todo esse tempo — expliquei. — Acabei de acordar e ver suas mensagens.

— Jura? — disse ele, alarmado. — O que aconteceu?
— Não sei.
— Tá se sentindo bem agora?
— Um pouco estranha, mas estou bem, acho.
Ele ficou quieto por um segundo a mais que o normal.
— Ainda esta aí? — questionei.
— Sim. Eu só... Eu não tinha reparado nisso até você dizer, mas eu também não tô me sentido bem.
— Jura?
— Sim — disse ele. — Eu só...
Senti minha cabeça ardendo novamente.
— Podemos, por favor, falar sobre isso? — Sua voz era suave, mas demonstrava medo. — Eu sei que você tem me evitado, mas não sei por quê, e se não falarmos sobre isso, eu... Eu não...
— Falar sobre o quê?
— Sobre nós — continuou ele, um pouco sem fôlego. — Sobre nós, *meu Deus*, eu quero falar sobre nós. Eu nem consigo pensar direito perto de você. — E finalizou dizendo: — Não sei mais o que está acontecendo.

Senti minha mente desacelerar enquanto meu coração disparava. Um nervosismo terrível e maravilhoso tomou conta do meu peito.

Me senti paralisada.

Queria tanto dizer algo, mas não sabia o que dizer, como dizer, ou mesmo se devia dizer alguma coisa. Não conseguia decidir. De repente, estava repensando tudo. E ficamos perdidos no silêncio por vários segundos até que ele finalmente falou de novo:

— Sou apenas eu? Estou imaginando isso?

O som de sua voz partiu meu coração. Eu não tinha ideia de como Ocean podia ser tão corajoso. Não tinha ideia de como ele podia se colocar numa posição tão vulnerável. Não havia jogos com ele. Não havia declarações confusas e tortuosas. Ele apenas se mostrava abertamente, expondo seu coração, e, nossa, eu o respeitava por isso.

Mas isso também me assustava muito.

Na verdade, estava começando a me perguntar se a minha febre não seria simplesmente uma consequência daquilo, dele, da situação toda, porque, quanto mais ele falava, mais delirante eu me sentia. Sentia minha cabeça girar e minha mente derreter aos poucos.

Fechei os olhos.

— Ocean — finalmente falei.

— Sim?

— Eu... Eu só...

E parei. Tentei recuperar o equilíbrio. Podia ouvir sua respiração. Podia dizer que ele estava esperando algo, qualquer coisa, e podia sentir meu coração se abrindo e aí percebi que não havia por que mentir. No mínimo, ele merecia saber a verdade.

— Você não tá imaginando — falei.

Ouvi sua respiração pesada. Quando respondeu, sua voz estava um pouco rouca.

— Não tô?

— Não. Não tá. Eu tô sentindo também.

Nenhum de nós falou nada por um tempo. Ficamos ali, em silêncio, ouvindo a respiração um do outro.

— Então por que você tá me evitando? — ele perguntou, por fim. — Do que tem medo?

— *Disso* — disse. Meus olhos ainda estavam fechados. — Tenho medo disso. Isso não tem futuro — eu lhe falei. — Não temos futuro...

— Por que não? — ele perguntou. — Por causa dos seus pais? Porque eu sou um carinha branco qualquer?

Abri os olhos de repente e ri, mas a risada soou triste.

— Não — eu disse. — Não por causa dos meus pais. Quer dizer, é verdade também que os meus pais não o aprovariam, mas não porque você é branco. Meus pais não aprovariam *nenhum* menino. Nenhum. Não só você. Bom, mas eu nem ligo pra isso. — Suspirei com força. — Não é por isso.

— Então, por quê?

Fiquei quieta por tempo demais, mas ele não me pressionou a falar. Não disse uma palavra. Apenas esperou.

Finalmente, quebrei o silêncio.

— Você é muito legal — lhe falei. — Mas não tem ideia de como uma coisa assim pode ser complicada. Não tem ideia de como a sua vida comigo poderia ser diferente. Não tem ideia.

— O que você quer dizer?

— Quero dizer que o mundo é horrível, Ocean. As pessoas são muito preconceituosas.

Ocean ficou quieto por vários segundos, espantado.

— É com *isso* que você se preocupa?

— Sim — respondi calmamente. — É.

— Bom, eu não me importo com o que as outras pessoas pensam.

Minha cabeça estava ardendo de novo. Me sentia desequilibrada.

— Ouça — ele falou com suavidade. — Não precisa ser nada sério. Só quero conhecer você melhor. Eu só... Bom, eu trombei *sem querer* com você e faz horas que não tô conseguindo respirar direito — disse com a voz falhando de novo. — Tô me sentindo meio louco. Como se não pudesse... Quero dizer... Só quero entender o que é isso. — E concluiu: — Só quero saber o que tá acontecendo.

Meu coração palpitava. Muito rápido.

Sussurrei:

— Eu estou me sentido assim também.

— Está?

— Sim — respondi baixinho.

Ele respirou fundo. Parecia nervoso.

— Então será que podíamos... Talvez só passar mais tempo juntos? — propôs. — Fora da escola? Talvez em algum lugar bem, bem longe daquela tarefa nojenta de biologia?

Eu ri. Estava zonza.

— Isso é um sim?

Suspirei. Queria tanto dizer sim. Mas falei:

— Talvez. Sem pedidos de casamento, hein? Já recebi muitos.

— Isso é hora de fazer piada? — Ocean riu. — Você tá partindo meu coração e fazendo piada. Nossa.

— Sim — suspirei.

Não sabia o que tinha de errado comigo. Eu estava sorrindo.

— Pera aí... O que esse *sim* quer dizer? É um sim para passar mais tempo comigo?

— Sim.

— Sim?

— Sim — sussurrei. — Adoraria passar mais tempo com você.

Eu me senti nervosa, e feliz, e apavorada, tudo de uma vez. Minha temperatura também foi para as alturas. Sentia como se fosse desmaiar.

— Mas agora preciso ir — disse. — Te ligo depois, tá?

— Tá — ele falou. — Tá.

Desligamos.

E eu não saí da cama por três dias.

dezoito

Fiquei de cama pelo resto da semana. A febre finalmente cedeu na sexta-feira, mas minha mãe ainda me fez ficar em casa. Tentei argumentar que estava bem, que não tinha outros sintomas, mas ela não me deu ouvidos. Não tinha virado um resfriado. Não sentia dores no corpo. Não sentia nada além da cabeça quente.

Me sentia um pouco como se meu cérebro estivesse em chamas.

Ocean tinha me enviado uma mensagem, mas eu tinha tido tão poucos momentos de clareza que não consegui responder. Imaginei que ele descobriria, de uma forma ou de outra, que eu ainda estava doente, mas nunca imaginei que ele fosse procurar meu irmão.

Navid veio me ver na sexta-feira, depois da escola. Ele se sentou na minha cama e me deu um tapinha na testa.

— Pare — murmurei.

Me virei e enterrei o rosto no travesseiro.

— Seu namorado estava atrás de você hoje.

Eu me virei tão rápido que quase quebrei o pescoço.

— Quê?

— Você ouviu o que eu disse.

— Ele não é meu namorado.

Navid ergueu as sobrancelhas.

— Bem, hum, eu não sei o que você fez com esse garoto que aparentemente não é seu namorado — continuou —, mas tenho quase certeza de que ele está apaixonado por você.

— Cale a boca — eu disse, e enfiei meu rosto de volta no travesseiro.

— Não tô brincando, não.

Mostrei o dedo do meio sem olhar.

— Bom, tanto faz — disse Navid. — Não precisa acreditar em mim. Apenas achei que você devia saber. Ele está preocupado. Talvez você deva ligar pra ele.

Então eu fiz uma careta. Me endireitei lentamente, dobrando o travesseiro sob meu pescoço, e encarei meu irmão.

— Você tá falando sério agora?

Navid encolheu os ombros.

— Você não tá ameaçando bater nele? — perguntei. — Tá dizendo pra eu ligar pra ele?

— Tô me sentindo mal pelo cara. Ele parece legal.

— Hum — ri. — Sei.

— Falando sério — disse Navid, e se levantou. — Vou só te dar um conselho, ok? Então ouça com atenção.

Revirei os olhos.

— Se não tá interessada — começou —, diga pra ele agora.

— O quê? Por que tá falando isso?

Navid balançou a cabeça.

— Apenas não seja má.

— Eu não sou má.

Meu irmão já estava na porta quando caiu na risada. Gargalhou.

— Você é o *cão* — disse. — E eu não quero ver esse carinha magoado, tá? Ele parece tão inocente. Com certeza não faz ideia de onde está se metendo.

Encarei Navid, estupefata.

— Promete — ele disse. — Tá? Se não gosta dele, deixe-o em paz.

Mas eu gostava dele. O problema não era saber se gostava dele ou não. O problema era que eu não *queria* gostar dele.

Já podia até ver o futuro. Imaginava a gente indo a algum lugar, qualquer lugar, e alguém me dizendo algo horrível. Podia imaginar a paralisia dele; podia imaginar a estranheza que tomaria conta de nós dois, como tentaríamos fingir que nada tinha acontecido, mesmo que a vergonha fosse lentamente tomando conta de mim; eu sabia como a experiência o deixaria, inevitavelmente, constrangido de passar tempo comigo, como ele um dia perceberia que não queria ser visto comigo em público. Eu o imaginava me apresentando às pessoas em seu mundo, vendo a repulsa e/ou a desaprovação velada delas, e como estar comigo o faria perceber que seus próprios amigos eram racistas enrustidos, que seus pais ficam felizes em ser bonzinhos com gente diferente, desde que essa gente não beije o filho deles.

Estar comigo iria perfurar a bolha segura e confortável de Ocean. Tudo a meu respeito — meu rosto, minha maneira de me vestir — tinha se tornado político. Houvera um tempo em que a minha presença apenas deixava as pessoas confusas; eu costumava ser apenas uma estranha qualquer, uma entidade insondável que podia ser facilmente desconsiderada, facilmente descartada. Mas, um dia, após uma terrível tragédia, eu tinha acordado sob os holofotes. Não importava que estivesse tão abalada e horrorizada quanto todo mundo; ninguém acreditava na minha dor. Pessoas que eu não conhecia de repente me acusavam de assassinato. Estranhos gritavam comigo na rua, na escola, no mercado, nos postos de gasolina e nos restaurantes, me mandando voltar para casa, vá para casa, *volte para o Afeganistão, sua terrorista de merda de camelo*.

Eu queria responder que morava logo ali, no mesmo quarteirão. Queria dizer que nunca estivera no Afeganistão. Que só tinha visto um camelo uma vez, em uma viagem ao Canadá, e que o camelo era infinitamente mais gentil do que os humanos que conhecia.

Mas o que eu dizia nunca importava. As pessoas falavam por cima de mim, falavam *por* mim, falavam sobre mim sem nunca pedirem a minha opinião. Tinha me tornado um tópico de discussão; uma estatística. Não era mais livre para ser apenas uma adolescente, apenas um ser humano, apenas carne e sangue — não, eu tinha que ser mais do que isso.

Eu era um ultraje. Um tema polêmico de conversa.

E já sabia que aquilo — o que quer que fosse aquilo com o Ocean — só poderia terminar em lágrimas.

Então não liguei para ele.

# dezenove

Não achei que estivesse fazendo a coisa certa ao ignorá-lo de novo, não mesmo. Eu simplesmente não sabia mais o que fazer. Não tinha todas as respostas. Eu me preocupava com Ocean e, do meu jeitinho confuso, estava tentando protegê-lo. Estava tentando proteger a nós dois. Queria que voltássemos a ser apenas conhecidos; queria que fôssemos gentis um com o outro e pronto.

Tínhamos dezesseis anos, pensava.

Aquilo iria passar.

Ocean iria ao baile de formatura com uma garota legal com um nome facilmente pronunciável e eu seguiria em frente, literalmente, quando meu pai inevitavelmente conseguisse um emprego que pagasse melhor em outro lugar e viesse anunciar, com orgulho, que nos mudaríamos para uma cidade ainda melhor, um bairro melhor, um futuro melhor.

Seria bom. Ou algo parecido com bom.

O único problema do meu plano, é claro, era que Ocean não concordava com ele.

Apareci na aula do prof. Jordan na segunda-feira, mas quase certamente fiquei com nota baixa naquele dia porque não disse nada durante toda a aula, por dois motivos:

1. Ainda sentia um pouco do calor inexplicável na minha cabeça.

2. Estava tentando não chamar atenção para mim.

Não olhei para o Ocean durante a aula. Não olhei para ninguém. Fingi não prestar atenção porque esperava que ele entenderia a dica e pararia de falar comigo.

Que plano idiota.

Eu tinha acabado de escapar da sala e estava correndo por um corredor deserto quando ele me encontrou. Ele me segurou pelo braço, e eu me virei. Ele parecia nervoso. Um pouco pálido. Me perguntei sobre o que ele devia estar pensando da minha aparência.

— Oi — sussurrou.

— Oi — respondi.

Ele ainda não tinha me largado; seus dedos estavam semifechados em volta do meu antebraço, como uma pulseira larga. Eu encarei sua mão. Não queria que ele me soltasse, mas, quando me viu olhando, ele se assustou. Soltou meu braço.

— Sinto muito — disse ele.

— Pelo quê?

— Por tudo o que eu fiz — justificou. — Eu fiz algo errado, não fiz? Estraguei tudo.

Meu coração parou. De vez. Ele era tão legal e estava tornando tudo tão mais difícil.

— Você não fez nada errado — eu disse. — Eu juro.

— Não? — Ele ainda parecia muito nervoso.

Abanei a cabeça.

— Agora preciso ir pra aula, tá?

Eu me virei para ir embora, e ele falou o meu nome em tom de pergunta. Me virei de volta.

Ele se aproximou.

— Podemos conversar? No almoço?

Examinei os olhos dele, a dor que ele estava tentando disfarçar, e me dei conta de que as coisas já tinham ido longe demais. Eu as tinha deixado chegar a esse ponto, e agora não tinha mais como ignorá-lo e esperar que ele simplesmente desaparecesse. Não podia ser tão cruel. Não, eu teria que lhe dizer — de maneira clara e direta — o que estava prestes a acontecer. Que teríamos de parar com tudo aquilo, seja lá o que aquilo fosse.

Então, aceitei.

Falei onde ficava a minha árvore. E para ele me encontrar lá.

O que eu não podia antecipar, claro, era que outra pessoa estivesse lá me esperando.

Yusef estava encostado na árvore.

*Yusef.*

Nossa, quase tinha me esquecido do Yusef.

Eu ainda o achava lindo, e estaria mentindo se dissesse que ele não tinha passado pela minha cabeça uma ou duas vezes ao longo das semanas anteriores, mas, de forma geral, ele tinha desaparecido da minha mente. Eu não tinha motivos para pensar nele, porque raramente o via na escola.

E não fazia ideia do que ele estava fazendo ali.

Eu queria que ele fosse embora, mas Ocean ainda não tinha chegado e eu já estava nervosa o suficiente com a conversa que estávamos prestes a ter; não queria ter de pedir a Yusef para ir a outro lugar. Além disso, não parecia justo da minha parte reivindicar uma propriedade pública. Então peguei meu celular, fiz uma curva fechada para a esquerda e comecei a escrever uma mensagem de texto dizendo a Ocean que me encontrasse em outro lugar.

Yusef chamou meu nome.

Eu olhei para trás, surpresa, sem ainda ter enviado a mensagem de texto inacabada.

— Oi?

— Aonde você está indo? — Ele se aproximou, sorrindo.

Talvez num outro dia, num outro horário, eu teria me interessado por aquele sorriso. Naquele momento, estava muito distraída.

— Desculpa — falei. — Tô procurando uma pessoa.

— Ah — ele disse, seguindo meu olhar.

Eu estava apertando os olhos em direção ao pátio, onde a maior parte dos alunos se reunia durante o almoço todos os dias. Por isso, o pátio era um lugar que eu sempre evitava, então realmente não sabia o que estava procurando ao olhar ao redor. Mas Yusef continuava falando, e de repente fiquei irritada, o que não era justo. Ele não tinha como saber como eu estava preocupada. Nada do que ele me disse foi ofensivo — nem mesmo indesejável —, era apenas um mau momento para isso.

— Quis voltar e ver como estava a minha árvore — ele estava dizendo. — Imaginei que você pudesse estar aqui.

— Legal — respondi, ainda olhando para longe.

Yusef inclinou a cabeça na minha frente.

— Posso fazer algo pra ajudar?

— Não — eu disse. — Eu só...

— Ei.

Eu me virei. Meu alívio repentino foi substituído, num instante, por apreensão. Ocean havia chegado, mas ele parecia confuso.

Estava olhando para Yusef, que continuava parado muito perto de mim.

Abri um metro e meio de distância entre nós.

—Ei — saudei, tentando sorrir.

Ocean veio na minha direção, mas ainda parecia incerto.

— É ele que você estava procurando? — Yusef falou, parecendo surpreso.

Foi preciso um grande esforço para eu não mandar Yusef ir dar uma volta, dizer que aquele era obviamente um péssimo momento para conversa fiada, que ele claramente não tinha ideia de como ler as situações...

— Ei, cara, o que está acontecendo — Yusef disse, mais afirmando do que perguntando, e estendeu a mão para apertar a de Ocean. Exceto que ele não a apertou, exatamente. Ele fez aquela coisa que os garotos fazem às vezes, quando puxam uns aos outros para perto e dão uma espécie de meio abraço. — Você conhece a Shirin? — perguntou. — Mundo pequeno.

Ocean permitiu o cumprimento, aceitando o abraço de irmão de Yusef involuntariamente, e eu supus que foi apenas porque ele era uma pessoa legal e educada. Seu olhar, entretanto, parecia quase zangado. Ocean não disse uma palavra para Yusef. Não ofereceu uma resposta nem uma explicação.

— Ei, hum — eu disse —, preciso falar com o meu amigo a sós, ok? Nós estamos indo para...

— Ah, tudo bem — disse Yusef. — Vou ser rápido, então. Só queria saber se você entrará em jejum na próxima semana. Minha família sempre organiza um enorme *iftar* na primeira noite, e você e seu irmão, e até seus pais, se quiserem, podem vir.

*Que diabos?*

— Como você sabe que eu tenho um irmão?

Yusef franziu a testa.

— Navid está na maioria das minhas aulas. Eu juntei dois mais dois depois da última vez em que conversamos. Ele não te contou?

— Tudo bem, humm. — Olhei para Ocean, que parecia que tinha levado um soco no estômago. — Sim, vou mandar o Navid ir falar com você. Eu tenho que ir.

Só me lembrei vagamente de dizer um tchau educado depois disso. Estava mais preocupada com a expressão de Ocean quando fomos embora.

Ele parecia estar se sentindo traído.

Eu lhe disse que não sabia aonde ir, que queria falar com ele em algum lugar calmo e privado, mas a biblioteca era o único lugar em que conseguia pensar, e não é permitido falar lá, muito menos conversar, e ele disse:

— Meu carro está no estacionamento.

Isso foi tudo o que ele disse. Eu o segui até o carro em silêncio, e foi só quando sentamos lá dentro, com as portas fechadas ao redor do nosso próprio mundinho, que ele me olhou e disse:

— Você... — Ele suspirou e se virou de repente, encarando o chão. — Você tá namorando aquele cara? O Yusef?

— O quê? Não.

Ele levantou o olhar.

— *Não.* Eu não tô namorando ninguém.

— Ah. — Seus ombros caíram. Estávamos sentados no banco de trás do carro, um de frente para o outro, e ele se recostou na porta atrás dele, reclinando a cabeça contra a janela. Parecia exausto. Passou a mão pelo rosto e, finalmente, disse:
— O que aconteceu? O que aconteceu desde a última vez que conversamos?
— Acho que talvez eu tenha tido mais tempo para pensar.
Ele parecia inconsolável. Não havia outra maneira de descrever.
E ele soou inconsolável quando anunciou:
— Você não quer ficar comigo.
Ocean era tão direto. Ele parecia sempre honesto e correto, e eu realmente o admirava por isso. Mas era verdade que, naquele momento, sua honestidade estava tornando a conversa mais difícil do que precisava ser.
Eu tinha um plano.
Tinha tudo planejado na minha cabeça; esperava contar uma história, pintar um quadro, ilustrar muito, muito claramente por que aquilo ali estava fadado a dar errado e por que devíamos evitar nos arremessar em direção à futura dissolução, inevitável e dolorosa, de tudo que tínhamos construído até ali.
Mas todos os meus argumentos tão bem traçados pareciam fúteis agora. Bobos. Impossíveis de articular. Olhando nos olhos dele, tudo mudou na minha cabeça; meus pensamentos estavam agora embaralhados e desorganizados, e eu não sabia como continuar a não ser despejando desordenadamente os meus sentimentos sobre ele.
Ainda assim, eu estava demorando muito. Fiquei em silêncio por muito tempo.
Estava atrapalhada.
Ocean endireitou-se e sentou-se mais perto. Ele se inclinou na minha direção e eu senti meu peito apertar. Podia de repente sentir o cheiro dele — seu perfume particular, já conhecido — em todos os lugares. Eu estava no *carro* dele, me dei conta, e de

repente percebi que podia olhar em volta para ter uma noção de onde estávamos, de quem ele era. Queria catalogar aquele momento, capturá-lo em palavras e imagens. Queria me lembrar daquilo. Queria me lembrar dele.

Eu nunca quisera me lembrar de alguém antes.

— Ei — ele disse, mas baixinho.

Não sei o que ele tinha visto no meu rosto, o que captara nos meus olhos ou na minha expressão, mas ele de repente parecia diferente. Talvez tivesse percebido que eu estava apaixonada, e muito, e que aquilo não era fácil para mim, e que na verdade eu não queria ir embora.

Eu o olhei nos olhos.

Ele tocou meu rosto, seus dedos acariciando a minha pele, e eu engasguei. Me afastei um pouco. Tinha sido inesperado. Minha reação foi exagerada. Minha respiração se tornou mais pesada, minha cabeça ardia de novo.

— Eu sinto muito, mas não dá — disse —, não consigo fazer isso.

— Por que não?

— Porque sim — respondi. — Porque sim.

— Por que porque sim?

— Porque não vai dar certo. — Estava confusa. Parecendo estúpida. — Simplesmente não vai dar certo.

— Isso não depende de nós? — ele questionou. — Não controlamos se isso vai dar certo ou não?

Sacudi a cabeça.

— Não é tão simples assim. Você não entende. E a culpa não é sua por não entender — eu disse —, mas você apenas não sabe o que você não sabe. Não consegue enxergar. Não consegue imaginar como a sua vida seria diferente se estivesse comigo, convivendo com alguém como eu... — Fiz uma pausa. Tentei encontrar as palavras. — Seria difícil para você... E para os seus amigos, a sua família...

— Por que você tem tanta certeza de que me importo com o que as outras pessoas pensam?

— Você vai se importar — eu disse.

— Não, não vou. Eu já não me importo.

— É fácil falar agora — respondi, balançando a cabeça. — Mas você não tem ideia. Vai se importar, Ocean. Acredite, você vai.

— Por que não me deixa decidir com o que vou me importar?

Eu continuava balançando a cabeça. Não conseguia olhar para ele.

— Olha — disse ele, pegando nas minhas mãos, e eu não tinha percebido até aquele exato momento como as minhas mãos tremiam. Ele apertou meus dedos. Me puxou para mais perto. Meu coração disparou. — Olha — ele repetiu. — Eu tô pouco me lixando para o que as pessoas pensam. Eu não me importo, ok?

— Você se importa, sim — falei de novo, baixinho. — Acha que não, mas se importa, sim.

— Como você pode afirmar isso?

— *Porque sim* — eu disse —, porque eu sempre digo isso. Sempre digo que não me importo com o que as outras pessoas pensam. Digo que nada me incomoda, que tô pouco me lixando sobre as opiniões de gente babaca, mas não é verdade — admiti, e os meus olhos arderam enquanto eu falava. — Não é verdade, porque dói toda vez, e isso quer dizer que eu me importo, sim. Quer dizer que eu não sou forte o bastante, porque, toda vez que alguém diz algo grosseiro, algo racista... Toda vez que um morador de rua mentalmente doente sai correndo quando me vê cruzar a rua... *Dói*. E nunca para de doer. Só vai ficando mais fácil de se recuperar. E você não sabe como é isso. Não sabe como é minha vida e não sabe como seria se tornar parte dela. Dizer ao universo que está comigo. Não acho que você entende que estaria se tornando um alvo. Estaria arriscando o mundo feliz e confortável em que vive...

— Eu não vivo num mundo feliz e confortável — disse ele de repente, e seus olhos brilharam, intensos. — E, se a vida que levo serve como exemplo de felicidade, então o mundo está ainda mais bagunçado do que eu pensava. Porque não estou feliz e não quero ser como os meus pais. Eu não quero ser como todo mundo que conheço. Quero escolher como viver minha própria vida, ok? Quero escolher com quem quero estar.

Só conseguia olhar para ele. Meu coração batia forte no peito.

— Talvez você se preocupe com o que as outras pessoas pensam — argumentou ele, e sua voz estava mais suave agora. — E tudo bem. Mas eu realmente, realmente, não me preocupo.

— Ocean — sussurrei. — *Por favor*.

Ele ainda estava segurando as minhas mãos, e parecia tão seguro e real que não sabia como lhe dizer que não tinha mudado de ideia, nem um pouquinho, e que, quanto mais ele falava, mais eu sentia meu coração implodir.

— Por favor, não faça isso — disse ele. — Por favor, não desista de mim porque está preocupada com a opinião dos preconceituosos e idiotas. Desista de mim se não gostar de mim. Diga que me acha burro e feio, e eu juro que vai doer menos.

— Não posso fazer isso — falei. — Acho você maravilhoso.

Ele suspirou. Não estava olhando para mim quando disse:

— Isso não está ajudando.

— Eu também acho que você tem olhos realmente lindos.

Ele ergueu o olhar, surpreso.

— Você acha?

Assenti.

E ele riu baixinho. Pegou as minhas mãos e as pressionou contra o peito dele, que era forte. Senti o coração dele acelerado sob as minhas palmas. Senti o contorno do corpo dele sob a blusa e fiquei meio zonza.

— Ei — ele disse.

Eu o olhei nos olhos.

— Você não tem nada ofensivo para me dizer? Pra me fazer te odiar um pouquinho?

Balancei a cabeça.

— Lamento, Ocean, de verdade. Por tudo.

— Eu não entendo como pode ter tanta certeza disso — afirmou, e seus olhos ficaram tristes novamente. — Como pode ter *tanta certeza* de que não vai dar certo se nem quer dar um chance?

— Porque eu já sei — respondi. — Já sei o que vai acontecer.

Ele rebateu:

— Você não sabe o que vai acontecer.

— Sim, eu sei. Já sei como a história termina.

— Não. Você acha que sabe. Mas não tem ideia do que está prestes a acontecer.

— Tenho, sim — argumentei. — Eu...

E ele me beijou.

Não foi como as coisas que já tinha lido. Não foi rápido; não foi suave nem simples. Senti uma verdadeira euforia quando ele me beijou, como se todos os meus sentidos tivessem se fundido e eu tivesse me tornado pura respiração e batimento cardíaco. Não era nada como eu tinha pensado que seria. Era melhor, era infinitamente melhor; na verdade, podia ser a melhor coisa que já tinha me acontecido. Eu nunca tinha beijado, mas, de alguma forma, não precisei de um manual. Eu me entreguei ao beijo, a ele, e ele abriu os meus lábios e eu adorei, adorei o gosto dele, como era doce e quente, e me senti delirante, pressionada contra a porta do passageiro, minhas mãos estavam em seus cabelos e eu não conseguia pensar, não conseguia pensar em nada, nada além do que estava acontecendo e também da impossibilidade do que estava acontecendo, quando ele se afastou, ofegante. Ele pressionou sua testa contra a minha e disse:

— *Uau... Nossa.*

E achei que tivesse acabado, mas ele me beijou de novo. E de novo. E de novo.

Ouvi o sinal tocar ao longe. Ouvi como se estivesse escutando pela primeira vez.

E, então, de repente, minha mente voltou a funcionar.

Foi como um estrondo sônico.

Me endireitei muito rápido. Meus olhos estavam faiscando. Estava quase hiperventilando.

— Ai, meu Deus — disse. — Ai, meu Deus.

Ele me beijou novamente.

Eu me afoguei.

Quando nos separamos, estávamos ambos respirando com dificuldade, mas ele estava me olhando e disse *Caramba*, mas baixinho, como se estivesse falando apenas para si mesmo, e eu disse:

— Eu tenho que ir, eu tenho que ir.

E ele continuou apenas olhando para mim, com a cabeça ainda em outro lugar, e eu peguei minha mochila e ele arregalou os olhos, de repente alertas, e disse:

— Não vá.

— Eu tenho que ir — repeti. — O sinal tocou. Tenho que ir para a aula.

Aquilo era obviamente uma mentira, eu não estava nem aí para a aula. Estava sendo apenas covarde, tentando fugir, e agarrei a maçaneta, abri a porta e ele disse:

— Não, espera...

E eu disse:

— Talvez devêssemos ser apenas amigos, tá bom? — E desci do carro antes que ele pudesse me beijar novamente.

Olhei para trás, apenas uma vez, e o vi me observando conforme eu me afastava.

Ele parecia espantado.

E eu soube que tinha acabado de deixar tudo muito pior.

# vinte

Matei a aula de biologia. Nosso tempo com o gato morto tinha chegado oficialmente ao fim — retomaríamos o trabalho normal com livros didáticos por um tempo até nossa próxima tarefa de laboratório —, mas, ainda assim, não tive coragem. Não sei o que faria se o visse novamente. As coisas ainda estavam muito frescas. Meu corpo agora parecia ser composto inteiramente de nervos, como se os músculos e os ossos tivessem sido removidos para criar espaço para todas essas novas emoções.

As coisas entre nós estavam oficialmente fora de controle.

Fiquei tocando meus lábios durante toda a tarde, confusa, espantada e um pouco desconfiada de que tinha imaginado tudo aquilo. O calor na minha testa não diminuía. Eu não tinha ideia do que estava acontecendo com a minha vida. Mas a loucura do dia só fez com que me sentisse mais ansiosa para ir ao treino. Dançar me dava foco e controle; quando treinava, via resultados. Eu gostava de como aquilo era simples.

Simples e objetivo.

— O que diabos está acontecendo com você?

Foi assim que meu irmão me cumprimentou.

Larguei a mochila no chão. Jacobi, Bijan e Carlos estavam agrupados em um canto distante da sala de dança, fingindo que não estavam me encarando.

— O quê? — questionei, tentando ler o rosto deles. — Que foi?

Navid fechou os olhos com força. Abriu-os. Olhou para o teto. Passou as mãos pelos cabelos.

— Eu disse pra você *ligar* para ele — falou. — Não pra você *ficar* com ele.

Fiquei de repente paralisada.

Horrorizada.

Navid estava balançando a cabeça.

— Olha só — disse ele —, eu não tô nem aí, tá? Não me importo de você beijar um cara. Nunca pensei que fosse uma santa, mas você tem que ser mais cuidadosa. Não pode simplesmente sair por aí beijando caras como ele. As pessoas reparam.

Finalmente consegui separar meus lábios, mas, quando falei, as palavras soaram como sussurros.

— Navid — eu disse, tentando não ter um ataque cardíaco —, do que você está falando?

Navid pareceu subitamente confuso. Ele estava me olhando como se não tivesse certeza de que meu pânico era real. Como se duvidasse se eu estava apenas fingindo agir como se não soubesse como diabos ele tinha descoberto que eu tinha ficado com alguém pela primeira vez na vida.

— Carros — ele anunciou. — Eles têm janelas.

— E daí?

— E daí — falou, irritado — que as pessoas viram vocês dois.

— Sim — concordei —, eu entendi isso, mas qual é o problema? — Estava quase gritando com ele, meu pânico transformando-se rapidamente em raiva. — O que os outros têm a ver com isso? Por que contariam pra *você*?

Navid fez uma cara feia para mim. Parecia ainda não ter se decidido se eu o estava enrolando ou não.

— Você sabe alguma coisa sobre esse cara? — perguntou. — Sobre esse tal de Ocean.

— Claro que sei.

— Então não sei por que está tão confusa.

Eu estava respirando forte, queria berrar.

— Navid — eu disse com delicadeza. — Eu juro por Deus que, se você não me disser o que tá acontecendo, vou te dar um chute no saco.

— Ei — ele falou, fazendo uma careta —, não há necessidade dessa violência toda.

— *Eu não estou entendendo.* — Agora eu estava berrando mesmo. — Por que alguém daria a mínima para quem eu beijo ou deixo de beijar? Eu não conheço *ninguém* nesta escola.

— Garota — ele disse, rindo de repente. — Você não precisa conhecer ninguém nesta escola. Ele que conhece. Seu namoradinho é meio famoso.

— Ele não é meu namoradinho.

— Que seja.

E, daí, um pânico começou a se formar no meu peito, apertando minha garganta...

— O que quer dizer — falei — com meio famoso?

— Ele é, tipo, o queridinho. Ele é do time de basquete.

Eu tive que me sentar, bem ali, porque minha cabeça pôs-se a girar. Fiquei enjoada. Nauseada, pra valer. Não sabia nada sobre basquete. Não prestava atenção em esportes, em geral. Não saberia dizer porcaria nenhuma sobre quem faz o quê com a bola, como marcar pontos nem por que isso parecia tão importante para as pessoas. Mas tinha entendido uma coisa importante sobre aquela escola assim que havia chegado:

Todo mundo era obcecado pelo time de basquete.

A temporada anterior tinha sido espetacular, e o time continuava invicto. Eu ouvia isso todos os dias nos anúncios matinais que ressoavam pelos corredores. Escutava os lembretes constantes, quase diários, sobre o início da temporada dali a duas semanas e sobre como tínhamos de apoiar a nossa equipe, comparecer tanto aos jogos locais quanto aos de fora de casa, ir às reuniões de incentivo vestindo as cores da escola, afinal, esse era o espírito, e blá-blá-blá. Mas eu nunca tinha ido a nenhum evento. Nunca tinha visto nenhum jogo da escola; aliás, de nenhuma escola. Eu só fazia o que era absolutamente necessário. Não me voluntariava para nada.

Não participava de nada. Não tinha entrado para nenhuma organização estudantil. Naquele dia mesmo tinha recebido por e-mail um lembrete de que dali a quinze dias — no dia do jogo de abertura da temporada — todos deveriam se vestir de preto dos pés à cabeça; era uma piadinha: tínhamos de fingir que estávamos indo ao velório do time adversário.

Eu achava aquilo *ridículo*.

Daí...

— Espera — falei, confusa. — Como é que ele pode estar no time se ainda está no segundo ano?

Navid me olhou como se quisesse me dar um tapa.

— Você tá falando sério? Como é que eu sei mais sobre esse cara do que você? Ele tá no terceiro.

— Mas ele tá em duas das minhas... — comecei a falar, mas depois parei.

Ocean estava na minha turma de biologia avançada. Era eu que estava deslocada ali — estava adiantada; em geral aquela disciplina era para quem estava no terceiro ou no quarto ano. A outra matéria, Perspectivas Globais, era eletiva.

Só primeiranistas não podiam se matricular.

Ocean era um ano mais velho que eu. O que explicaria por que ele estava tão decidido a respeito da faculdade quando lhe perguntei. Tinha falado sobre a sua escolha como se fosse algo concreto; algo com o que se preocupar, até. Ele estava quase indo para a faculdade. Logo faria os exames de qualificação. No próximo ano, já poderia se inscrever.

*Ele jogava basquete.*

Ai, meu Deus.

Caí de costas, deitada no chão gasto da sala de dança e encarei as luzes embutidas. Queria desaparecer.

— É grave? — perguntei, e o medo apareceu em minha voz. — É tão grave assim?

Ouvi Navid suspirando. Ele veio até mim e se abaixou.

— Não é *grave*. Só é estranho. Vai virar fofoca. As pessoas estão meio confusas.

— *Droga* — eu disse, fechando os olhos.

Era exatamente o que eu não queria que acontecesse.

# vinte e um

Quando cheguei em casa naquele dia, encontrei consolo, pela primeira vez, no fato de que meus pais nunca tinham dado a mínima para a minha vida escolar. Eles eram tão alheios, na verdade, que honestamente não tinha certeza se meu pai sabia onde ficava a minha escola. Meu retorno para casa uma hora atrasada depois de um filme do Harry Potter, *aquilo*, sim, era algo com que se preocupar, agora imaginar que o meu querido colégio americano pudesse ser mais assustador do que as ruas perigosas do subúrbio? Isso lhes parecia impossível.

Nunca tinha conseguido fazer os meus pais se envolverem com a minha escola. Eles nunca se voluntariavam para nada; nunca apareciam em eventos. Não liam as circulares. Não faziam parte da Associação de Pais e Professores, nem ajudavam nas festas. Minha mãe só colocava os pés no colégio para fazer minha matrícula. Fora isso, nada. A única vez em que tinham demonstrado interesse fora logo depois do 11 de setembro, quando aqueles dois caras me atacaram no caminho de volta para casa. Navid basicamente salvou a minha vida naquele dia. Ele apareceu com a polícia um pouco antes de eles baterem minha cabeça contra o concreto. Fora um ataque premeditado; alguém os escutara conversando, na aula, sobre o plano de virem atrás de mim. A pessoa tinha avisado Navid.

Os policiais não prenderam ninguém naquele dia. As luzes da sirene assustaram os caras o suficiente para recuarem, então, quando os policiais desceram do carro e me viram sentada na calçada, tremendo, tentando desembaraçar meu lenço do pescoço, eles suspiraram, disseram para os dois trastes pararem de ser burros e os mandaram para casa.

Navid ficou furioso.

Ficou repetindo para fazerem alguma coisa, que aqueles caras deveriam ser presos, e os policiais disseram para ele se acalmar, que eram apenas crianças, que não havia necessidade de tornar isso um drama. E, então, os policiais se aproximaram de mim, do lugar onde eu ainda estava sentada no chão, e perguntaram se eu estava bem.

Eu realmente não entendi a pergunta.

— Você está *bem*? — um dos policiais insistiu.

Eu não tinha morrido e, por algum motivo, imaginei que isso significava que eu estava bem. Então assenti.

— Olha só — ele disse —, talvez você deva repensar essa coisa toda... Levante-se. — Ele gesticulou vagamente para a minha cabeça. — Andar assim por aí o tempo todo? — Balançou a cabeça. Suspirou. — Sinto muito, menina, mas é como se você estivesse pedindo pra isso acontecer. Não se transforme num alvo. As coisas estão complicadas no mundo agora. As pessoas estão com medo. Você entende? — E, então: — Você fala inglês?

Lembro-me de tremer tanto que mal conseguia me sentar direito. Lembro-me de me sentir impotente ao olhar para o policial. De ficar apavorada ao olhar para a arma no coldre em seu quadril.

— Aqui — ele disse, oferecendo-me um cartão. — Ligue para este número se você se sentir em perigo, ok?

Peguei o cartão. Era o número do Serviço de Proteção à Criança.

Aquele não tinha sido o começo — não foi ali que a minha raiva começou —, mas foi um momento traumático que nunca iria esquecer.

Quando cheguei em casa naquele dia, ainda tão atordoada que não tinha conseguido nem chorar, meus pais estavam transformados. Foi a primeira vez em que pareceram pequenos para mim. Petrificados. Meu pai me disse naquele dia que talvez eu devesse parar de usar o véu. Que talvez fosse melhor para mim assim. Mais fácil.

Eu me recusei.

Eu lhe disse que estava bem, que tudo ficaria bem, que eles não precisavam se preocupar, que eu só precisava tomar um banho, que ficaria bem. Não tinha sido nada, disse. Contei aos meus pais que estava bem porque, de alguma forma, sabia que eles precisavam da mentira até mais do que eu. Nos mudamos um mês depois, e sabia que não era por acaso.

Vinha pensando muito sobre isso, ultimamente. Sobre toda aquela merda. A exaustão que acompanhava a escolha de usar um pedaço de tecido em volta do cabelo todos os dias. Estava tão cansada de lidar com aquilo. Odiava como tudo parecia estar envenenado. Eu me odiava por me importar tanto. Odiava como o mundo continuava tentando me forçar a acreditar que eu era o problema.

Me sentia como se nunca tivesse direito a uma trégua.

Parei antes de abrir a porta de casa, minha mão congelada na maçaneta. Sabia que minha mãe estava cozinhando algo, porque o ar friozinho e fresco carregava um aroma delicioso. Era aquele cheiro tão, tão perfeito que sempre me transportava de volta para a infância: o cheiro de cebola sendo salteada no azeite.

Senti meu corpo relaxar.

Entrei, larguei a mochila e me afundei numa cadeira na mesa da cozinha. Me agarrei aos sons e cheiros familiares e reconfortantes de casa, me apegando a eles como a uma tábua de salvação. Encarei minha mãe, que era, sem dúvida, um ser humano de outro nível. Ela tinha de lidar com tanta coisa. Era uma sobrevivente. A mulher mais corajosa e forte que eu já tinha conhecido e, embora soubesse que ela enfrentava todos os tipos de discriminação diariamente, ela raramente falava sobre aquilo. Na verdade, ela parecia passar por cima de todos os obstáculos sem reclamar. Eu aspirava chegar ao seu nível de graça e perseverança. Ela trabalhava o dia todo, voltando para casa um pouco antes do meu pai, preparava uma refeição incrível e sempre tinha um sorriso, um tapa na cabeça ou uma grande sabedoria para compartilhar.

Naquele dia, eu queria desesperadamente lhe perguntar o que devia fazer. Mas eu sabia que provavelmente levaria um tapa na cabeça, então descartei essa possibilidade. Só suspirei. E olhei para o meu celular. Havia seis chamadas perdidas e duas mensagens de texto de Ocean:

me ligue, por favor
por favor

Já as tinha visto umas cem vezes. Continuei olhando para as palavras dele no meu telefone, sentindo tudo de uma vez. Apenas a memória de beijá-lo era suficiente para me fazer corar. Lembrei-me dele, de cada centímetro dele. Minha mente registrou o momento de maneira surpreendentemente detalhada, e eu o revivi muitas vezes. Quando fechava os olhos, ainda podia senti-lo contra os meus lábios. Lembrei-me dos seus olhos, da maneira como ele tinha ficado me olhando, e minha pele de repente ficou quente e eletrificada. Mas, quando pensava sobre as consequências — a estranheza que inevitavelmente seria obrigada a encarar na escola no dia seguinte —, me sentia péssima e envergonhada. Eu me sentia tão idiota por não conhecer a posição dele na hierarquia daquela escola idiota, me sentia idiota por nunca ter lhe perguntado sobre o que fazia no seu tempo livre. Eu me sentia repentinamente frustrada por não ter ido a nenhum daqueles eventos de incentivo. Eu o teria visto desfilar com todos os jogadores de basquete no centro do ginásio.

Eu teria sabido.

Mas agora eu estava mergulhada naquela situação e não sabia o que fazer. Achava que só ignorar Ocean não era mais uma opção — na verdade, nem sei se um dia tinha sido —, mas também não sabia se conversar com ele ajudaria.

Eu já tinha tentado aquela opção. Naquele mesmo dia, inclusive. Aquele era o plano. Pensava que estaria sendo madura ao terminar as coisas pessoalmente. Eu poderia ter sido covarde — na verdade, preferiria ter sido — e ter lhe enviado uma mensagem de texto simples e cruel dizendo para me deixar em paz para sempre; mas eu queria fazer a coisa certa. Achei que ele merecia ter uma conversa de verdade sobre a situação. Mas, aí, estraguei tudo.

Eu me arrastei naquela noite. Fiquei lá embaixo com meus pais por muito mais tempo do que normalmente ficaria. Jantei devagar, empurrando minha comida no prato muito depois de todos os outros terem deixado a mesa, e respondi "Estou bem, apenas cansada" para as muitas perguntas preocupadas de meus pais. Navid não prestou muito atenção em mim, exceto para me lançar um sorriso compassivo, pelo qual fiquei grata.
    Porém, nada ajudava.
    Estava ganhando tempo. Não queria subir para o meu quarto, onde a porta fechada, o silêncio e a privacidade me obrigariam a tomar uma decisão. Estava preocupada em acabar cedendo e terminar ligando de volta para Ocean, com medo de ouvir sua voz e perder minha capacidade de ser objetiva e, então, inevitavelmente, concordar em *tentar*, para ver o que aconteceria, para finalmente ficar a sós com ele em outra ocasião porque, nossa, eu queria desesperadamente beijá-lo de novo. Mas sabia que toda aquela situação faria mal à minha saúde. Então, a adiei.
    Consegui não fazer nada até as três da manhã.

Estava deitada na cama, bem acordada, completamente incapaz de desligar tanto a mente quanto o corpo, quando meu celular vibrou na mesinha de cabeceira. A mensagem de Ocean era ao mesmo tempo simples e comovente.

:(

Não sei por que a carinha triste conseguiu finalmente romper as minhas defesas. Talvez porque parecesse tão humana. Tão real.

Peguei meu telefone porque estava fraca, e sentia falta dele, e porque já tinha ficado deitada ali pensando nele por horas; meu cérebro sucumbira muito antes de ele me mandar aquela mensagem.

Ainda assim, eu tinha noção das coisas.

Selecionei o número dele sabendo — mesmo enquanto hesitava, meu dedo pairando sobre o botão de chamada —, *sabendo* que estava apenas criando problemas. Mas também era, sabe, uma adolescente, e meu coração ainda estava muito mole. Estava longe de ser um modelo a ser seguido. Eu definitivamente não era uma santa, como meu irmão havia dito claramente. Não era uma santa, nem de longe.

Então, liguei para ele.

Ocean parecia diferente quando atendeu. Nervoso. Eu o ouvi expirar, apenas uma vez, antes de dizer:

— Ei.

— Oi — sussurrei. Estava me escondendo sob as cobertas novamente.

Ele não falou mais nada por alguns segundos.

Esperei.

— Achei que você não fosse me ligar — disse. — Tipo, nunca mais.

— Desculpa.

— É porque eu te beijei? — perguntou, e sua voz estava tensa. — Foi... Eu não devia ter feito aquilo?

Fechei os olhos com força. A conversa já estava acabando com os meus nervos.

— Ocean — eu disse. — O beijo foi incrível. — Eu podia ouvi-lo respirando, podia ouvir como sua respiração mudava conforme eu falava. — O beijo foi perfeito — continuei. — Minha cabeça meio que explodiu de tão bom.

Ainda assim, ele não disse nada.

E, aí...

— Por que você não me ligou? — sussurrou, e parecia arrasado.

Entendi naquela hora que não tinha como adiar. Ali estava. Ali estava o momento em que devia dizer. Provavelmente iria me matar, mas eu tinha que dizer.

— Porque — comecei — eu não quero isso.

Ouvi a expiração dele. O ouvi afastando o telefone e xingando, depois dizendo:

— É por causa dos idiotas da escola? Porque viram a gente?

Ele falou outro palavrão.

E, aí, calmamente, confessei:

— Eu não sabia que você jogava basquete.

Parecia uma coisa estúpida de se dizer, afinal, por que importaria o esporte que ele praticava em seu tempo livre? Mas também estava começando a parecer uma omissão deliberada da parte dele. Ele não era só um garoto que decidiu jogar basquete nas horas vagas. Ele era a estrela do time. Aparentemente, tinha feito muitos pontos para alguém de sua idade. Cestas. Seja lá o que fosse. Eu tinha pesquisado no computador quando finalmente juntei coragem para me trancar no quarto. Havia matérias sobre ele nos jornais da cidade. As faculdades já o estavam assediando, falando sobre bolsas de estudo, falando sobre seu potencial, seu futuro. Encontrei alguns blogs e vídeos publicados pela escola que foram bastante esclarecedores, mas, quando me aprofundei um pouco mais, descobri uma página anônima dedicada apenas a ele e suas estatísticas ao longo dos anos — uma tonelada de números sobre pontos e rebotes e roubos que não consegui entender — e, de repente, fiquei confusa.

O basquete era claramente uma grande parte da vida de Ocean; era óbvio que ele praticava havia algum tempo. E acabara de me ocorrer que, embora, sim, tivesse sido uma falha da minha parte não lhe fazer mais perguntas pessoais, sua omissão também era estranha. Ele nunca tinha mencionado o basquete nem *casualmente*, em nenhuma das nossas conversas.

Então, quando ele disse "Eu queria que você nunca tivesse descoberto", a coisa toda começou a fazer um pouco mais de sentido para mim.

E, então, ele meio que se abriu.

Disse que começou a jogar basquete depois que seus pais se separaram, porque o novo namorado de sua mãe era um treinador de basquete juvenil. Que tinha feito isso apenas porque passar um tempo com o novo namorado da mãe parecia deixá-la feliz. Ele jogava bem, o que deixava o namorado feliz. O que deixava sua mãe feliz. O que o deixava feliz.

Ocean tinha doze anos quando sua mãe e o namorado se separaram. Ele tentou largar o basquete, mas sua mãe não deixou. Ela disse que era bom para ele. Disse que ficava feliz em vê-lo jogar tão bem. E, então, horrivelmente, inesperadamente, os pais de sua mãe morreram num acidente de carro realmente trágico, ambos ao mesmo tempo, e sua mãe meio que perdeu a cabeça. Tinha sido horrível de duas maneiras. Segundo ele, sua mãe tinha sofrido um golpe emocional, mas que ela também, de repente, não precisava mais trabalhar. Seus avós haviam deixado tudo para ela — terras, investimentos, todo tipo de coisas —, e ele disse que foi o dinheiro que acabou arruinando sua vida.

Ele contou que tinha passado os anos seguintes tentando evitar que sua mãe chorasse o tempo todo e que, no fim, eles acabaram trocando de papéis; um dia ele se tornou o responsável enquanto ela meio que desabou e perdeu a noção de tudo que não fosse si mesma. Quando ela finalmente tinha saído do fundo do poço, voltara-se totalmente para suas obrigações sociais. Ficou obcecada com a ideia de encontrar outro marido, o que era péssimo e doloroso de assistir.

— Ela nem percebe quando não estou em casa — ele me disse. — Está sempre fora, sempre fazendo coisas com amigos ou namorando um novo cara que eu não tenho interesse nenhum em conhecer. Ela está tão convencida de que eu vou ficar bem — sempre me dizendo que eu sou um bom menino — que simplesmente desaparece. Deixa dinheiro em cima da mesa e, então, eu não sei, nunca sei quando vou ter notícias dela. Ela vem e vai. Sem programação definida. Nunca se compromete com nada. Nunca vai aos meus jogos. Saí de casa por uma semana, uma vez, só para ver o que aconteceria, e ela nem me ligou. Quando finalmente voltei, ela pareceu surpresa em me ver. Disse que imaginava que eu estivesse no acampamento de basquete ou algo assim. — Ele hesitou. — Mas estávamos no meio do ano letivo.

Ele explicou que continuou jogando basquete porque o time tinha se tornado um substituto de sua família. Era a única família que ele tinha.

— Mas tem muita pressão — disse. — Há tanta pressão por um bom desempenho, e estou começando a odiar isso. Tudo isso. Meu treinador está me matando todos os dias, me estressando tanto com olheiros e estatísticas e esses prêmios estúpidos que eu não sei... — Parou um pouco antes de continuar: — Sinto que nem sei mais por que estou fazendo isso. Nunca joguei basquete porque adorava. Simplesmente se tornou uma coisa que tomou conta da minha vida. É como um parasita. E todo mundo está tão *obcecado* com isso — disse, a raiva transparecendo em sua voz. — É como se não conseguissem pensar em mais nada. As pessoas sempre querem falar comigo sobre basquete. Como se fosse só o que eu sou. Como se fosse *tudo* o que sou. E não é.

— Claro que não — respondi, mas minha voz saiu baixa. Triste.

Eu entendia muito bem como era se sentir definido por uma coisa superficial — sentir-se como se nunca escaparia da caixinha em que as pessoas o colocaram.

Parecia como estar prestes a explodir.

— Ocean — falei. — Eu sinto muito por isso da sua mãe.

— E eu sinto não ter contado tudo isso antes.

— Tá tudo bem — eu disse. — Eu entendo.

Ele suspirou.

— Isso vai soar estranho, eu sei, e bem idiota, mas simplesmente amei o fato de você nunca ter dado a mínima para quem eu era. Você não me conhecia. Não sabia nada sobre mim. Tipo, não apenas naquele primeiro dia, mas, tipo, nos meses seguintes também. Fiquei esperando que você descobrisse, pensei que talvez me visse ou aparecesse em algum evento, ou algo assim, sei lá, mas isso nunca aconteceu. Você nunca nem mesmo me viu depois da aula.

— Depois da aula? — perguntei. Mas então lembrei, num súbito momento de clareza, que o tinha visto na porta da nossa sala de dança. E, depois, por uma fração de segundo, saindo do ginásio. — O que você faz depois da aula?

Ocean riu.

— Viu? Isso é exatamente o que quero dizer. Eu treino — disse. — Estamos sempre no ginásio. Eu via você entrando na sala de dança com aqueles outros caras e sempre pensava que você, tipo — ele riu de novo —, sei lá, ficava pensando que talvez um dia você passasse por ali. Talvez me visse com o uniforme do basquete? Mas nunca aconteceu. E fiquei tão à vontade falando com você assim. Sem essa coisa toda. Era como se você realmente quisesse me conhecer.

— Eu queria conhecer você — disse. — Ainda quero.

Ele suspirou.

— Então por que fugir disso? Por que jogar tudo isso fora?

— Não temos que jogar nada fora. Podemos apenas voltar a ser amigos. Ainda podemos falar um com o outro — expliquei. — Mas podemos manter uma distância também. Entre nós dois.

— Não quero distância — rebateu ele. — Nunca na vida quis ficar tão perto.

Eu não sabia o que dizer. Meu coração doía.

— É isso que você quer? — ele perguntou com a voz tensa de novo. — Quer ficar longe de mim? Mesmo?

— Claro que não — sussurrei.

Ele ficou quieto por um ou dois segundos.

E, quando falou de novo, suas palavras saíram suaves. E doces. Ele disse:

— *Gatinha*, por favor não faça isso.

Senti um raio me percorrendo. Fiquei meio sem fôlego. A maneira como ele tinha me chamado de *gatinha*, a maneira como ele tinha dito, era nada e tudo ao mesmo tempo. A palavra tinha sido tão carregada de emoção, como se ele quisesse que eu fosse dele, como se ele quisesse que pertencêssemos um ao outro.

— Por favor — ele sussurrou de novo. — Vamos ficar juntos. Passar tempo juntos. Quero passar mais tempo com você.

Ele prometeu que não tentaria me beijar de novo, e eu quis dizer *não se atreva a prometer que não vai me beijar de novo*. Mas não disse.

Em vez disso, fiz exatamente o que disse que não ia fazer. Eu cedi.

# vinte e dois

A vida na escola de repente se tornou bizarra. Eu tinha passado de ser o tipo de pessoa para a qual os outros fingiam não estarem olhando para ser o tipo de pessoa que os outros encaram abertamente. Algumas pessoas nem se preocupavam em disfarçar que estavam falando de mim quando eu passava. Algumas até apontavam.

Que bom que eu já tinha bastante prática ignorando rostos. Eu olhava para o nada enquanto caminhava; não focava em ninguém. Ocean e eu não tínhamos planejado nada; não havíamos conversado sobre como seria aquele dia, simplesmente porque ele estava tão certo de que tudo ficaria bem, que estávamos mesmo cercados por idiotas, mas que nada daquilo importaria. Eu sabia que ele estava errado, é claro, que importaria, sim, que estávamos nadando no esgoto que era o colégio e que de nada adiantava fingir o contrário. Eu sabia que era apenas uma questão de tempo antes que as coisas ficassem feias. Mas, naquele primeiro dia, pelo menos, foi bastante tranquilo. Ou mais ou menos isso.

Os primeiros quatro períodos foram fáceis. Eu me fechei completamente; escondi os fones de ouvido sob o véu e fiquei ouvindo música enquanto o mundo zumbia ao meu redor. Tudo ocorreu bem. Além disso, Ocean e eu nunca tínhamos trabalhado juntos na aula do prof. Jordan, então a coisa toda foi bem discreta. Ocean me encontrou depois que o sinal tocou, com um sorriso tão brilhante que iluminava todo o seu rosto. Disse oi. Eu disse oi de volta. E, então, nos separamos. Nossas aulas seguintes eram em lugares diferentes.

Foi bem perto do almoço que as coisas atingiram o auge da bizarrice.

Uma garota aleatória me encurralou no pátio. Foi rápido. Totalmente inesperado. Ela quase me empurrou sobre um banco ao ar livre.

Fiquei atordoada.

— Posso te ajudar? — falei friamente.

Era uma linda menina indiana. Tinha o cabelo escuro e longo e olhos muito expressivos, que estava usando para expressar sua vontade de me matar. Parecia furiosa.

— Você é um *péssimo* exemplo para meninas muçulmanas! — ela exclamou.

Fiquei tão surpresa que ri. Só um pouco.

Eu tinha imaginado que aquele dia seria ruim de diversas formas, mas, nossa, nossa, certamente não tinha esperado *aquilo*.

Por um segundo, pensei que ela poderia estar tirando um sarro. Dei-lhe a chance de se retratar. De sorrir em sinal de brincadeira.

Mas ela não sorriu.

— Tá falando sério? — perguntei.

— Você tem noção de quanto tenho que me esforçar, todos os dias, para desfazer o prejuízo que os outros causam à nossa fé? À imagem de meninas muçulmanas em geral?

Fiz uma careta.

— Mas de que diabos você está falando?

— Você não pode sair por aí beijando garotos! — ela gritou.

Eu a encarei.

— Você nunca beijou?

— Não estamos falando de mim — ela desviou —, e sim de você. Você usa *hijab*. Está desrespeitando tudo que supostamente defende.

— Ah, tá.

Semicerrei os olhos para ela. Dei um meio sorriso. Desviei dela e continuei andando.

Ela me seguiu.

— Meninas como você não merecem usar *hijab* — ela disse, me alcançando. — Seria melhor para todos se você parasse de usar.

Enfim, eu parei. Suspirei. Me virei para ela.

— Você é, tipo, tudo de errado que há com as pessoas, sabia? Você — falei — é o que há de errado com a religião. Pessoas como você nos fazem parecer loucas, e acho que nem se dá conta disso. — Balancei a cabeça. — Você não sabe *nada* sobre a minha vida, sobre tudo pelo que passei e por que eu escolhi usar *hijab*, e não cabe a você julgar como eu vivo a minha vida. Eu sou a droga de um ser humano, tá? Vai pro inferno.

Ela ficou boquiaberta de forma tão dramática que, por um segundo, parecia uma personagem de anime. Seus olhos ficaram impossivelmente arregalados e sua boca formou um o.

— Nossa — ela disse.

— Tchau.

— Você é pior do que eu imaginava.

— Sei.

— Vou rezar por você.

— Obrigada — falei, começando a andar de novo. — Tenho uma prova depois do almoço, então, se puder concentrar a energia nela, seria ótimo.

— Você é uma pessoa horrível! — ela respondeu.

Acenei um tchau e fui embora.

Ocean estava sentado debaixo da minha árvore.

Levantou quando me viu me aproximando.

— Oi — ele disse.

Seus olhos estavam tão brilhantes — felizes — sob a luz do sol. O dia estava lindo. Era fim de outubro, o outono tinha oficialmente começado pra valer. Havia uma brisa gelada que eu adorava.

— Oi — respondi, sorrindo.

— Como foi o seu dia? — nós dois falamos ao mesmo tempo.

— Estranho — respondemos em uníssono.

Ele riu.

— É — ele disse, passando a mão pelo cabelo. — Muito estranho.

Eu me esforcei para não dizer *Eu avisei*, porque não queria agir assim, mas eu realmente tinha avisado, então me decidi por uma variação da mesma coisa, esperando que não fosse notar.

— Pois é — eu disse. — Eu meio que imaginei que seria.

Ele deu um sorrisinho.

— Sim, sim, eu sei.

— Então — falei, sorrindo de volta —, já se arrependeu? Tá pronto para terminar tudo?

— Não. — Ele fez uma careta e pareceu, por um momento, genuinamente chateado. — Claro que não.

— Então tá. — Dei de ombros. — Que comece o show de horrores.

# 23 vinte e três

As primeiras semanas não foram mesmo tão ruins, a não ser pelo fato de que estava jejuando, o que me deixava meio sem energia. O Ramadã era, honestamente, meu mês favorito do ano, apesar de quão louco isso pareça ser. A maioria das pessoas não era fã do jejum durante trinta dias — todos os dias do nascer ao pôr do sol —, mas eu adorava. Gostava de como me sentia. O jejum me dava uma agudeza de mente e espírito; sentia uma clareza que raramente acontecia durante o resto do ano. De alguma forma, isso também me tornava uma pessoa mais forte. Depois de sobreviver a um mês de foco e autodisciplina, sentia que poderia superar qualquer coisa.

Qualquer obstáculo. Mental ou físico.

Navid *odiava*.

Ele só reclamava o dia inteiro. Nunca era um ser humano tão irritante como durante o Ramadã. Só sabia se lamentar. Dizia que o jejum atrapalhava sua dieta cuidadosamente balanceada de peito de frango grelhado e ficava olhando para o próprio abdômen no espelho. Dizia que estava se sentindo lento, que seus músculos precisavam de combustível, que todo o seu trabalho duro estava sendo jogado fora porque estava perdendo muito peso, ficando mais magro a cada dia, e agora, cadê os músculos que tinha se esforçado tanto para construir? Além disso, sua cabeça doía, ele ficava cansado, ficava com sede; enquanto olhava para o abdômen novamente, emitia um barulho raivoso e dizia:

— Isso é uma *idiotice*.

O dia inteiro.

Ocean ficou, como era de se imaginar, muito curioso com relação a tudo isso. Eu tinha parado de usar "deslumbrado" para descrever a maneira como ele se relacionava comigo e com a minha vida, porque o tom pejorativo da palavra não parecia mais justo. Na verdade, seu afeto era tão sincero que eu não conseguia nem mais zombar dele por causa disso. Ele ficava magoado facilmente. Um dia, ele tinha me perguntado de novo sobre a culinária persa e eu fiz uma piada sobre como era engraçado o fato de ele saber tão pouco, que ele realmente pensava que faláfel e homus faziam parte do meu cardápio, e de repente ele ficou tão envergonhado que nem conseguia olhar para mim.

Então, tentei ser gentil.

Fiel à sua palavra, Ocean realmente não parecia se importar com a estranheza geral em torno do nosso relacionamento. Mas também estávamos sendo muito cuidadosos. A rotina de Ocean relacionada ao basquete era ainda mais intensa do que eu esperava — tomava quase todo o tempo dele. Então, íamos vivendo um dia de cada vez.

No início, fomos devagar.

Eu não conhecia seus amigos. Não tinha ido à casa dele. Não passávamos todos os momentos juntos; nem almoçávamos juntos todas as vezes. Para ficar claro, essas sugestões foram minhas, não dele. Ocean não gostava muito da distância que eu mantinha entre nós, mas era minha única maneira de lidar com aquilo — queria que os nossos mundos se fundissem lentamente, sem provocar um caos —, e ele parecia resignado em aceitar isso. Mesmo assim, ficava preocupada. Ainda me preocupava com tudo o que ele teria de lidar. Com o que já devia estar lidando. Eu tinha tentado falar com ele sobre isso diariamente, perguntando se algo havia acontecido, se alguém lhe havia dito algo, mas ele se recusava a ter essa conversa. Dizia que não queria nem pensar sobre isso. Não queria gastar energia com isso.

Então, deixei pra lá.

Depois de uma semana, parei de perguntar.

Eu só queria ficar perto dele.

Haveria outra batalha de *breakdance* no fim de semana seguinte, não muito depois de termos começado a ficar oficialmente, e eu estava animada. Queria que ele fosse comigo, para ver como era assistir uma batalha assim pessoalmente, e havia um bônus: seria um passeio que já tinha sido aprovado pelos meus pais, o que tornaria muito mais fácil contar qualquer mentira adicional. Eu não tinha absolutamente nenhum motivo para ser honesta com meus pais sobre Ocean, já que não conseguia imaginar, literalmente, nenhum cenário em que me deixariam, de boa vontade, sair noite adentro com um garoto que queria me beijar, então, eu não via problema algum em mentir. Meus pais não eram do tipo que se importariam com a raça ou a religião de Ocean; isso eu já sabia. Mas eles teriam reprovado qualquer um que fosse. Simplesmente nunca quiseram acreditar que eu era uma adolescente comum que gostava de meninos. Então, dava um certo alívio, na verdade, não lhes contar nada. A coisa toda já era dramática o suficiente sem que precisasse envolver os meus pais e fazê-los inevitavelmente passar mal por isso.

No fim das contas, achei que tinha um ótimo plano; seria uma maneira divertida de passar uma noite de sábado. Além disso, Ocean poderia conhecer oficialmente Navid e os outros caras, e eu poderia lhe mostrar aquele mundo pelo qual era apaixonada. Mas, quando fiz a proposta para Ocean, ele pareceu surpreso. E, então, foi educado.

— Ah — ele disse. — Tá bom.

Havia algo de errado.

— Você não gostou da sugestão — comentei. — Acha que é uma má ideia.

Falávamos ao telefone. Era tarde, muito tarde, e eu estava sussurrando debaixo das cobertas de novo.

— Não, não — negou, e riu. — É uma ótima ideia. Eu adoraria ver uma dessas batalhas, parece bem legal. É só que... — hesitou. Riu novamente. Finalmente, o ouvi suspirar.

— Que foi? — perguntei.

— Eu meio que queria ficar sozinho com você.

— *Ah* — eu disse.

Meu coração disparou.

Ele continuou:

— E você está me convidando para sair com você e, hum, mais quatro caras. — Eu podia ouvir a irreverência em sua voz. — E tá tudo bem, se é isso que você quer fazer, mas, eu só...

— Nossa — exclamei. — Eu sou muito burra.

— O quê? Não, você não é burra. Não diga isso — respondeu. — Você não é burra. Eu é que sou egoísta. Quero você só pra mim.

Um calor agradável tomou conta da minha cabeça. Sorri.

— Podemos fazer as duas coisas? — ele propôs. — Podemos ir ao evento e, depois, não sei, fazer outra coisa, só eu e você?

— Sim — eu disse. — Claro.

O evento seria tarde da noite, muito depois do pôr do sol, então Navid e eu já havíamos quebrado o jejum, jantando antes de sair. Fui com Navid de carro e, quando chegamos lá, nos encontramos com Carlos, Jacobi e Bijan no estacionamento. Ocean apareceu logo depois, mas tivemos que nos encontrar lá dentro com a ajuda de várias mensagens de texto.

O lugar estava lotado.

Eu já tinha ido a algumas outras batalhas desde aquela primeira que presenciara — íamos quase todo fim de semana —, e aquela era, de longe, a maior. Os grupos daquela noite eram melhores; as expectativas eram maiores. Olhei ao redor e percebi que meus pais não deviam ter noção do tipo de lugar que nos deixavam frequentar assiduamente; eu não conseguia imaginá-los andando por ali e dando a sua bênção.

Não era exatamente um lugar para estudantes do Ensino Médio.

Quase todos ao meu redor pareciam já ter idade para estar na faculdade — ou, pelo menos, quase lá —, mas, mesmo que parecesse uma multidão um pouco barra-pesada, eu sabia que não era. O visual geral era de se esperar — havia *piercings*, tatuagens, moletons e mais moletons —, mas nem sempre era óbvio quem seria secretamente o melhor dançarino. As pessoas surpreendiam. Eu sabia, por exemplo, que o cara coreano no canto mais distante, que raramente falava e sempre aparecia nesses eventos com a mesma camisa branca despretensiosa, calça cargo e óculos de armação de metal, mais tarde colocaria shorts metálicos e faria os melhores *airflares*. Sempre havia um momento, depois do fim da batalha mas enquanto a música ainda estava rolando, em que as pessoas da plateia de repente formavam rodas de dança improvisadas e faziam movimentos surreais. Não era nada oficial. Era pura adrenalina.

Eu *amava*.

Ocean estava observando tudo com os olhos arregalados. Os grupos estavam se preparando, os juízes tomando seus assentos e o DJ animando a multidão. O baixo estalava tão alto que fazia as paredes vibrarem. Precisávamos gritar para nos ouvir.

— Isso — disse ele — é o que você faz nos fins de semana?

Eu ri.

— Isso e a lição de casa.

A sala estava tão lotada que Ocean e eu tínhamos de ficar bem próximos um do outro. Ele estava parado atrás de mim porque não queria bloquear minha visão e não demorou muito para que preenchesse os poucos centímetros entre nós. Senti suas mãos na minha cintura e ofeguei repentinamente; ele me puxou para trás, gentilmente, me trazendo para mais perto. Foi um movimento sutil; não tenho certeza se alguém notou. A multidão estava tão barulhenta e animada que eu mal conseguia distinguir a cabeça de Navid a alguns metros de distância. Mas passei o resto da noite com a cabeça em dois lugares ao mesmo tempo.

A competição foi incrível. Sempre achava aquelas batalhas muito empolgantes. Adorava ver as pessoas fazendo coisas nas quais eram realmente boas, e os grupos que se apresentavam eram realmente muito habilidosos.

Mas daquela vez não tinha sido igual. Eu estava lá apenas pela metade.

Minha outra metade estava focada, a todo momento, no corpo quente e forte pressionado contra mim. Não parecia possível que algo tão simples pudesse ter um efeito tão grande no meu sistema cardiovascular, mas meu coração não era capaz de desacelerar. Não cheguei a relaxar, não realmente. Eu não sabia como. Nunca tinha passado uma hora tão perto de *ninguém*. Meus nervos ficaram em frangalhos, e tudo parecia mais intenso porque não falamos nada um para o outro com todas as letras. Eu não sabia como reconhecer, em voz alta, que aquilo era uma loucura, que era uma loucura que uma pessoa pudesse fazer outra sentir tanta coisa com tão pouco esforço. Mas eu sabia que Ocean e eu estávamos pensando a mesma coisa. Podia sentir nos movimentos sutis do corpo dele. Eu ouvia as suas inspirações súbitas e lentas. No ritmo da sua respiração quando ele se inclinou e sussurrou:

— De onde diabos você veio?

Virei a cabeça, só um pouco, só para ver seu rosto, e sussurrei de volta:

— Eu te contei que vim da Califórnia pra cá.

Ocean riu e me puxou para impossivelmente mais perto, envolvendo os braços em volta da minha cintura, e, então, balançou a cabeça e disse, sorrindo:

— Não foi engraçado. Que piadinha péssima.

— Eu sei, desculpa — admiti, e ri. — Você me deixa tão nervosa.

— Deixo?

Assenti.

Eu o senti inalar, seu peito subindo com o movimento. Ele não disse mais nada, mas ouvi um leve tremor em sua respiração quando expirou.

# vinte e quatro

Navid realmente me deu cobertura naquela noite. Ele conseguiu me dar uma hora extra depois que a multidão se dispersou, para que eu pudesse ir sozinha a algum lugar com Ocean.

— Uma hora, e só — disse ele. — É tudo que eu consigo. Já é tarde, e se chegarmos em casa depois das onze, mamãe vai me matar. Combinado?

Apenas sorri para ele.

— Ã-hã. Não, sem sorrisinhos — falou, balançando a cabeça. — Eu estarei aqui de volta em exatamente uma hora, e não quero ver sorrisinho nenhum. Quero que o nível de felicidade de vocês seja, tipo, médio. Se vocês se divertirem demais, vou acabar tendo que bater em alguém.

Ele olhou para Ocean.

— Escuta — meu irmão continuou —, você parece um cara legal, mas só quero deixar isto claro: se machucar a minha irmã, eu o mato. Combinado?

— *Navid...*

— Não, não, tudo bem. — Ocean riu. — Tá tudo bem. Combinado.

Navid o examinou.

— Bom rapaz.

— *Tchau* — eu disse.

Navid ergueu uma sobrancelha para mim. Finalmente, foi embora.

Ocean e eu ficamos de repente sozinhos no estacionamento e, embora estivesse apenas no quarto crescente, a lua estava linda e brilhante. O ar tinha um perfume fresco e gelado, como um tipo particular de planta da qual nunca soubera o nome, mas cuja fragrância parecia ganhar vida apenas tarde da noite.

O mundo parecia de repente cheio de promessas.

Ocean me guiou até seu carro, e foi só depois que tinha colocado o cinto de segurança que percebi que não havia lhe perguntado aonde iríamos. Parte de mim nem se importava. Ficaria feliz em apenas ficar no carro ouvindo música.

E então ele me disse, sem eu perguntar, que íamos a um parque.

— Tudo bem? — ele perguntou e olhou para mim. — É um dos meus lugares favoritos. Eu queria te mostrar.

— Ótima ideia — respondi.

Depois que Ocean deu a partida, abri a janela e me inclinei sobre ela, meus braços sobre o vidro aberto, meu rosto repousado sobre meus braços. Fechei os olhos e senti o vento soprar em mim. Adorava o vento. Adorava o cheiro do ar noturno. Aquilo me deixava feliz de uma maneira que nunca poderia explicar.

Ocean parou em um estacionamento.

Havia colinas suaves e verdes ao longe, seus contornos sutis iluminados por luzes tênues. O parque parecia vasto, como se continuasse até o horizonte, mas estava claramente já fechado. O que o iluminava, no entanto, eram as luzes fortes da quadra de basquete ao lado.

A quadra não era nada impressionante. Parecia gasta pelo tempo e os aros estavam sem redes. Mas havia alguns postes de luz altos que faziam o espaço parecer imponente, especialmente tarde da noite. Ocean desligou o carro. De repente, tudo ficou escuro e leitoso com a luz difusa e distante. Éramos silhuetas.

— Foi aqui que aprendi a jogar basquete — disse ele em voz baixa. — Venho aqui às vezes, quando sinto que estou perdendo a cabeça. — Fez uma pausa. — Tenho vindo muito, ultimamente. Fico tentando lembrar que nem sempre odiei jogar.

Estudei seu rosto na escuridão.

Havia tanta coisa que eu queria dizer, mas esse parecia um assunto tão delicado para ele que também queria ter cuidado. Não sabia se o que eu queria dizer era a coisa certa a se dizer. No fim, acabei falando mesmo assim.

— Eu não entendo — comentei. — Por que você tem que jogar basquete? Se odeia, não pode simplesmente... Não sei... Parar?

Ocean sorriu. Ele estava olhando por cima do para-brisa.

— Adoro que você consiga dizer isso — ele respondeu. — Faz parecer tão simples. — Suspirou. — Mas as pessoas aqui são estranhas com relação ao basquete. É mais do que apenas um jogo. É, tipo, um estilo de vida. Se eu largasse o time, decepcionaria tantas pessoas. Irritaria tantas pessoas. Seria... Muito ruim.

— Sim, eu entendo — disse. — Mas e daí?

Ele me olhou. Ergueu as sobrancelhas.

— Tô falando sério — continuei. — É verdade que não sei nada sobre basquete, mas não é tão difícil ver que as pessoas o estão pressionando a fazer algo que você não quer fazer. Então, por que tem que fazer isso, se colocar nessa situação, por outras pessoas? Qual é a recompensa?

— Não sei — ele respondeu, franzindo a testa. — Eu só... Eu *conheço* essas pessoas. O basquete é, tipo, a única coisa sobre a qual eu ainda falo com a minha mãe. E eu conheço meu treinador desde sempre, antes mesmo de começar a jogar no colégio. Ele passou muito tempo me ajudando, me ensinando. Eu sinto que devo isso a ele. E agora ele está contando que eu tenha um bom desempenho. Não apenas por ele — Ocean seguiu em frente —, mas por toda a escola. Preciso me sair bem nos meus últimos dois anos de Ensino Médio, quero dizer, é para isso que temos nos esforçado. O time conta comigo. É difícil abandonar tudo agora. Não posso simplesmente mandar todo mundo para o inferno.

Fiquei em silêncio por um momento. Estava ficando claro para mim que os sentimentos de Ocean com relação àquele esporte eram muito mais complicados do que ele mesmo deixava transparecer. E havia tanto sobre aquela cidade e seus interesses próprios que eu ainda não entendia. Talvez estivesse fora do meu alcance entender.

Ainda assim, confiei no meu instinto.

— Olha — eu disse gentilmente —, não acho que deva fazer nada que não pareça certo para você, ok? Você não tem que parar de jogar basquete. Essa não precisa ser a solução. Mas quero dizer uma coisa. Só uma coisa. Espero que pense nela na próxima vez que se sentir tão estressado com tudo isso.

— Sim?

Suspirei e disse:

— Você continua se preocupando em não decepcionar todas essas pessoas. Sua mãe. Seu treinador. Seus companheiros de time. Todo mundo. Mas nenhum deles parece se importar com o fato de estarem decepcionando *você*. Estão te machucando sem pensar duas vezes. E isso me faz odiar todos eles.

Ele piscou.

Eu continuei com calma:

— Não é justo. Claramente, você está sofrendo com isso, e eles não parecem se importar.

Ocean desviou o olhar.

— Nossa! — Ele riu. — Ninguém nunca tinha colocado as coisas assim para mim.

— Só quero que você fique do seu lado. Está tão preocupado com todo mundo — disse. — Mas eu vou me preocupar com você, ok? Eu me preocupo com você.

Ocean ficou imóvel, olhando-me com olhos inescrutáveis. E quando ele finalmente disse *Tá bom*, sua voz saiu em um sussurro.

Hesitei.

— Me desculpa — pedi. — Isso foi maldoso? Todo mundo sempre me diz que posso ser má, mas realmente não faço isso de propósito, eu só queria...

— Eu acho você perfeita — ele disse.

Nós dois ficamos quietos no caminho de volta. Num silêncio confortável até Ocean ligar o rádio. Observei suas mãos sob o luar escolhendo uma música, cuja letra eu não ouviria, muito menos lembraria.

Meu coração estava batendo alto demais.

Ele me mandou uma mensagem bem mais tarde naquela noite.

Tô com saudade
queria poder te abraçar agora

Fiquei olhando para as suas palavras por um tempo, sentindo muitas coisas.

**Também tô com saudade
muita**

Estava deitada na cama, encarando o teto. Sentia um aperto no peito. Estava pensando sobre aquilo, me perguntando por que me sentir tão bem tornava tão difícil respirar, quando meu celular apitou novamente.

Eu amo que você se preocupe comigo
tava começando a sentir que ninguém nunca se preocupava comigo

A honestidade dele partiu meu coração.

Isso é estranho?
Querer que alguém se preocupe

**nada estranho
só humano**

E aí liguei para ele.

— Oi — ele disse. Mas sua voz estava baixa, um pouco distante. Ele parecia cansado.

— Ah, desculpa, você tava dormindo?

— Não, não. Mas tô na cama.

— Eu também.

— Debaixo das cobertas?

Eu ri.

— Olha, é isso ou nada, tá legal?

— Não tô reclamando — ele disse, e eu quase conseguia vê-lo sorrir. — Aceito qualquer coisa que você quiser oferecer.

— Ah, é?

— Ã-hã.

— Você tá muito sonolento.

— Sim — ele falou baixinho. — Não sei. Tô cansado, mas me sentindo feliz.

— Tá mesmo?

— Sim — ele sussurrou. — Você me deixa muito feliz. — Ele respirou fundo. Riu um pouco. — Como se fosse uma pílula da felicidade.

Sorri. Não sabia o que dizer.

— Tá aí?

— Sim — eu disse. — Tô aqui.

— O que você tá pensando?

— Que queria que estivesse aqui.

— É?

— É — repeti. — Seria ótimo.

Ele riu e perguntou:

— Por quê?

Tive a sensação de que ambos estávamos pensando e guardando a mesma coisa para si. Mas eu queria beijá-lo a noite toda. Vinha pensando muito sobre aquilo, na verdade. Vinha pensando no corpo dele, na sensação de ter seus braços em volta de mim, desejando que tivéssemos ficado sozinhos por mais tempo, desejando que tivéssemos tido mais tempo, desejando mais. Mais de tudo. Muitas vezes sonhava acordada com ele ali, no meu quarto. Eu me perguntava como seria ser envolvida por ele, adormecer nos seus braços. Queria viver todo tipo de momentos com ele.

Eu pensava nisso o tempo todo.

De alguma forma, sabia que ele estava torcendo para que eu lhe dissesse isso. Em voz alta. Aquela noite. Talvez naquele momento. E isso me assustava demais.

Mas ele é quem tinha corrido o risco tantas vezes.

Ocean sempre fora tão honesto sobre seus sentimentos. Ele me contou a verdade sobre como se sentia mesmo quando tudo era incerto, na época em que, se não fosse pela iniciativa dele, eu teria ficado em silêncio para sempre.

Então, tentei ser corajosa.

— Tô com saudade — disse baixinho. — Eu sei que te vi há algumas horas, mas já sinto sua falta. Quero ver seu rosto. Quero sentir seus braços me abraçarem — assumi, fechando os olhos. — Você é tão forte, e faz com que eu me sinta segura, e eu só... Acho você incrível — sussurrei. — Você é tão maravilhoso que às vezes eu, honestamente, não acredito que seja real.

Abri os olhos, o telefone quente pressionado contra minha bochecha vermelha, e ele não disse nada, e eu me senti aliviada. Deixei o silêncio me devorar. Fiquei ouvindo sua respiração. Seu silêncio me fez sentir como se estivesse suspensa no espaço, como se tivesse sido largada num confessionário.

— Eu queria muito ter beijado você hoje — falei baixinho. — Queria que estivesse aqui.

De repente, ouvi-o suspirar.

Foi mais como uma expiração profunda e lenta. Sua voz saiu tensa, um pouco sem fôlego, quando ele finalmente disse:

— Não tem chance de você conseguir sair de casa agora, tem?

Eu ri e falei:

— Bem que eu queria. E, acredite, já pensei nisso.

— Acho que não tanto quanto eu.

Eu estava sorrindo:

— Acho que preciso ir — disse. — São, tipo, três da manhã.

— Jura?

— Sim.

— Nossa.

Ri de novo, baixinho.

Dissemos boa-noite.

Fechei os olhos e apertei o celular contra o peito, sentindo o quarto girar ao meu redor.

**vinte e cinco**

Ocean e eu tínhamos conseguido passar pouco mais de três semanas sem grandes dramas. As pessoas às vezes ainda olhavam, ainda estavam curiosas, mas as regras que eu tinha traçado sobre como devíamos passar o tempo juntos evitavam que as coisas saíssem do controle. Conversávamos quase todas as noites, nos víamos sempre que nossos horários permitiam, mas mantínhamos distância na escola. Logo, a maioria das pessoas desencanou de nós, pois não havia muitas novidades para contar. Eu me recusava a alimentar a fofoca. Não respondia às perguntas fúteis das pessoas. Ocean realmente queria me levar para a escola de manhã e eu continuava negando a oferta, não importava quanto quisesse dizer sim, porque não queria transformar nós dois em um espetáculo.

Ele não gostava de nada disso. Na verdade, acho que ele realmente odiava, odiava como eu continuava o mantendo afastado. Mas, quanto mais me apaixonava por ele, mais queria protegê-lo. E estava me apaixonando mais e mais a cada dia.

Um dia paramos no meu armário na hora do almoço para que eu pudesse trocar de livros, e ele ficou me esperando encostado na fileira de armários feios de metal, às vezes espiando para dentro do meu armário. De repente, seus olhos brilharam.

— Esse é o seu diário? — perguntou.

Ele estendeu a mão e agarrou o velho caderno, e meu coração deu um pulo tão forte que pensei ter visto estrelas. Arranquei meu diário da mão dele e o apertei contra o meu peito, me sentindo, por um momento, verdadeiramente horrorizada. Eu não queria que ele lesse aquilo *nunca*. Não haveria nenhuma maneira de manter nem mesmo uma sombra de dignidade perto dele caso lesse as minhas muitas páginas que descreviam como era estar com ele — como era até mesmo estar perto dele. Era muito intenso.

Ele provavelmente pensaria que eu era louca.

Ocean estava rindo de mim, rindo da minha expressão, da velocidade com que arranquei o troço da mão dele e, finalmente, apenas sorriu. Pegou minha mão. Ele passou os dedos pela minha palma, e juro que era tudo o que bastava, às vezes, para me deixar tonta.

Segurou minha mão contra seu peito. Era uma coisa que ele fazia muito comigo, pressionava minhas mãos contra seu peito, e eu não tinha certeza do porquê. Nunca havia me explicado, e eu não me importava. Achava meio adorável.

— Por que você não quer que eu leia o seu diário? — ele disse.

Balancei a cabeça, com os olhos ainda muito arregalados.

— Porque é muito chato.

Ele riu alto.

Lembro-me disso com tanta clareza, da primeira vez em que o vi — foi naquele exato momento, bem quando Ocean riu e eu olhei para seu rosto —, quando senti alguém olhando diretamente para mim. Era raro eu me sentir compelida a buscar a fonte de um olhar fixo, mas aquele parecia diferente. Parecia violento. E foi então que me virei e vi o treinador de Ocean pela primeira vez.

Ele balançou a cabeça para mim.

Fiquei tão surpresa que recuei. Eu realmente não sabia quem era o cara até que Ocean se virou para ver o que tinha me assustado. Ocean mudou de expressão. Ele gritou um oi e, embora o cara — descobri que o nome do treinador era Hart — tivesse acenado com a cabeça o que parecia ser um agradável cumprimento em resposta, percebi o milissegundo que ele levou para catalogar minha aparência em detalhes. Eu o vi observar, apenas brevemente, a minha mão entrelaçada com a de Ocean.

Em seguida, foi embora.

E eu senti uma sensação repentina de mal-estar se instalando em meu peito.

# vinte e seis

Ocean veio na minha casa para o jantar de Ação de Graças. Meus pais adoravam o Dia de Ação de Graças e preparavam tudo com muito cuidado. Minha mãe também tinha uma queda por pessoas solitárias; ela deixava a porta aberta para nossos amigos que não tinham com quem ficar, especialmente naquela época. Era meio que a nossa tradição. Todos os anos, nosso jantar de Ação de Graças recebia diferentes convidados; sempre havia alguém — e geralmente eram amigos do meu irmão — que não tinha nenhum membro da família com quem passar o dia ou que odiava a família e não queria passar o dia com os parentes. Sempre havia refúgio em nossa casa.

Foi assim que convenci meus pais a convidarem Ocean.

Eu não lhes disse nada além de que ele era um amigo da escola, um amigo que não tinha ninguém com quem preparar o peru no Dia de Ação de Graças, mas também um amigo que estava muito interessado em comida persa.

Essa última parte os deixou infinitamente encantados.

Eles estavam sempre à procura de oportunidades para ensinarem as pessoas sobre tudo ligado ao mundo persa. Fosse o que fosse, o povo persa que tinha inventado, e se não tivessem inventado, certamente o teriam aperfeiçoado e, se alguém explicasse em detalhes cuidadosos e atenciosos que talvez houvesse algo que o povo persa não tivesse inventado ou aperfeiçoado, meus pais diriam que seja lá o que fosse provavelmente não tinha sido uma boa ideia de qualquer maneira.

O interessante sobre o Dia de Ação de Graças daquele ano era que tinha caído quase no meio do Ramadã, então quebraríamos nosso jejum para comemorarmos o feriado. Começamos cedo os preparativos para o jantar, e a ajuda dos convidados era sempre bem-vinda.

Navid choramingou o dia todo, mesmo tendo recebido a ridícula tarefa de fazer o purê de batatas. Ocean achava

Navid hilário, e tentei explicar que ele não estava fazendo porcaria nenhuma e que também era superirritante quando estava em jejum, e Ocean deu de ombros.

— Ainda assim é engraçado — falou.

Não tenho certeza se alguém se surpreenderá com o fato de que meus pais adoraram Ocean. Talvez tenha sido porque ele não discutiu quando eles explicaram que a pronúncia de Shakespeare, em persa, é *sheikheh peer*, o que significa "velho xeique", e que achavam que essa era a prova definitiva de que Shakespeare era realmente um velho erudito persa. Ou talvez fosse a maneira como Ocean comia e parecia genuinamente saborear tudo o que colocavam na frente dele. Meus pais se dedicaram a fazer um menu de seis pratos totalmente separado para aquele meu amigo que nunca tinha experimentado comida persa, e ficaram lá sentados, olhando enquanto ele comia, e toda vez que ele dizia que tinha gostado, eles me olhavam e sorriam, orgulhosos como pavões, vendo em Ocean uma prova de que o povo persa havia inventado apenas as melhores coisas do mundo, incluindo as melhores comidas.

Ocean passou o tempo pacientemente com meu pai, que adorava mostrar a todo mundo seus vídeos favoritos na internet, sem nunca mostrar-se nem um pouco de saco cheio, nem mesmo depois de vídeo após vídeo que meu pai o fez ver sobre o notável design e a eficiência das torneiras europeias. Era a nova fase do meu pai. Torneiras eram o tema da semana.

Mais tarde, quando toda a comida tinha sido comida e minha mãe acendeu o samovar, Ocean ficou ouvindo — atentamente — meus pais tentando ensiná-lo a falar pársi. Mas eles não o estavam ensinando; apenas falavam. Minha mãe estava convencida, por alguma razão inexplicável, de que poderia inserir a habilidade de falar pársi diretamente no cérebro de alguém.

Ela tinha acabado de dizer algo realmente complicado quando acenou com a cabeça para Ocean, que ela tinha certeza de que seria um ótimo aluno, porque, afinal, por que ele não gostaria de aprender pársi, que era obviamente a melhor língua que existia. Ela repetiu a frase. E gesticulou para Ocean.

— Então — disse a minha mãe —, o que acabei de dizer?
Ocean arregalou os olhos.

— Não é assim que as línguas são ensinadas. — Revirei os olhos. — Não dá para aprender pársi por osmose.

Minha mãe gesticulou para eu não me meter.

— Ele está entendendo — disse, olhando para Ocean. — Você entende, não entende? Ele entende — ela falou para o meu pai.

Meu pai concordou como se fosse a coisa mais óbvia do mundo.

— Ele não está entendendo — falei. — Parem de se comportar de forma estranha.

— Não estamos nos comportando de forma estranha — meu pai disse, indignado. — O Ocean gosta de pársi. Ele quer aprender pársi. — E, olhando para Ocean: — Não quer, Ocean?

— Claro — disse Ocean.

E meus pais ficaram empolgadíssimos.

— Isso me lembra — disse meu pai com os olhos brilhando — de um poema que estava lendo na outra noite...

Meu pai saltou da mesa e saiu correndo para pegar seus óculos e seus livros.

Soltei um gemido.

— Vamos ficar aqui a noite toda — sussurrei para minha mãe. — Faça o papai parar.

Minha mãe me dispensou dizendo:

— *Harf nazan*. Fique quieta.

E, então, perguntou a Ocean se ele queria mais chá, e ele disse "Não, obrigado", e ela serviu-lhe mais chá de qualquer maneira, e meu pai passou o resto da noite lendo e traduzindo poesia persa muito densa e antiga — Rumi, Hafez, Saadi —, de alguns dos maiores poetas, e me perguntei se Ocean iria querer voltar a falar comigo de novo algum dia. Na verdade, eu realmente amava aquele ritual particular dos meus pais; tinha passado muitas noites sentada à mesa da cozinha com eles, comovida às lágrimas por um verso particularmente intenso. O problema era só que levava uma *eternidade* para traduzir os versos para o inglês. Mesmo um poema simples tomava muito tempo, porque meus pais demoravam uns dez minutos vertendo o texto antigo para a linguagem atual, depois me pediam para ajudá-los a traduzir para o inglês, tudo isso para, vinte minutos depois, erguerem as mãos e lamentarem:

— Não é a mesma coisa. Não fica igual em inglês. Não tem a mesma força. Perde o ritmo. Você vai ter que aprender pársi — eles diziam a Ocean, que apenas sorria.

Não demorou muito para que começassem a se importar mais com ele do que comigo. Toda vez que eu lhes dizia para deixarem para lá, pararem com aquilo, eles recorriam ao próprio Ocean para obter apoio. Ele, é claro, muito educadamente, ficava do lado deles, insistindo que não se importava, e minha mãe lhe perguntou de novo se ele queria mais chá, e ele disse "Não, obrigado", e ela lhe serviu mais chá de qualquer maneira e perguntou se ele queria mais comida, e ele disse "Não, obrigado", e ela encheu quatro grandes potes com o que tinha sobrado de comida e empilhou todas na frente dele. Ele pareceu tão genuinamente grato quando viu a comida que, no fim da noite, meus pais estavam meio apaixonados por ele e prontinhos para me trocarem por um exemplar melhor.

—Ele é tão educado — minha mãe ficava me dizendo. — Por que você não é educada? O que fizemos de errado? — Ela olhava para Ocean. — Ocean, *azizam*, por favor, diga a Shirin que ela deve parar de falar tanto palavrão.

Ocean quase perdeu o controle por um segundo. Percebi que estava prestes a cair na risada, mas a sufocou bem a tempo.

Sinalizei para ele com os olhos.

Minha mãe ainda estava falando. Estava dizendo:

— É sempre *babaca* isso, *merda* aquilo. Eu digo a ela, Shirin *joon*, por que você é tão obcecada por merda? Por que tudo é uma merda?

— Jesus amado, mãe — exclamei.

— Deixe Jesus fora disso — disse ela, e apontou a colher para mim antes de usá-la para me bater na nuca.

—Ai, meu Deus — protestei, gesticulando para ela se afastar. — Pare com isso.

Minha mãe suspirou dramaticamente.

— Está vendo? — Ela estava falando com Ocean. — Sem respeito.

Ocean apenas sorriu. Ainda parecia que não conseguiria evitar que aquele sorriso se transformasse numa gargalhada. Apertou os lábios; limpou a garganta. Mas seus olhos o denunciavam.

Finalmente, Ocean suspirou e se levantou, olhando para a pilha de potes de comida na frente dele, e disse que estava na hora de ir embora, pois já era quase meia-noite. Eu não estava brincando a respeito dos intermináveis vídeos sobre torneiras.

Mas, quando Ocean começou a se despedir, ele me olhou como se não quisesse realmente ir embora, como se lamentasse ter de ir. Eu dei tchau do outro lado do cômodo enquanto ele agradecia aos meus pais novamente, e, uma vez que o vi caminhando em direção à sala de estar, subi as escadas. Não queria ficar muito tempo durante a despedida e fazer disso tudo um show. Meus pais eram muito espertos; tinha certeza de que perceberam que eu gostava do garoto, mas não queria que pensassem que eu estava obcecada por ele. Mas, então, ouvi uma batida suave na porta do meu quarto um momento depois de tê-la fechado e fiquei surpresa ao dar de cara com Navid e Ocean.

— Vocês têm quinze minutos. De nada — Navid disse, empurrando Ocean para dentro do meu quarto.

Ocean estava sorrindo, balançando a cabeça. Ele passou a mão pelo cabelo e suspirou e riu ao mesmo tempo.

— Sua família é engraçada — falou. — Navid me arrastou até aqui dizendo que queria me mostrar o aparelho de supino no quarto dele. Ele tem um desses mesmo?

Assenti. Mas estava meio que surtando.

Ocean estava no meu quarto e eu não estava preparada para aquilo. De jeito nenhum. Sabia que Navid estava tentando me fazer um favor, mas não tinha tido a chance de arrumar o quarto, de ter certeza de que não haveria sutiãs espalhados ou, tipo, não sei, de tentar parecer mais descolada do que na verdade era. De repente, eu me sentia preocupada por não ter ideia de como seria ver meu quarto pelos olhos de outra pessoa.

E Ocean estava olhando.

Minha pequena cama de solteiro ficava no canto direito do quarto. O edredom estava todo enrolado, os travesseiros empilhados de qualquer jeito. Algumas roupas estavam jogadas ao acaso sobre a minha cama — uma regata e um shorts que usava para dormir. Meu celular estava carregando na mesinha de cabeceira. Na parede oposta, ficava a escrivaninha, com meu computador e uma pilha de livros ao lado dele. Havia um manequim de costura em outro canto com uma peça semiacabada sobre ele. Ao lado, no chão, estavam minha máquina de costura e uma caixa cheia de todos os meus outros instrumentos de trabalho — muitos carretéis de linha, uma almofada de alfinetes, kits de agulhas.

No meio do quarto, havia uma pequena bagunça.

Um punhado de canetinhas espalhado pelo carpete ao lado de um bloco de desenho aberto, um velho aparelho de som portátil e fones de ouvido ainda mais antigos do meu pai. Não havia muitas coisas na parede. Apenas alguns desenhos a carvão que havia feito no ano anterior.

Examinei todo o espaço em alguns segundos e decidi que, paciência, teria de ser assim mesmo. Ocean, por outro lado, ainda estava olhando tudo; sua avaliação estava demorando um pouco demais. Eu estava ansiosa.

— Se eu soubesse que você viria ao meu quarto hoje — falei —, eu teria caprichado mais.

Mas ele pareceu não me ouvir. Seus olhos estavam fixos na minha cama.

— É ali que você fala comigo à noite? — perguntou. — Escondida debaixo das cobertas?

Assenti.

Ele caminhou até a cama e se sentou. Olhou ao redor.

E então percebeu meu pijama, o que pareceu confundi-lo por apenas um segundo antes que dissesse:

— *Nossa!* — Ele olhou para cima, para mim. — Isso vai soar bem idiota — disse. — Mas só agora me ocorreu que você deve tirar o véu quando volta para casa.

— Hum, sim. — Dei uma risadinha. — Não durmo de véu.

— Então — concluiu, franzindo a testa —, quando fala comigo à noite, você está totalmente diferente.

— Bom, não totalmente diferente. Mas mais ou menos. Sim.

— É isso que está usando normalmente? — perguntou, tocando a regata e o shorts sobre a cama.

— É o que estava vestindo ontem à noite — disse, um pouco nervosa. — Sim.

— Ontem à noite — ele disse baixinho, com as sobrancelhas erguidas.

E depois respirou fundo e desviou o olhar, pegando um dos meus travesseiros como se fosse feito de vidro. Tínhamos ficado ao telefone por horas na noite anterior, falando sobre tudo e sobre nada, e apenas a lembrança da nossa conversa fez meu coração palpitar. Eu não sabia exatamente que horas eram quando finalmente fomos dormir, mas era tão tarde que me lembro apenas de uma tentativa sem forças de empurrar meu celular para baixo do meu travesseiro antes de me entregar alegremente aos sonhos.

Eu queria imaginar que Ocean estava pensando no mesmo que eu: que ele também sentia essa coisa entre nós crescendo com uma velocidade assustadora, sem fôlego, e não sabia como ou mesmo se devíamos diminuir o ritmo. Mas eu não tinha como saber. E Ocean ficou quieto por tanto tempo que comecei a me preocupar. Ele continuava sentado na minha cama enquanto examinava meu quarto novamente, e meu nervosismo começou a crescer.

— Estranho demais? — fui eu quem falei, por fim. — Tudo isso é estranho demais?

Ocean riu quando se levantou, balançou a cabeça e sorriu.

— Jura que é isso que você acha que está passando pela minha cabeça agora?

Eu hesitei. Reconsiderei.

— Talvez?

Ele riu novamente. E então olhou para o meu relógio na parede e disse:

— Parece que só nos restam alguns minutos.

Mas deu um passo à frente enquanto falava. Estava em pé diante de mim agora.

— Sim — eu disse suavemente.

Ele se aproximou ainda mais. Colocou as mãos nos bolsos de trás da minha calça jeans, e eu quase engasguei quando ele me puxou para perto, pressionando o nosso corpo um contra o outro, e se inclinou para a frente, encostando sua testa na minha. Ele passou os braços em volta da minha cintura e apenas me segurou ali, assim, por um momento.

— Ei — ele sussurrou. — Posso apenas dizer que eu acho você muito, muito linda? Posso apenas dizer isso?

Senti meu rosto esquentar. Ele estava tão perto que eu tinha certeza de que poderia ouvir meu coração batendo forte. Os corpos pareciam colados.

Sussurrei o nome dele.

Ele me deu um beijo, suave, e ficou ali, nossos lábios ainda se tocando. Meu corpo estremeceu. Ocean fechou os olhos.

— *Isso é loucura* — disse ele.

E então ele me beijou desesperadamente, sem aviso, e senti um calor abrasador e explosivo disparando por minhas veias. Era como se estivesse derretendo. Seus lábios eram macios, e ele era tão cheiroso, e eu não conseguia pensar em nada, só sentir. Minhas mãos se moveram da cintura para as costas dele, e, num movimento acidental, não ensaiado, deslizaram sob a blusa dele.

Congelei.

A sensação de sua pele sob as minhas mãos era tão inesperada. Nova. Um pouco assustadora. Ocean parou de me beijar e sorriu, gentilmente, contra a minha boca.

— Você tem medo de me tocar? — ele disse.

Assenti.

Seu sorriso ficou ainda maior.

Mas, então, deslizei os dedos ao longo da superfície lisa de suas costas, e ele ofegou rápida e repentinamente. Senti seus músculos se contraindo.

Delicadamente, tracei a curva de sua coluna. Toquei sua cintura, com minhas mãos movendo-se em torno de seu torso. Ele parecia tão forte. As linhas de seu corpo eram definidas e assustadoramente sexys. E eu estava apenas começando a ganhar mais coragem quando ele pegou as minhas mãos e as fechou nas dele.

Ele respirou fundo novamente e pressionou o rosto contra a minha bochecha. Riu, tremulamente. Não disse uma palavra. Apenas balançou a cabeça.

O prazer de estar tão perto dele era diferente de tudo que eu imaginava. Parecia surreal. Impossível. Seus braços estavam me envolvendo agora, fortes e quentes e me puxando para mais perto, e ele quase me levantou do chão.

Havia uma pequena parte do meu cérebro que sabia que aquilo era uma má ideia. Sabia que Navid podia entrar a qualquer minuto. Sabia que meus pais estavam a poucos metros de distância. Eu sabia de tudo isso, mas, sabe-se lá como, não me importava.

Fechei os olhos e recostei minha cabeça contra seu peito. Inspirei o perfume dele.

Ocean recuou um pouco, de leve. Ele me olhou nos olhos, com o olhar de repente carregado de emoção. Com olhos brilhantes e profundos e apavorados. Ele disse:

— O que você faria se eu me apaixonasse por você?

E todo o meu corpo respondeu à sua pergunta. Um calor percorreu minhas veias, os espaços entre meus ossos. Meu coração encheu-se de emoção, e eu não sabia como dizer o que estava pensando, o que queria dizer, que era...

*Isto é amor?*

... Mas nunca tive a chance de responder.

Navid bateu na porta com força, e nós agimos como estilhaços, voando longe.

Ocean parecia um pouco vermelho. Ele se demorou um segundo, olhou ao redor, me olhou. Não disse tchau, exatamente. Apenas ficou me olhando.

E se foi.

Duas horas depois, ele mandou mensagem.

está na cama?
**sim**
posso fazer uma pergunta estranha?

Olhei para o celular por um segundo. Respirei fundo.

**claro**
como é o seu cabelo?

Eu caí na gargalhada, mas aí lembrei que meus pais estavam dormindo. Meninas nunca pareciam se importar com o meu cabelo, mas meninos viviam me perguntando isso. Sempre a mesma pergunta, e eles nunca pareciam saciar a curiosidade.

**é castanho. meio longo.**

E aí ele me ligou.

— Oi.
— Oi — respondi, sorrindo.
— Eu gosto que agora posso imaginar onde você está — ele disse. — Saber como é o seu quarto.
— Ainda não tô acreditando que você esteve aqui.
— Pois é, obrigado, aliás. Seus pais são incríveis. Foi muito divertido.
— Fico feliz que não tenha sido insuportável — falei, mas de repente fiquei triste. Eu não sabia como dizer que gostaria que a mãe dele fosse menos desmiolada. — Meus pais estão oficialmente apaixonados por você, aliás.
— Jura?

— Sim. Tenho certeza de que me trocariam por você fácil, fácil.

Ele riu. Depois, ficou um tempo sem falar nada.

— Ei — eu disse, finalmente.

— Sim?

— Tá tudo bem?

— Tá — ele disse. — Tá.

Mas parecia um pouco sem fôlego.

— Certeza?

— Só estava pensando em como seu irmão tem um péssimo *timing*.

Eu estava um pouco devagar; demorei um segundo para entender o que ele estava querendo dizer.

Eu não tinha respondido à sua pergunta.

De repente, fiquei nervosa.

— O que você quis dizer quando perguntou o que eu *faria*? Por que formulou a pergunta assim?

— Acho — ele falou, respirando com força — que estava me perguntando se isso te amedrontaria.

Uma parte de mim adorava essa incerteza dele. O fato de ele não ter ideia de que eu estava tão envolvida quanto ele.

— Não — eu disse suavemente. — Não me amedrontaria.

— Não?

— Não — respondi. — Nem um pouco.

# vinte
# e sete

Acabou o Ramadã. Celebramos, trocamos presentes, Navid devorou a despensa inteira. O semestre de outono estava chegando ao fim. Estávamos entrando na segunda semana de dezembro, e eu tinha conseguido manter uma distância segura de Ocean tanto quanto achávamos possível.

Fazia quase dois meses desde o dia em que ele tinha me beijado no carro.

Eu mal podia acreditar.

Na relativa paz que cercava o nosso esforço de passarmos despercebidos, o tempo foi passando. Voando. Eu nunca tinha sido tão feliz. Ocean era *legal*. Era doce e inteligente, e nunca ficávamos sem assunto. Ele não tinha muito tempo livre por causa do basquete, uma atividade extracurricular que exigia demais dele, mas sempre dávamos um jeitinho.

Eu estava feliz com a dinâmica a que tínhamos chegado. Era seguro. Escondido, sim, mas seguro. Ninguém sabia. As pessoas tinham finalmente parado de me encarar pelos corredores.

Mas Ocean queria mais.

Ele não gostava de se esconder. Dizia que parecia que estávamos fazendo algo errado, e odiava isso. Ele insistiu, muitas vezes, que não se importava com o que as outras pessoas pensavam. Ele não se importava, dizia, e não queria que um bando de idiotas tivesse tanto controle sobre a vida dele.

Honestamente, eu não tinha como discordar dele.

Também estava cansada de esconder tudo; cansada de ignorá-lo na escola, cansada de sempre deixar a minha descrença nas pessoas ganhar. Mas Ocean tinha mais visibilidade do que até mesmo ele imaginava. Uma vez que eu tinha começado a prestar mais atenção nele — e no mundo dele —, comecei a entender as sutilezas de sua vida. Ocean tinha ex-namoradas ali na escola. Antigos colegas de time. Rivais. Garotos que tinham abertamente inveja do sucesso dele e garotas que o odiavam por causa de sua indiferença em relação a elas. Mais importante que isso: havia pessoas que tinham construído sua carreira ao redor do time de basquete da escola.

Eu sabia, a essa altura, que Ocean era um ótimo jogador, mas não sabia quão bom ele era até começar a ouvir o que diziam. Ele era o mais novo do time, o único membro do terceiro ano, mas, ainda assim, superava os colegas do quarto ano de muito longe. Como resultado, ele acabava atraindo muita atenção; diziam que era bom o bastante para talvez ganhar os prêmios estaduais e nacionais de Jogador do Ano — e não apenas ele, mas seu treinador também.

Isso me deixava apreensiva.

Ocean tinha a aparência americana por excelência, o tipo de visual que tornava fácil para as meninas se apaixonarem por ele, para os olheiros lidarem com ele, para a comunidade pensar nele, sempre e para sempre, como um bom menino com grande potencial e um futuro brilhante. Tentei explicar por que minha presença em sua vida seria complicada e controversa, mas Ocean não conseguia entender. Ele simplesmente não achava que era um grande problema.

Mas eu não queria que aquilo virasse um conflito. Então, negociamos um meio-termo.

Concordei em deixar Ocean me levar para a escola numa manhã. Achei que seria um passo pequeno e cuidadoso. Totalmente inocente. O que eu vivia esquecendo, é claro, é que havia uma razão por trás dos infinitos clichês a respeito da escola, e que, de certa forma, Ocean era vítima de seu próprio estereótipo. Mesmo *a vaga* onde ele estacionava seu carro no estacionamento da escola parecia ter importância. Eu nunca tinha tido nenhum motivo para saber ou me preocupar com isso, porque não passava da esquisitinha que ia a pé para a escola todos os dias. Nunca nem tinha cruzado aquele lado das instalações de manhã, nem visto aquelas pessoas ou conversado com elas. Mas, quando Ocean abriu a porta do carro para mim naquele dia, desembarquei num mundo diferente. Todo mundo estava ali. Ali, no estacionamento da escola, era o local onde os amigos dele se reuniam todas as manhãs.

— Nossa, isso foi uma má ideia — eu lhe disse, mesmo quando ele pegou a minha mão. — Ocean — repeti —, foi uma má ideia.

— Não foi uma má ideia — ele respondeu, apertando os meus dedos. — Somos apenas duas pessoas de mãos dadas. Não é o fim do mundo.

Eu me perguntei, então, como seria viver no corpo dele. Imaginei quão segura e normal tinha sido a vida que ele tinha vivido para dizer algo assim, tão casualmente, e real e verdadeiramente acreditar nisso.

Às vezes, eu queria lhe dizer que, para algumas pessoas, aquilo era o fim do mundo.

Mas não fiz isso. Não falei porque, de repente, algo chamou a minha atenção. Um silêncio enervante acabara de infectar os grupos de alunos que estavam mais perto de nós, e eu senti meu corpo ficar tenso enquanto olhava para a frente, para o nada. Esperei alguma ação — algum tipo de hostilidade —, mas nada aconteceu. Conseguimos abrir caminho pelo estacionamento, os olhos nos seguindo enquanto caminhávamos, sem incidentes. Ninguém me falou nada. O silêncio deles parecia estar impregnado de surpresa, e, para mim, parecia que estavam decidindo o que pensar. Como reagir.

Ocean e eu tivemos reações muito diferentes a essa experiência.

Eu lhe disse que devíamos voltar a chegar separados na escola, que tinha sido uma boa tentativa, mas que, no fim das contas, era uma péssima ideia.

Ele não concordou, nem um pouco.

Ficava repetindo que estava tudo bem, que tinha sido estranho, mas não ruim. Ele insistia que, acima de tudo, não queria que as opiniões dos outros controlassem sua vida.

— Eu quero estar com você — ele disse. — Quero andar de mãos dadas e almoçar com você, não quero ter que fingir que não estou, tipo... — Ele suspirou forte. — Não quero fingir que não estou nem aí pra você, tá? Que se dane se os outros não gostarem. Eu não quero me preocupar o tempo todo. Quem se importa com essa gente?

— Eles não são seus amigos? — perguntei.

— Se fossem mesmo meus amigos — disse ele —, ficariam felizes por mim.

O segundo dia foi ainda pior.

No segundo dia, ninguém se surpreendeu quando desci do carro de Ocean. Só foram todos babacas.

Alguém chegou a dizer:

— Mano, que cê tá fazendo aqui com essa Aladim aí?

Não era um insulto inédito para mim. Por alguma razão, as pessoas adoravam usar o Aladim para me humilhar, o que me deixava triste, porque eu adorava esse filme quando era criança. E me fazia sempre querer esclarecer que estavam me insultando incorretamente. Queria explicar que o Aladim era, em primeiro lugar, um homem e que, em segundo lugar, ele nem cobria o cabelo. Era um insulto preguiçoso, nada inteligente, e isso me deixava ainda mais incomodada. Havia tantas opções melhores e mais maldosas no filme — como, por exemplo, talvez me comparar ao *Jafar*. Mas nunca havia uma boa hora, naquelas situações, para debater sobre isso.

De qualquer maneira, Ocean e eu não tivemos a mesma reação ao insulto.

Eu fiquei irritada, mas ele ficou com *raiva*.

Pude sentir, então, naquele momento, que Ocean era ainda mais forte do que parecia. Ele tinha um corpo esguio e musculoso, mas, de repente, pareceu muito mais robusto ao meu lado. Toda sua musculatura ficou rígida; sua mão provocou uma sensação diferente na minha. Ele parecia bravo e enojado, balançando a cabeça, e percebi que ele estava prestes a dizer algo quando alguém, muito de repente, jogou uma rosca de canela pela metade na minha cara.

Fiquei atordoada.

Houve um momento de perfeito silêncio quando o pão doce e pegajoso atingiu parte do meu olho e a maior parte da minha bochecha e então escorregou, lentamente, pelo meu queixo. Caiu no chão. Havia glacê em todo o meu lenço.

Aquilo sim, pensei, era novo.

Quem quer que tivesse jogado aquilo em mim tinha caído na gargalhada, e Ocean meio que perdeu o controle. Ele agarrou o cara pela camisa e o empurrou com muita, muita força, e de repente eu não tinha mais certeza do que estava acontecendo, apenas que estava com tanta vergonha que mal conseguia ver direito. Eu só queria desaparecer dali.

E foi o que fiz.

Ninguém nunca tinha jogado *comida* em mim. Sentia-me entorpecida enquanto me afastava; eu me sentia estúpida, humilhada e entorpecida. Estava correndo para chegar ao banheiro feminino porque queria lavar o rosto, mas Ocean de repente me alcançou, me pegou pela cintura.

— Ei — ele me disse sem fôlego. — Ei...

Mas eu não queria olhar para ele, não queria que ele me visse com aquela porcaria no rosto, então me afastei. Não olhei nos seus olhos.

— Você tá bem? — ele perguntou. — Eu sinto muito...

— Sim — eu disse, mas já estava me virando novamente. — Eu só preciso lavar meu rosto, ok? Vejo você depois.

— Espere — ele emendou. — Espere...

— Vejo você depois, Ocean, eu juro. — Acenei e continuei andando. — Estou bem.

É claro que eu não estava bem. Eu *ficaria* bem. Mas eu não estava bem ainda.

Cheguei ao banheiro feminino e larguei a mochila no chão. Desamarrei o véu da cabeça e usei um pedaço de papel úmido para tirar o glacê do rosto. Tentei limpar meu lenço da mesma forma, mas não foi muito eficaz. Suspirei. Tive de tentar lavar algumas partes do tecido na pia, o que acabou molhando tudo, e estava me sentindo um pouco desmoralizada enquanto pendurava o tecido levemente úmido em volta do pescoço.

Só então alguém entrou no banheiro.

Eu estava feliz por ter pelo menos conseguido limpar meu rosto antes que alguém entrasse. Tinha acabado de desfazer meu rabo de cavalo — tinha tido que tirar um pouco de glacê do cabelo também, então precisaria refazer todo o penteado — quando a garota se aproximou da pia ao meu lado. Sabia que estava completamente exposta ali, porque minha mochila estava no chão e eu estava, no momento, toda desarrumada e cercada por pequenas montanhas de papel molhado, mas torci para que ela não notasse. Não fizesse perguntas. Não sabia quem ela era e não me importava; só não queria lidar com mais ninguém naquele dia.

— Ei — ela disse, e o instinto me fez levantar a cabeça.

Sempre me lembrarei daquele momento, da forma como meu cabelo caiu em volta do meu rosto, como suas longas ondas balançaram, quando me virei, o elástico ainda no meu pulso. Eu a olhei com dúvida nos olhos.

E ela tirou uma foto minha.

— Que diabos? — recuei, confusa. — Por que vo...

— Obrigada — ela disse, e sorriu.

Eu estava perplexa. Ela saiu pela porta e eu levei um minuto para me recuperar. Levei mais alguns segundos para entender.

Quando entendi, fiquei paralisada.

233

E de repente me senti tão enojada que pensei que fosse desmaiar.

Foi, de fato, uma merda de dia.

Ocean finalmente me encontrou no corredor. Pegou a minha mão e, a princípio, não disse nada. Só me olhou.

— Uma menina tirou uma foto minha no banheiro — contei calmamente.

— Sim — ele disse. — Eu sei.

— Sabe?

Ele assentiu.

Eu me virei. Queria chorar, mas tinha jurado que não choraria. Tinha jurado a mim mesma. Só sussurrei:

— O que tá acontecendo, Ocean? O que tá acontecendo aqui?

Ele abanou a cabeça. Parecia arrasado.

— A culpa é minha — ele disse. — A culpa é minha. Eu devia ter te ouvido, não devia ter deixado isso acontecer...

E foi bem nesse instante que um cara passou por nós e deu um tapinha nas costas de Ocean.

— Eu te entendo, cara, eu pegaria isso aí também.

Ocean o empurrou com força. O cara gritou algum palavrão e caiu para trás, sobre os cotovelos.

— O que é que tem de errado com você? — Ocean lhe falou. — O que foi que te aconteceu?

Eles começaram a gritar um com o outro, e eu já não aguentava mais.

Precisava ir embora.

Sabia um pouco sobre câmeras digitais, mas não tinha uma, por isso não entendia como as pessoas já poderiam ter visto a foto tão rapidamente. Só sabia que alguém tinha me fotografado sem o véu — sem o meu consentimento — e agora estava espalhando a imagem. Era um tipo de violação que nunca tinha experimentado. Eu queria berrar.

Era o *meu* cabelo, eu queria berrar.

Era o meu cabelo, e o meu rosto, e o meu corpo, e o que eu fazia com eles era só *da porra da minha conta*.

Claro que ninguém estava nem aí para isso.

Matei aula naquele dia.

Ocean tentou ir embora comigo. Ele continuava a pedir desculpas e tentou ao máximo me ajudar a me sentir melhor, mas eu só queria ficar sozinha. Precisava de um respiro.

Então, fui embora.

Caminhei sem destino por um tempo, tentando clarear a mente. Não sabia mais o que fazer. Havia uma parte de mim que queria ir para casa, mas temia que, se me trancasse no meu quarto, talvez nunca mais saísse. Eu também não queria, mesmo, chorar.

Tinha *vontade* de chorar. Vontade de chorar e gritar ao mesmo tempo, mas não queria ceder à sensação. Só queria superar aquilo. Queria sobreviver sem perder a cabeça.

Eu soube, horas depois, que as coisas tinham piorado quando Navid começou a me enviar mensagens de texto. Se Navid já tinha ouvido falar do ocorrido, quer dizer que as coisas já deviam ter explodido. E ele estava preocupado.

Eu lhe disse que estava bem, que havia ido embora da escola. Acabei me escondendo em uma biblioteca da cidade. Estava sentada na seção de terror de propósito.

Navid me pediu para ir para o treino.

**por quê?**
porque vai te ajudar a esquecer um pouco as coisas

Suspirei.

**como estão as coisas?**

Alguns segundos depois:

bom, não estão maravilhosas

Voltei para a escola apenas depois do fim da última aula. Fui até meu armário para pegar minha bolsa de ginástica e, ao abri-lo, um pedaço de papel caiu. Quando o desdobrei descobri que havia duas fotos minhas, impressas lado a lado. Uma com o véu, outra sem.

Eu estava com uma expressão confusa na segunda, mas a foto não era exatamente feia. Era uma foto bem boa. Sempre tinha gostado do meu cabelo. Achava ele bonito. E ficava bem em fotografias, na verdade, talvez melhor do que na vida real. Mas aquela revelação só tornava tudo mais doloroso. Ficou mais óbvio do que nunca que aquilo não tinha sido uma simples brincadeira de mau gosto; o objetivo tinha sido me fazer parecer feia ou estúpida. Quem quer que tivesse feito aquilo queria apenas me desmascarar sem a minha permissão, me humilhar intencionalmente ao passar por cima da minha decisão de manter algumas partes de mim apenas para mim. Queria tirar o poder que eu pensava ter sobre meu próprio corpo.

Era uma traição que machucava, de alguma forma, mais do que qualquer outra coisa.

Quando apareci no treino, Navid parecia apenas triste.

— Você tá bem? — ele perguntou, e me puxou para um abraço.

— Sim — respondi. — Esta escola é péssima.

Ele respirou fundo. Apertou o abraço mais uma vez antes de me soltar.

— Sim — concordou e exalou. — Sim, é péssima mesmo.

— Essas pessoas têm problemas — me disse Bijan, balançando a cabeça. — Lamento que você tenha que lidar com isso.

Eu não sabia o que dizer. Tentei sorrir.

Carlos e Jacobi foram solidários.

— Ei, é só apontar na direção certa — disse Carlos —, que a gente vai ficar feliz de quebrar a cara de quem fez isso com você.

Aí eu sorri mesmo.

— Nem sei quem fez isso — falei. — Quer dizer, eu vi a garota que tirou a foto, mas não sei de mais nada. Não sei nada sobre ela — completei, suspirando. — Eu não conheço as pessoas desta escola.

E, então, Jacobi me perguntou o que havia acontecido, como a garota tinha conseguido tirar uma foto minha, e eu lhes expliquei que estava no banheiro me limpando, porque um cara tinha jogado uma rosca de canela no meu rosto, e tentei rir disso, para fazer parecer engraçado, mas todos os quatro ficaram quietos de repente.

Imóveis.

— Um cara jogou uma rosquinha na sua cara? — Navid parecia estupefato. — Você tá de brincadeira?

Eu pisquei. Hesitei:

— Não?

— Quem? — Agora era Jacobi. — Quem foi?

— Não sei...

— Que imbecil — Carlos falou.

— E o Ocean não fez nada? — Era Bijan desta vez. — Deixou o cara jogar comida em você?

— O quê? Não — neguei rapidamente. — Não, não, ele, tipo, não sei, começou a brigar com o cara, mas eu simplesmente fui embora, então não sei...

— Então o Ocean sabe quem foi — Bijan falou de novo. Ele não estava olhando para mim, mas para Navid.

— Quer dizer, acho que sim — eu disse com cuidado —, mas, tipo, realmente não...

— Quer saber, foda-se essa merda — disse Navid, pegando as coisas dele. Os outros caras também. Estavam todos juntando as coisas deles.

— Espera... Aonde vocês vão?

— Não se preocupe com isso — me disse Carlos.

— Vejo você em casa — disse Navid, apertando meu braço quando passou por mim.

— Espera... Navid...

— Você consegue ir para casa sozinha? — Jacobi agora.

— Sim — respondi. — Sim, mas...

— Tá ótimo. A gente se vê amanhã.

E eles saíram.

No dia seguinte, fiquei sabendo que eles tinham mesmo quebrado a cara do cara, porque a polícia bateu na minha casa, procurando Navid, que demonstrou despreocupação. Ele contou para os meus pais, horrorizados, que não passava de um grande mal-entendido. Navid achou tudo hilário. Disse que só gente branca ligava para a polícia por causa de uma briga de rua.

No fim, o garoto não registrou a ocorrência. Então a polícia deixou para lá.

Navid se safou.

Mas, para mim, as coisas só pioravam.

# vinte e oito

Uma coisa era eu ter que lidar com aquele tipo de coisa. Já tinha enfrentado situações como aquela. Sabia como lidar com aqueles golpes e superá-los, mesmo quando me feriam. E tomei tanto cuidado para parecer tão profunda e completamente impassível com toda a catástrofe da foto que o caos se dissipou em questão de dias. Eu não alimentava o horror. Não lhe dava nenhum poder. E, assim, logo passava.

Para Ocean, por outro lado, tudo naquilo era novo. Vê-lo tentar superar a experiência ao mesmo tempo avassaladora e dolorosa da multidão desmascarada...

Foi como assistir a uma criança aprendendo o que é a morte pela primeira vez.

As pessoas não o deixariam em paz de uma hora para outra. Meu rosto tinha se tornado famoso do dia para a noite, e Navid ter batido no cara que tinha jogado a guloseima em mim só tinha complicado as coisas. Quer dizer, eu não amava os métodos de Navid, mas posso dizer o seguinte: ninguém nunca mais atirou nada em mim. Agora, porém, meus colegas pareciam apavorados com a minha presença. Estavam com raiva e medo, o que era possivelmente a combinação de emoções mais perigosa, e isso tornava a associação de Ocean comigo mais ultrajante do que nunca. Seus amigos lhe disseram coisas horríveis sobre mim, sobre ele mesmo — coisas que nem quero repetir — e que o obrigaram a ficar numa posição quase impossível, tentando me defender de declarações caluniosas sobre a minha fé, sobre o que significava ser muçulmano, sobre como era ser *eu*. Era exaustivo.

Ainda assim, Ocean jurava que não se importava.

Ele podia não se importar, mas eu, sim, me importava.

Percebia que estava me afastando, recuando para dentro de mim, querendo sacrificar aquela felicidade recém-descoberta para nos salvar daquilo, e sabia que ele sentia que isso estava acontecendo. Ele sentia a distância crescente entre nós

— que eu estava me fechando, me fechando —, e eu sentia seu pânico. Podia ver na maneira como ele me olhava. Ouvi em sua voz quando ele sussurrou *Estamos bem?* ao telefone uma noite. Sentia quando ele me tocava com receio, como se eu pudesse me assustar e sair correndo a qualquer instante.

Mas, quanto mais eu me afastava, mais seguro ele se tornava.

Ocean tinha feito uma escolha, e estava tão disposto a honrá-la que deixava todos mais irritados ainda. Ele foi excluído pelos amigos e não ligou; seu treinador o continuava assediando a meu respeito, e ele ignorava.

Acho que foi porque ele não demonstrou nenhuma lealdade para com elas — parecia se importar menos com a opinião das pessoas que conhecia desde muito antes de me conhecer — que ficaram com tanta raiva dele.

Eram meados de dezembro, uma semana antes das férias de inverno, quando as coisas ficaram muito feias.

No final das contas, tudo não passou de uma pregação de peça.

De uma pegadinha idiota.

Alguém queria mexer com Ocean, e a coisa toda ficou tão fora de controle que tirou o nosso mundinho do eixo.

Alguém invadiu os sistemas de informática e enviou um e-mail em massa para todos os contatos do banco de dados do distrito escolar. Todos os alunos e professores do condado — até mesmo os pais que estavam na mala-direta da escola — o receberam. A mensagem era terrível. E nem era sobre mim. Era sobre Ocean.

Acusava-o de apoiar o terrorismo, de ser antiamericano, de acreditar que não havia problema em matar pessoas inocentes porque queria ter acesso a setenta e duas virgens. Exigia que ele fosse expulso do time. Dizia que ele era um péssimo representante de sua cidade natal e uma vergonha para os veteranos que apoiavam seus jogos. O e-mail o chamava de nomes horríveis. E o que tornou tudo ainda pior, é claro, era que havia uma foto de nós dois de mãos dadas na escola. Ali estava a prova, a mensagem parecia dizer, de que ele fazia amizade com o inimigo.

A escola começou a receber ligações raivosas. Cartas. Pais horrorizados exigiam uma explicação, uma reunião, uma audiência na Câmara Municipal. Eu nunca tinha imaginado que as pessoas poderiam se importar tanto com os dramas de um time escolar de basquete, mas, que inferno, aparentemente era mesmo uma grande coisa. Ocean Desmond James era uma grande coisa, descobri, e acho que nem mesmo ele percebia sua importância até aquilo acontecer.

Ainda assim, não me parecia difícil entender como tínhamos chegado até ali. Eu estava esperando aquilo. Temendo aquilo. Mas, para Ocean, era muito difícil aceitar que o mundo estivesse cheio de pessoas tão horríveis. Tentei lhe dizer que os fanáticos e os racistas sempre estiveram ali, e ele me respondeu que, honestamente, nunca os tinha visto assim, que nunca pensou que pudessem ser assim, e eu disse que sim, que sabia. Falei que quem está numa posição privilegiada realmente não se dá conta.

Ele ficou pasmo.

Ficamos sem lugar para ter privacidade — mesmo para conversar sobre o que havia acontecido. Conversávamos à noite, é claro, mas raramente tínhamos a chance de nos encontrar durante o dia, pessoalmente. A escola ainda estava tão agitada com toda essa merda que eu não conseguia nem mais falar com ele nos corredores. Cada aula era uma provação. Até os professores pareciam um pouco assustados. Apenas o prof. Jordan parecia solidário, mas sabia que não havia muito que ele pudesse fazer. E, todos os dias, pessoas com quem eu nunca tinha feito contato visual se inclinavam e me diziam coisas quando tomava meu lugar nas aulas.

— O que ele tem que fazer, exatamente, para conseguir as setenta e duas virgens?

— Não é contra a sua religião namorar caras brancos?

— Então você é, tipo, parente do Saddam Hussein?

— Por que você mora aqui, se odeia tanto os Estados Unidos?

Mandava todos para aquele lugar, mas era como arrancar erva daninha. Não paravam de aparecer.

Ocean escapou do treino de basquete uma tarde para que finalmente pudéssemos ter um momento a sós. Seu treinador tinha começado a afogar o time em treinos extras e desnecessários, e Ocean explicou que era porque o técnico estava tentando mantê-lo ocupado, como uma forma de nos manter separados. Eu sabia que a decisão de Ocean de faltar ao treino provavelmente teria consequências, mas também fiquei grata pelo momento de paz. Estava morrendo de vontade de vê-lo, de falar com ele pessoalmente e ver com meus próprios olhos se ele estava bem.

Estávamos no carro dele no estacionamento de uma lanchonete.

Ocean encostou a cabeça na janela, com os olhos bem fechados, enquanto me contava sobre os fatos mais recentes daquele filme de terror. O treinador estava implorando para que fosse tomada uma medida, o que seria fácil: a escola faria um comunicado dizendo que era um boato estúpido, que a coisa toda era um absurdo, nada de mais. Pronto.

Fiz uma careta.

Ocean parecia chateado, mas eu não conseguia entender por quê. Não parecia uma ideia tão ruim.

— Parece uma ótima solução — eu disse. — Tão simples.

Ocean riu, então, mas não havia vida no riso dele. E ele finalmente olhou nos meus olhos quando disse:

— Para a declaração colar, não posso mais ser visto com você.

Senti como se tivesse levado um soco no estômago.

— Ah — fiz.

Na verdade, seria melhor, o treinador havia dito, se Ocean nunca mais fosse publicamente associado a mim de nenhuma maneira, nunca mais. Já havia drama escolar envolvendo nós dois, e agora aquilo, a tal foto de nós dois juntos, ele dissera, aí já era demais. Era muito político. Todos os principais veículos de mídia pareciam indicar que estávamos prestes a entrar em guerra com o Iraque, e o ciclo de notícias, embora sempre insano, talvez estivesse particularmente insano naqueles últimos tempos. Todo mundo andava nervoso. Tudo estava à flor da pele. O treinador de Ocean queria dizer a todos que a foto de nós dois juntos era apenas outra parte da brincadeira, que tinha sido forjada, mas que essa explicação só seria verossímil se Ocean também prometesse parar de ficar comigo. Não poderia haver mais fotos nossas juntos.

— Ah — fiz de novo.

— Sim. — Ocean parecia exausto.

Ele passou as mãos pelo cabelo.

— Então, você... — Tomei um fôlego rápida e dolorosamente. — Quero dizer, eu entenderia se você...

— Não. — Ocean se ajeitou, parecendo de repente em pânico. — Não, não, que inferno, não, foda-se ele, foda-se todos eles, eu não me importo...

— Mas...

Ele balançava a cabeça com força.

— *Não* — repetiu. Ele estava me olhando incrédulo. — Não posso acreditar que você... Não, isso está fora de cogitação. Eu falei pra ele ir pro inferno.

Por um momento, eu não soube o que dizer. Senti raiva e tristeza e até, de repente, uma onda incomensurável de alegria, tudo no mesmo momento. Parecia impossível saber qual emoção seguir, descobrir qual me levaria à decisão certa. Eu sabia que só porque queria ficar com Ocean não significava que iria — ou deveria — fazer isso.

E meus pensamentos devem ter sido fáceis de ler, porque Ocean se inclinou e pegou as minhas mãos.

— Ei, isso não é grande coisa, tá? Parece uma grande coisa agora, mas juro que vai passar. Nada disso importa. Eles não importam. Isso não muda nada para mim.

Mas eu não conseguia mais olhar em seus olhos.

— Por favor — disse ele. — Eu não me importo. De verdade. Eu não me importo se eles me cortarem da equipe. Não ligo pra nada disso. Nunca liguei.

—Sim — eu disse baixinho.

Mas estaria mentindo se dissesse que não achava que minha presença em sua vida só tinha piorado as coisas para ele.

Ele não se importava.

Mas *eu* sim.

Eu me importava. As coisas tinham virado uma bola de neve rapidamente, e não podia mais fingir que não estava com medo. Eu me importava com o fato de que Ocean pudesse se tornar *persona non grata* na cidade. Eu me preocupava com as suas oportunidades. Eu me preocupava com seu futuro. Eu lhe disse que, se o expulsassem do time, ele perderia a chance de conseguir uma bolsa de estudos ligada ao basquete, e ele me disse para não me preocupar com isso, que nem precisava da bolsa, que sua mãe tinha guardado uma parte da herança para pagar sua faculdade.

Ainda assim, isso me incomodava.

Eu me importava.

Estava balançando a cabeça, olhando para a palma das minhas mãos quando ele tocou meu rosto. Levantei os olhos. Havia angústia em seu olhar.

— Ei — ele sussurrou. — Não faz isso, tá? Não desista de mim. Eu não vou desistir.

Eu me sentia paralisada.

Não sabia o que fazer. Meu instinto era *me afastar*. Deixá-lo viver sua vida. Até Navid havia me dito que as coisas tinham ido longe demais, que eu deveria terminar com Ocean.

E, então, no dia seguinte, o treinador Hart veio falar comigo.

Deveria ter sido mais esperta e recusado conversar com ele sozinha, mas ele me pegou no meio da multidão e conseguiu me intimidar, em voz alta, para que eu fosse até seu escritório. Ele jurou que só queria ter uma conversa amigável sobre a situação, mas, no minuto em que pus os pés lá dentro, ele começou a gritar comigo.

Ele disse que eu estava arruinando a vida de Ocean. Que gostaria que eu nunca tivesse me mudado para aquela cidade, que eu tinha sido uma distração desde o momento em que apareci, que ele sabia o tempo todo que eu devia estar tentando convencer Ocean a desistir do basquete, causando problemas. Disse que eu tinha virado tudo de ponta-cabeça, todo o distrito, ao que parecia, e será que eu não via o que estava fazendo? Pais e alunos em todo o condado desesperados, os jogos haviam sido adiados e até a reputação deles estava em jogo. Eles eram uma cidade patriótica, disse, havia patriotas entre eles, e minha associação com Ocean estava destruindo aquela imagem. Aquele time era importante, ele reforçou, de uma forma que eu nunca conseguiria entender, porque ele tinha certeza de que, de onde eu tinha vindo, não havia basquete. Eu não lhe disse que tinha vindo da Califórnia, mas ele também nunca me deu uma chance de falar. Por fim, me disse que eu precisava deixar Ocean em paz antes que eu destruísse todas as coisas boas que ele tinha em sua vida.

— Termine logo com isso, mocinha — ele me disse. — Acabe com isso já.

Eu realmente queria lhe mandar ir para o inferno, mas a verdade é que ele meio que me assustou. Parecia violentamente zangado de uma maneira que eu nunca tinha vivenciado sozinha numa sala com um adulto. A porta estava fechada. Senti como se não tivesse poder nenhum. Como se não pudesse confiar nele.

Mas aquela conversinha tornou as coisas mais claras para mim.

O treinador Hart era um completo idiota, e quanto mais ele gritava comigo, mais furiosa eu ficava. Não queria ser pressionada a tomar uma decisão tão séria. Não queria ser manipulada, nem por ele, nem por ninguém. Na verdade, estava começando a acreditar que me afastar do Ocean agora, num momento como aquele, seria o maior ato de covardia do mundo. Pior, seria cruel.

Então, me recusei a obedecer.

E, então, o treinador me disse que, se eu não terminasse com ele, ele se certificaria de que Ocean não só saísse do time, como também fosse expulso da escola por má conduta.

Eu respondi que tinha certeza de que Ocean descobriria isso.

— Por que você está tão determinada a ser teimosa? — ele gritou, seus olhos se estreitando na minha direção. Ele parecia alguém que gritava muito; era um cara atarracado com o rosto quase permanentemente vermelho. — Desista — ele insistiu. — Está fazendo todo mundo perder tempo, e nem vai valer a pena no fim das contas. Ele se esquecerá de você em uma semana.

— Tá certo — disse. — Posso ir agora?

Não sei como ele ficou mais vermelho.

— Se você gosta dele — falou —, afaste-se. Não destrua a vida dele.

— Honestamente, não entendo por que todo mundo está tão revoltado — respondi — por causa de uma droga de um jogo de basquete.

— Essa é a minha carreira — ele disse, esmurrando a mesa ao ficar de pé. — Dediquei toda a minha vida a esse esporte. Temos uma chance real de chegar à final nesta temporada e preciso que ele se saia bem. Você é uma distração indesejável, e eu preciso que você desapareça. *Agora*.

Enquanto voltava da escola para casa naquele dia, pensei que não tinha me dado conta do ponto a que aquela loucura chegaria. Não tinha percebido que o treinador ficaria tão determinado a fazer o problema desaparecer — *me* fazendo desaparecer — que, para isso, realmente estaria até disposto a machucar Ocean. Ali, com espaço suficiente entre mim e o treinador gritalhão, fui capaz de processar a situação com um pouco mais de objetividade.

E, honestamente, a coisa toda estava começando a me assustar.

Não que achasse que Ocean não se recuperaria de ser expulso do time; nem porque achasse que não poderia contar a Ocean o que o técnico havia me dito, que ele basicamente tinha me ameaçado para que eu terminasse tudo. Sabia que Ocean iria acreditar em mim, que ficaria do meu lado. O que mais me assustava, descobri, não eram as ameaças. Não foi a retórica abusiva e xenofóbica flagrante. Não, o que mais me assustava era...

Que eu não achava que valesse tudo aquilo.

Achava que Ocean iria acordar um dia, tonto e desestabilizado por aquele turbilhão emocional, e descobrir que na verdade não tinha valido a pena; que eu não tinha valido a pena. Que tinha perdido a chance de ser um grande atleta no auge de sua carreira no time da escola e que, como resultado, perderia a chance de jogar basquete na faculdade e, um dia, profissionalmente. Se aquele show de horrores tinha algo de verdadeiro, era que Ocean era bom o suficiente para ser tudo isso e muito mais. Eu nunca o tinha visto jogar — o que parecia quase engraçado para mim naquele momento —, mas não conseguia imaginar que tantas pessoas ficariam *tão* chateadas se Ocean não fosse muito, muito bom em colocar uma bola em uma cesta.

De repente, senti medo.

Temi que Ocean perdesse tudo o que conhecia — tudo pelo qual tinha se esforçado desde criança — apenas para descobrir que, bem, eu nem era assim tão legal, no fim das contas. Um mau negócio.

Ele ficaria ressentido comigo.

Eu tinha dezesseis anos, pensei. Ele tinha dezessete. Éramos apenas crianças. Aquele momento parecia uma vida inteira — os últimos meses tinham parecido uma eternidade —, mas a escola não era o mundo inteiro, era? Não podia ser. Cinco meses antes, eu nem sabia que Ocean existia.

Ainda assim, eu não queria me afastar. Achava que ele nunca me perdoaria por abandoná-lo, especialmente num momento como aquele, não com ele me dizendo todos os dias que tudo aquilo não mudava nada para ele, que nunca deixaria discursos de ódio ditarem como ele devia viver sua vida. Eu temia que, se me afastasse, ele pensaria que eu era uma covarde.

E eu sabia que não era.

Levantei a cabeça, subitamente, ao escutar uma buzina de carro. Era insistente. Irritante. Eu estava na metade de uma avenida, em um trecho de calçada pelo qual passava todos os dias para ir para casa, mas estava distraída em meus pensamentos; não estava prestando atenção à rua.

Havia um carro me esperando um pouco à frente, o veículo havia encostado, e quem quer que fosse o motorista, não parava de buzinar para mim.

Eu não reconheci o carro.

O meu coração sobressaltou-se com medo, e eu dei um passo para trás. A motorista estava acenando freneticamente para mim, e só o fato de ser uma mulher me deixou em dúvida. Meus instintos me diziam para sair correndo, mas pensei que talvez ela estivesse precisando de ajuda. Talvez tivesse ficado sem combustível? Talvez precisasse de um celular emprestado?

Eu me dirigi com cautela até o carro. Ela se inclinou para fora da janela.

— Nossa — ela disse, rindo. — É muito difícil chamar a sua atenção.

Era uma mulher madura bonita, loira. Seus olhos pareciam amigáveis, e o meu coração tranquilizou-se um pouco.

— Está tudo bem? — perguntei. — Seu carro quebrou?

Ela sorriu. Olhou com curiosidade para mim.

— Eu sou a mãe do Ocean — ela disse. — Meu nome é Linda. Você é a Shirin, certo?

*Ah,* pensei, *merda, merda, merda.*

*Que merda.*

Pisquei, sem reação. Meu coração estava batendo com força.

— Quer dar uma volta?

## vinte e nove

— Olha — ela falou. — Quero tirar isso da frente logo de cara. — Ela me olhou enquanto dirigia. Continuou: — Eu não me importo com as diferenças de origem. Não é por isso que eu estou aqui.

— Tá bom — falei devagar.

— Mas esse relacionamento está causando um problema real para o Ocean agora, e eu estaria sendo uma mãe irresponsável se não fizesse nada.

Quase gargalhei. Não era aquilo que a tornaria uma mãe irresponsável, tive vontade de dizer.

Mas, em vez disso, eu disse:

— Não entendo por que todo mundo está tendo essa conversa *comigo*. Se não quer que o seu filho passe tempo comigo, talvez a senhora devesse conversar com *ele*.

— Eu tentei. Mas ele não me dá ouvidos. Não está ouvindo ninguém. — Ela olhou novamente na minha direção. Dei-me conta de repente de que não fazia ideia de aonde estávamos indo. — Eu estava esperando — ela prosseguiu — que você fosse ser mais razoável.

— Isso porque a senhora não me conhece — respondi. — O Ocean que é o razoável da relação.

Ela até sorriu.

— Eu não vou fazer você perder tempo, prometo. Sei que o meu filho realmente gosta de você. E não quero magoá-lo, nem você, aliás, mas há coisas que você não sabe.

— Que tipo de coisas?

— Bem — ela disse, respirando fundo. — Coisas como o fato de eu sempre ter contado com a possibilidade de o Ocean conseguir uma bolsa de estudos graças ao basquete. — Ela me olhou, e olhou por tanto tempo que pensei que podíamos sofrer um acidente. Ela continuou: — Não posso correr o risco de ele ser expulso do time.

Fiz uma careta.

— O Ocean me contou que ele não precisa de uma bolsa para ir para a faculdade. Ele disse que você tem dinheiro guardado para isso.

— Eu não tenho.

— O quê? — Eu a encarei. — Como não?

— Isso não é da sua conta.

— Mas o Ocean sabe disso? — perguntei. — Que você gastou o dinheiro da faculdade dele?

Ela ficou vermelha, subitamente, e pela primeira vez vi maldade em seus olhos.

— Para começar — ela falou —, o dinheiro não era dele. Era meu. Eu sou a adulta da casa e, enquanto ele estiver morando comigo, sou eu quem decido como devemos viver. Além disso — hesitou —, não estou aqui para discutir as minhas finanças pessoais.

Eu fiquei passada.

Disse:

— Por que você mentiria sobre algo assim? Por que não simplesmente lhe conta que ele não tem dinheiro para ir para faculdade?

O rosto dela enrubesceu de forma feia, e sua mandíbula ficou tão tensa que parecia que ela ia surtar e começar a berrar comigo. Em vez disso, ela falou de forma dura:

— O nosso relacionamento já está muito abalado. Não vejo por que deixar as coisas piores.

E, de repente, ela parou o carro.

Em frente à minha casa.

— Como sabe que moro aqui? — eu disse surpresa.

— Não foi difícil descobrir. — Ela desligou o motor e se virou no banco para ficar de frente para mim. — Se ele for expulso do time por sua culpa, ele não vai conseguir ir para uma boa faculdade. Você está entendendo? — Ela estava encarando o meu rosto agora, e de repente ficou difícil ser corajosa. O olhar dela era condescendente. Eu me senti uma completa criancinha. — Preciso que me diga que está entendendo — ela disse. — Está?

— Estou — respondi.

— Também quero que saiba que não me importo com a origem da sua família. Não me importo com a religião de vocês. Seja lá o que for pensar de mim, não quero que pense que sou intolerante. Porque não sou. E não criei o meu filho para ser também.

Agora eu só conseguia olhar para ela. Minha respiração ficou mais forte e acelerada.

Ela continuou falando:

— Isso vai além de assumir um posicionamento, ok? Acredite, eu me lembro de como é ter dezesseis anos. Todas essas emoções — disse ela, gesticulando. — Tudo parece muito sério. Eu acabei me casando com o meu namorado da escola, o Ocean contou?

— Não — eu disse calmamente.

— Pois é — ela continuou, acenando com a cabeça. — Bem. Veja no que deu.

Nossa, eu realmente a odiava.

— Só quero que entenda — falou — que isso não tem nada a ver com você, mas, sim, com o Ocean. Se você se preocupa com ele, e eu tenho certeza de que sim, então precisa deixá-lo em paz. Não lhe cause todos esses problemas, ok? É um bom menino. Ele não merece isso.

Eu me senti repentinamente impotente de raiva. Como se o meu cérebro estivesse derretendo.

— Estou muito feliz por termos tido esta conversa — ela completou, e se esticou para abrir a minha porta. — Mas ficaria grata se você não contasse ao Ocean. Ainda gostaria de salvar o relacionamento com o meu filho.

Ela se recostou no banco, a porta aberta gritava para eu sair. Senti, então, naquele momento, o peso insubstancial dos meus dezesseis anos de uma forma que nunca havia sentido. Eu não tinha controle de nada ali. Nenhum poder. Nem tinha carteira de motorista. Não tinha emprego, não tinha uma conta no banco. Não havia nada que eu pudesse fazer. Nada que eu pudesse fazer para ajudar, para melhorar aquela situação. Eu não tinha conexões no mundo, uma voz que alguém pudesse ouvir. Senti tudo de uma vez, *tudo* e absolutamente nada ao mesmo tempo.

Eu não tinha mais escolha. A mãe de Ocean tinha tirado todas as opções de mim. Ela é quem tinha estragado tudo, e agora a culpa de Ocean não ter dinheiro para ir para a faculdade seria minha.

Eu tinha me tornado um bode expiatório muito conveniente. Como sempre.

Ainda assim, sabia que tinha que fazer aquilo. Eu teria que erguer uma barreira permanente entre nós. Achei a mãe de Ocean péssima, mas também sabia que não poderia mais deixá-lo ser expulso do time. Não conseguia suportar o peso de ser a razão pela qual a vida dele tinha descarrilado.

E às vezes, pensei, ser adolescente era a pior coisa que já tinha acontecido na minha vida.

# trinta

Foi horrível. Eu não sabia como poderia fazer isso de outra maneira — tinha sido tão difícil encontrar tempo para ficarmos sozinhos —, então mandei mensagem para ele. Era tarde da noite. Muito tarde. Mas tive um pressentimento de que ele ainda estaria acordado.

**oi**
**preciso conversar com você**

Ele não respondeu e, por algum motivo, eu sabia que não era porque não tinha visto as mensagens. Imaginava que ele me conhecia bem o suficiente para saber que havia algo errado, e me perguntei muitas vezes se ele sabia que algo horrível estava prestes a acontecer.

Ele me respondeu dez minutos depois.

não

Liguei para ele.

— Para — ele disse ao atender. Parecia estar tenso. — Não faz isso. Não venha com essa conversa, tá? Eu sinto muito — ele continuou —, eu sinto muito por tudo. Por te colocar nessa situação. Sinto demais.

— Ocean, por favor...

— O que a minha mãe falou pra você?

— O quê? — Ele me pegou de surpresa. — Como você sabe que eu conversei com a sua mãe?

— Não sabia — ele disse —, mas agora sei. Eu tava com medo de que ela ia tentar falar com você. Ela pegou no meu pé a semana inteira, me implorando pra eu terminar com você. — E depois: — Foi isso que ela fez? Mandou você fazer isso?

Eu quase não conseguia respirar.

— Ocean...

— Não faz isso — ele disse. — Não por ela. Nem por ninguém...

— Isso é por *você* — respondi. — Pela sua felicidade. Seu futuro. Sua vida. Eu quero que você seja feliz. Eu só tô tornando a sua vida pior.

— Como você pode dizer isso? — ele falou, e ouvi sua voz falhar. — Como pode pensar isso? Eu quero isso aqui mais do que já quis qualquer outra coisa. Eu quero tudo com você — ele disse. — Quero tudo com você. Quero *você*. Quero isso aqui para sempre.

— Você tem dezessete anos — eu disse. — Ainda estamos no colégio, Ocean. Não sabemos de nada sobre "para sempre".

— Podíamos saber se quiséssemos.

Sabia que estava sendo má, e me odiava por isso, mas tinha de achar uma maneira de acabar com aquela conversa antes que ela me matasse.

— Eu queria que fosse mais simples — eu lhe disse. — Queria que tantas coisas fossem diferentes. Queria que fôssemos mais velhos. Queria que pudéssemos tomar as nossas próprias decisões...

— Não... Gatinha... Não faz isso...

— Agora você vai poder retomar a sua vida, entende? — Senti meu coração se partindo ao dizer isso. Minha voz tremeu. — Você pode ser normal de novo.

— Eu não quero algo normal — ele falou desesperadamente. — Seja lá o que isso for, eu não quero, por que você não acredita em mim...

— Eu preciso ir... — eu disse, porque já estava chorando. — Preciso ir.

E desliguei na cara dele.

Ele me ligou de volta umas cem vezes. Deixou mensagens de voz que nunca ouvi.

Depois eu chorei até dormir.

# trinta e um

Tive duas semanas de férias de inverno para afogar as minhas mágoas em música, ficar lendo até tarde, treinar e desenhar coisas feias e desinteressantes. Escrevi no meu diário. Costurei. Treinei pesado.

Ocean não parava de me ligar.

Ele me mandava muitas mensagens, uma atrás da outra...

Te amo
Te amo
Te amo
Te amo

A sensação era de que parte de mim tinha morrido. Mas ali, na explosão silenciosa do meu coração, havia uma calma que me era familiar. Era eu mesma de novo, de volta ao meu quarto, aos meus livros e aos meus pensamentos. Tomava o café da manhã com o meu pai antes de ele sair para o trabalho. Ficava com a minha mãe à noite, maratonando a série preferida dela, *Os pioneiros*, depois que ela encontrou um box de DVDS no supermercado.

Mas passava a maior parte dos meus dias com Navid.

Ele tinha vindo ao meu quarto naquela primeira noite. Ele me ouvira chorar e se sentou na minha cama, me cobriu, tirou o cabelo do meu rosto, deu um beijo na minha testa.

— Foda-se esta cidade — ele disse.

Não tínhamos mais falado no assunto desde então, e não porque ele não houvesse perguntado nada. Eu só não tinha palavras. Os meus sentimentos ainda estavam desarticulados, resumindo-se a lágrimas e xingamentos.

Então nós dançávamos.

Não tínhamos acesso à sala do ginásio da escola durante as férias e já estávamos cansados das caixas de papelão que usávamos nos fins de semana, então resolvemos fazer um *upgrade*. Compramos linóleo numa loja de materiais e o colocamos no carro de Navid. Era fácil desenrolá-lo em vielas e estacionamentos. Às vezes os pais de Jacobi nos deixavam usar a garagem deles, mas não importava muito onde estivéssemos: era só ligar o velho aparelho de som e dançar *break*.

Acabei dominando bem o *crab walk*, acredite ou não. Navid tinha começado a me ensinar a fazer o *cricket*, que era um movimento um pouquinho mais avançado, e eu estava melhorando a cada dia. Navid estava *empolgadíssimo* — mas só porque ele tinha um interesse particular no meu progresso como dançarina.

Navid ainda estava muito interessado no show de talentos — para o qual eu não dava mais a mínima —, e ele estava planejando aquilo havia tanto tempo que não tinha coragem de dizer que não queria mais participar. Então eu ouvia as ideias dele para a coreografia, sobre a música que ele queria mixar, as batidas que combinariam mais com determinados movimentos. Eu fazia isso por ele. Eu oficialmente odiava aquela escola mais do que qualquer outra em que já havia estado, e tinha zero interesse em causar uma boa impressão. Mas ele me havia treinado com tanta paciência naqueles últimos meses; eu não podia virar as costas agora.

Além disso, estávamos ficando realmente bons.

A primeira semana das férias de inverno pareceu se arrastar. Era impossível negar, apesar de todas as evidências empíricas do contrário, que não havia um buraco enorme aberto no meu peito, onde antes ficavam as minhas emoções. Eu me sentia entorpecida o tempo todo.

Olhava as mensagens de texto de Ocean antes de dormir, me odiando por meu próprio silêncio. Eu queria desesperadamente responder, dizer que o amava também, mas receava que, se falasse com ele, não seria forte o bastante para deixá-lo novamente. Muitas vezes, eu pensava, tinha tentado traçar uma linha na areia e nunca fora forte o suficiente para mantê-la intacta.

Se ao menos tivesse sido forte.

Se ao menos tivesse dito a Ocean para me deixar em paz depois de ele ter ido atrás de mim no dia daquela aula do prof. Jordan. Se não tivesse mandado uma mensagem para ele mais tarde naquela noite. Se não tivesse concordado em conversar com ele na hora do almoço. Se não tivesse ido até o carro dele, daí talvez ele nunca tivesse me beijado e talvez eu não tivesse sabido, descoberto como era estar com ele, e nada disso teria acontecido e, meu Deus, às vezes eu realmente gostaria de poder voltar no tempo e apagar todos os outros momentos que tinham levado até ali. Eu poderia ter nos poupado de todo esse problema. De toda essa dor.

Ocean parou de me escrever na segunda semana.

A dor tornou-se uma batida contínua; um ritmo para o qual eu poderia escrever uma letra. Estava sempre ali, duro e constante, raramente aplacado. Tinha aprendido a abafá-lo durante o dia, mas à noite ele retumbava pelo vazio no meu peito.

# trinta e dois

**Y**usef e Navid tinham se tornado bons amigos, e eu não soube disso até que ele começou a comparecer aos nossos treinos de dança. Pelo jeito, Navid o tinha convencido das maravilhas do *breakdance*, e agora ele estava interessado em aprender.

Estávamos treinando em um canto distante de um estacionamento que costumava estar vazio quando Yusef apareceu pela primeira vez. Eu estava de cabeça para baixo quando o vi. Navid estava me ensinando a girar sobre a cabeça e, quando soltou minhas pernas para dizer oi, caí de bunda.

— Ai, meu Deus — gritei. — Que diabos, Navid...

Tirei meu capacete, reajustei meu lenço e tentei me sentar com alguma dignidade.

Navid apenas encolheu os ombros.

— Você tem que trabalhar seu equilíbrio.

— Ei — Yusef me disse e sorriu para mim.

Seus olhos brilharam; todo o seu rosto parecia brilhar. O sorriso lhe caía muito bem.

— Não sabia que você estaria aqui também.

— Sim — respondi, puxando distraidamente a blusa. Tentei sorrir de volta, mas não estava no clima, então só acenei. — Bem-vindo.

Passamos o restante da semana juntos, os seis. Foi legal. Carlos, Bijan e Jacobi tinham se tornado meus amigos também, o que era reconfortante. Eles nunca conversavam comigo sobre o que tinha acontecido com Ocean, mesmo que soubessem, mas eram bonzinhos de outras maneiras. Demonstravam que se importavam comigo mesmo sem dizer nada. E o Yusef era... Legal. Simpático.

*De boa.*

Era meio fantástico, na verdade, não ter de lhe explicar tudo o tempo todo. Yusef não tinha medo de meninas com *hijab*; elas não o intrigavam. Ele não precisava de um manual para me entender. Os meus sentimentos e as minhas escolhas não demandavam explicações constantes.

Ele não agia de forma estranha comigo.

E não me fazia perguntas estúpidas. Não ficava se perguntando em voz alta se eu tirava o véu para tomar banho. Um dia, no ano anterior — em outra escola —, um cara que eu mal conhecia não conseguia parar de me encarar na aula de matemática. Nem por um instante. Quinze minutos se passaram e a minha paciência acabou. Eu me virei e estava prestes a mandá-lo para aquele lugar quando ele disse:

— Então... E se você estivesse fazendo sexo e essa coisa caísse da sua cabeça? O que você faria?

Yusef nunca me faria perguntas desse tipo.

Era reconfortante.

Ele começou a frequentar a nossa casa. Vinha depois do treino para comer ou jogar videogame com o meu irmão, e ele era sempre muito, muito legal. Yusef era uma escolha óbvia para mim, eu sabia disso. E acho que ele sabia também, mas nunca disse nada a esse respeito. Só me olhava um pouco mais do que a maioria das pessoas. E sorria para mim um pouco mais do que a maioria. Ele estava esperando, acho, para ver se eu tomaria alguma atitude.

Não tomei.

Na noite de Ano-Novo, eu estava na sala com o meu pai, que estava lendo um livro. Meu pai estava sempre lendo. Lia antes do trabalho, pela manhã, e toda noite, antes de ir dormir. Com frequência, eu imaginava que ele devia ter a mente louca de um gênio e o coração de um filósofo. Estava observando-o naquela noite, e também encarando uma xícara de chá, enquanto pensava.

— *Baba* — chamei.

— Hummm? — Ele virou a página.

— Como sabemos que fizemos a coisa certa?

A cabeça do meu pai se ergueu. Ele piscou para mim e fechou o livro. Tirou os óculos. Olhou nos meus olhos por apenas um momento antes de dizer, em pársi:

— Se a decisão que você tomou a aproximou da humanidade, então você deve ter feito a coisa certa.

— Ah.

Ele me observou por um segundo, e entendi o que ele estava me dizendo sem precisar falar, que eu podia lhe contar o que estava passando pela minha cabeça. Mas eu não estava pronta. Ainda não estava pronta. Então fingi que não tinha entendido.

— Obrigada — falei. — Só estava me perguntando.

Ele tentou sorrir.

— Tenho certeza de que você deve ter feito a coisa certa — ele disse.

Mas eu achava que não tinha feito.

# 33 trinta e três

V oltamos para a escola numa quinta-feira, meu coração firmemente entalado na minha garganta, mas Ocean não estava lá. Ele não apareceu em nenhuma das aulas que tínhamos juntos. Não sabia se ele tinha ido para a escola naquele dia, porque eu não o vi, e de repente tive receio de que talvez ele tivesse se transferido para outras turmas. Eu não poderia culpá-lo se ele tivesse, é claro, mas estava esperando poder vê-lo. Ver seu rosto.

Tirando isso, a escola estava como sempre. Eu tinha me tornado um objeto deslocado, e aquelas duas semanas de intervalo tinham causado uma espécie de amnésia em todos. Ninguém se importava mais comigo. Havia uma nova fofoca agora, uma que não dizia respeito a mim ou à minha vida. Até onde sabia, Ocean havia retornado a sua antiga posição social. Não havia mais necessidade de entrar em pânico, pois eu tinha sido cirurgicamente removida de sua vida.

Estava tudo bem.

As pessoas tinham voltado a me ignorar como sempre.

Estava sentada debaixo da minha árvore quando vi aquela garota novamente.

— Oi — ela disse.

Seu longo cabelo castanho estava preso num rabo de cavalo desta vez, mas ainda era inconfundivelmente a garota que me dissera que eu era uma pessoa horrível.

Eu não tinha certeza se queria cumprimentá-la.

— Sim?

— Posso sentar? — ela perguntou.

Ergui uma sobrancelha, mas disse que tudo bem.

Nós duas ficamos em silêncio por um minuto. Finalmente, ela disse:

— Eu realmente sinto muito pelo que aconteceu. Aquela coisa da foto. Com o Ocean. — Ela estava sentada na grama, de pernas cruzadas, encostada na minha árvore e olhando para o pátio ao longe. — Deve ter sido horrível.

— Pensei que você me achasse uma pessoa horrível.

Ela então olhou para mim.

— As pessoas nesta cidade são muito racistas. Às vezes é muito difícil viver aqui.

Suspirei e disse:

— Sim. Eu sei.

— Eu meio que não pude acreditar quando você apareceu — ela falou, desviando o olhar novamente. — Eu vi você no primeiro dia de aula. Não conseguia acreditar que era corajosa o suficiente para usar o *hijab* aqui. Ninguém mais faz isso.

Puxei um filete de grama. Dobrei ao meio.

— Não sou corajosa — eu lhe disse. — Tenho medo o tempo todo. Mas, sempre que penso em parar de usar, percebo que os motivos têm a ver com a forma como as pessoas me tratam quando o estou usando. Acho que seria mais fácil, sabe? Muito mais fácil. Minha vida se tornaria mais fácil se não usasse, porque talvez assim as pessoas me tratassem como um ser humano.

Puxei outro pedaço de grama e o piquei em pedacinhos.

— Mas esse parece ser um péssimo motivo para fazer algo assim — continuei. — Isso dá todo o poder aos babacas intimidadores. Significaria que conseguiram me convencer de que tenho de ter vergonha de quem eu sou e do que eu acredito. Então, sei lá — falei —, eu continuo usando.

Nós duas ficamos quietas novamente.

E depois...

— Não faz diferença, sabe.

Eu levantei o olhar.

— Parar de usar — ela disse. — Não faz diferença. — Ela estava olhando para mim agora. Seus olhos estavam marejados de lágrimas. — Eles ainda me tratam como lixo.

Ela e eu nos tornamos amigas depois disso. Seu nome era Amna. Ela me convidou para almoçar com suas amigas, e fiquei genuinamente grata pelo convite. Eu disse que a procuraria na escola no dia seguinte. Pensei em convidá-la para ir ao cinema algum dia. Que droga, talvez até fingisse que me importava com os simulados perto dela.

Parecia tão legal.

Vi Ocean pela primeira vez no dia seguinte.

Cheguei à sala de dança um pouco adiantada e estava do lado de fora, esperando Navid chegar com a chave, quando Yusef apareceu.

— Então é aqui que acontece a magia, né? — Yusef sorriu para mim de novo. Um sorriso ainda maior. — Estou empolgado.

Eu ri.

— Fico feliz que esteja — eu disse. — Não são muitas pessoas que sabem o que é *breakdance*, o que é meio triste. Navid e eu sempre fomos obcecados com isso.

— Que legal — ele comentou, sorrindo para mim como se eu tivesse dito algo engraçado. — Eu gosto do quanto que você gosta.

— Eu gosto mesmo — respondi e, sem conseguir controlar, sorri para ele. Yusef era tão alto-astral o tempo todo; seus sorrisos às vezes eram contagiantes. — O *breakdance* é, na verdade, uma combinação entre kung fu e ginástica — expliquei —, então acho que você vai se dar bem, porque o Navid contou que você costumava prati...

— Ah — Yusef pareceu meio espantado. Ele estava olhando por cima do meu ombro. — Talvez — ele me olhou — eu devesse sair?

Eu me virei, confusa.

Meu coração parou.

Nunca tinha visto Ocean de uniforme de basquete. Com os braços de fora. Ele parecia forte, tonificado, musculoso. Tão lindo.

Mas, também, diferente.

Nunca tinha visto aquele lado dele — o lado de jogador de basquete — e, de uniforme, ele parecia alguém que eu não conhecia. Na verdade, fiquei tão distraída pela roupa que levei um segundo para me tocar de que ele parecia aborrecido. Mais do que aborrecido. Aborrecido e bravo ao mesmo tempo. Ele estava congelado no lugar, me encarando. Encarando Yusef.

Entrei em pânico.

— Ocean — eu disse. — Eu não estou...

Mas, aí, ele já tinha ido embora.

Na segunda-feira seguinte, fiquei sabendo que Ocean tinha sido suspenso do time. Pelo jeito, tinha arrumado briga com outro jogador, por isso teria de ficar fora de dois jogos por má conduta.

Fiquei sabendo porque todo mundo estava falando disso.

A maioria parecia achar engraçado — quase como se fosse uma coisa admirável. Arrumar briga no meio da quadra parecia dar a Ocean uma boa reputação.

Mas fiquei preocupada.

A segunda semana foi tão ruim quanto a primeira. Horrorosa. Estressante. E demorei até o fim da semana para me dar conta de que Ocean não tinha mudado de turma.

Ele estava matando aula. O tempo todo.

Percebi quando cheguei para a aula de biologia na sexta-feira, e lá estava ele. Sentado na mesma cadeira. Do mesmo jeito de sempre.

Meu coração disparou de repente.

Não sabia o que fazer. Devia dizer oi? Ignorá-lo?

Ele iria querer que eu dissesse oi? Ou preferiria que eu o ignorasse?

Mas não podia ignorá-lo.

Andei devagar. Larguei a mochila no chão e senti algo se expandindo no meu peito quando o olhei. Emoções preenchendo o buraco.

— Oi — eu disse.

Ele levantou o olhar. E o desviou.

Não me disse nada por toda a aula.

# trinta e quatro

**N**avid estava nos fazendo treinar mais arduamente do que jamais havíamos treinado. O show de talentos seria em duas semanas, por isso estávamos praticando até muito tarde, todas as noites. Participar de um show de talentos naquela escola horrorosa parecia cada dia mais estúpido para mim, mas imaginei que era só mais uma coisa a fazer. A tirar da frente. A dança tinha sido a minha única constante naquele ano, e eu era muito grata pela oportunidade que ela me dava de ser eu mesma, de apenas respirar e me perder na música.

Sentia que devia esse favor a Navid.

Além disso, havia mais coisa em jogo do que eu imaginava. Tínhamos descoberto que o show de talentos era uma grande coisa naquela escola — maior, ao que parecia, do que em qualquer outra escola que tínhamos frequentado, porque acontecia no horário das aulas, em um dia letivo. Não havia aulas por conta do show. Todo mundo ia. Professores, alunos, todos os funcionários. Mães, pais e avós já estavam lá, esperando no ginásio, ansiosamente tirando fotos de nada importante. Meus pais, por outro lado, não tinham nem ideia do que faríamos naquele dia. Não estariam ali torcendo por nós, segurando buquês de flores com mãos suadas e nervosas. Precisaríamos fazer tanto para impressionar meus pais que eu realmente achava que, caso ganhasse um Prêmio Nobel da Paz, eles compareceriam contrariados à cerimônia, argumentando que muitas pessoas já tinham ganhado o Nobel, dizendo que, a propósito, aquele prêmio era distribuído todos os anos e que o Nobel da Paz era para preguiçosos, então talvez da próxima vez eu devesse focar minha energia no de Física ou no de Matemática ou algo assim.

Meus pais nos amavam, mas eu nem sempre tinha certeza de que gostavam de nós.

A sensação que tinha com a minha mãe, principalmente, era de que ela pensava que eu era uma adolescente dramática e sentimental, cujos interesses eram até fofinhos, mas inúteis. Ela me amava muito, mas também tinha muito baixa tolerância para pessoas que lhe pareciam fracas, e os meus lapsos ocasionais de crises profundas e emocionais a faziam pensar que eu ainda era muito imatura. Ela estava sempre esperando que eu crescesse.

Ela estava prestes a sair para o trabalho naquela manhã quando, enquanto estava se despedindo, espiou a minha roupa. Balançou a cabeça e disse:

— *Ey khoda. Een chiyeh digeh?* — Oh, Deus. O que é isso?

Eu estava vestindo um casaco em estilo militar, com dragonas e botões de latão, que tinha acabado de reformar. Nas costas, eu havia bordado à mão, em letra cursiva: *as pessoas são estranhas*. Não era apenas uma homenagem a uma das minhas canções favoritas do The Doors, mas também uma declaração que fazia muito sentido para mim. A coisa toda tinha levado horas para ficar pronta. Eu achei que tinha ficado incrível.

Minha mãe olhou feio e disse, em pársi:

— Você vai realmente vestir isso? — Ela esticou o pescoço para ler a parte de trás da jaqueta. — *Yanni chi* as pessoas são estranhas?

E eu nem mesmo tive a chance de defender minha roupa antes que ela suspirasse, me desse um tapinha no ombro e dissesse:

— *Negaran nabash.* — Não se preocupe. — Tenho certeza de que logo vai ficar pequeno demais pra você.

— Mas eu não estou preocupada — eu disse, mas ela já estava saindo pela porta. — É sério... Na verdade, gosto do que estou vestindo...

— Não faça nada estúpido hoje — me aconselhou e deu tchau.

Mas eu *estava* prestes a fazer algo estúpido.

Quer dizer, eu pensava que era estúpido, de qualquer maneira. Navid acreditava que aquilo era incrível. Parece que conseguirmos nos apresentar já era uma proeza; um comitê avaliava a pilha de inscrições e escolhia, entre as muitas, apenas dez para se apresentar no palco naquele dia.

Éramos os quartos a nos apresentar.

Eu não tinha me dado conta do tamanho daquilo até Navid me explicar. Ainda assim, havia, tipo, milhares de alunos na nossa escola, e todos estariam na plateia, nos assistindo — e às outras nove apresentações —, e eu não entendia como aquilo poderia acabar em coisa boa. Ainda pensava que era uma ideia idiota. Mas me lembrei de que estava fazendo aquilo por Navid.

Estávamos esperando nos bastidores com os outros artistas — a maioria cantores; algumas bandas; havia até uma menina que faria um solo no saxofone —, e, pela primeira vez, eu era a única em nosso grupo que parecia conseguir me manter relaxada. Tínhamos nos trocado e agora estávamos todos usando jaquetas prateadas, calças de moletom cinza e tênis de camurça da mesma cor — e achava que estávamos bem estilosos. Achava que estávamos prontos. Mas Jacobi, Carlos, Bijan e Navid pareciam supernervosos, e foi estranho vê-los assim. Eles eram normalmente tão de boa; quase imperturbáveis. Percebi, então, que a única razão pela qual não estava tendo um ataque de nervos era porque não me importava com o resultado.

Estava me sentindo desanimada. Meio entediada.

Os caras, por outro lado, não paravam de andar de um lado para outro. Conversavam entre eles; conversavam consigo mesmos. Jacobi começava a dizer:

— Então, todos nós saímos... Sim, todos nós saímos no mesmo... — E, então, parava, contava algo nos dedos e gesticulava com a cabeça para si mesmo. — Ok — dizia. — Sim.

E toda vez que uma apresentação acabava, eu os sentia ficando tensos. Nós ouvíamos as palmas e os gritinhos, o que significava que estavam preparando o palco para uma nova apresentação; ouvíamos os aplausos abafados após a apresentação do artista; e então nos sentávamos, muito silenciosamente, e ouvíamos os nossos concorrentes. Carlos não parava de se perguntar em voz alta se os outros artistas eram bons. Bijan garantia que eram péssimos. Jacobi discordava. Carlos agonizava. Navid me olhou e perguntou, em cinco ocasiões diferentes, se eu tinha entregado a música correta para o técnico de som.

— Sim, mas lembre-se de que mudamos a mixagem no último minuto — disse ele. — Tem certeza de que deu a nova versão para ele?

— Sim — respondi, tentando não revirar os olhos.

— Tem certeza? Era o CD de mixagem com o número quatro.

— Ah, é? — perguntei, fingindo surpresa. — Era esse? Tem certe...

— Ai, meu Deus, Shirin, não brinca comigo, não...

— *Calma*. Vai ficar tudo bem. Já fizemos isso mil vezes.

Mas ele não parava quieto.

No final, eu é que estava errada.

O show de talentos não era idiota. Na verdade, foi meio incrível. Tínhamos ensaiado a nossa coreografia tantas vezes que eu não precisava mais pensar para fazer os passos.

Começamos com os cinco fazendo uma coreografia completa e, quando a música mudou, nós também mudamos. Nos separamos e nos revezamos no centro do palco, cada um realizando uma combinação diferente de movimentos; mas nossas apresentações individuais eram fluidas — como que dialogavam umas com as outras. Era para parecer orgânico, como se tudo que fizéssemos fizesse parte de um mesmo organismo pulsante. Os meninos arrasaram.

Nossa coreografia era inesperada; nossos movimentos, firmes e em perfeita sincronia; a música tinha sido lindamente mixada.

Até eu não me saí mal.

Fiz o melhor *uprock* que já tinha feito; meu *6-step* foi certeiro e o meu *crab walk* virou, brevemente, um *cricket*. Era um movimento semelhante; o peso do meu corpo ainda estava equilibrado sobre as mãos e os cotovelos, a diferença era se mover em círculos. Tudo passou bem rápido. Eu me senti forte. Totalmente estável. Terminei me levantando e caindo para a frente numa parada de mão, depois arqueei as costas e deixei as pernas tombarem para a frente, mas sem tocar o chão. O nome desse movimento é *hollowback* e, para mim, tinha sido ainda mais difícil de aprender do que o *crab walk*. Tive que treinar muito. Depois de alguns segundos, a gravidade foi me puxando para baixo, lentamente, e eu saltei de volta para ficar em pé.

Era a minha coreografia individual. Eu a tinha praticado um milhão de vezes.

Bijan fechou dando quatro mortais no palco e, quando nossa apresentação acabou, tivemos cerca de meio segundo de silêncio para olharmos uns para os outros, ainda recuperando o fôlego. Sabíamos, sem falar nada, que tínhamos nos saído bem.

O que eu não esperava, é claro, era que o resto da escola fosse concordar. Não esperava que de repente fossem se levantar, começar a gritar e reverenciar a nossa atuação. Não esperava os aplausos, aquele trovão de aplausos.

Eu não esperava que fôssemos *vencer*.

Fiquei feliz, principalmente, pelo meu irmão. Ele tinha batalhado por aquele momento; ele havia liderado aquela missão. E, quando recebemos o troféu de plástico e um vale-refeição de cinquenta dólares, Navid parecia ter ganhado a lua. Eu estava tão feliz por ele.

Mas, então, não sei...

A escola tornou-se repentinamente ridícula.

Por uma semana inteira após o show de talentos, eu não conseguia ir para a aula sem incidentes. As pessoas começaram a me perseguir pelos corredores. Todo mundo queria falar comigo. Os alunos começaram a acenar para mim enquanto eu passava. Estava passando pelo pátio um dia quando um dos zeladores me viu e exclamou:

— Ei, você é aquela menina que gira com a cabeça!

Fiquei legitimamente assustada.

Eu nem tinha girado de cabeça.

Quer dizer, estava feliz por não estarem mais me chamando de cabeça de toalha, mas a transição repentina e abrupta de desagradável para legal estava me deixando tonta. Eu estava confusa. Não podia acreditar que as pessoas pensavam que eu esqueceria que há pouco mais de um mês me tratavam como lixo. Meus professores, que, no fim do Ramadã — quando eu queria tirar um dia de folga para comemorar, literalmente, o maior feriado do calendário muçulmano —, me haviam dito "Vamos precisar de um bilhete dos seus pais para ter certeza de que você vai faltar por um motivo real" agora estavam me parabenizando na frente de toda a classe. A política de popularidade na escola era impressionante. Eu não sabia como podiam ter mudado de comportamento daquela forma. Pareciam ter esquecido abruptamente que eu ainda era a garota que tinham tentado humilhar repetidas vezes.

Navid estava passando pela mesma coisa, mas, ao contrário de mim, ele não parecia se importar.

— Apenas aproveite — ele dizia.

Mas eu não sabia como.

No fim de janeiro, eu tinha uma posição social totalmente diferente da que tinha apenas semanas antes. Foi *bizarro*.

Abri meu armário e cinco convites para cinco festas diferentes caíram na minha cara. Estava sentada debaixo da minha árvore na hora do almoço, lendo um livro, quando um grupo de meninas gritou, do outro lado do pátio, para eu me sentar com elas. Garotos começaram a falar comigo na aula. Procuravam-me até depois da aula, perguntando se eu tinha planos, e eu dizia que sim, que tinha grandes planos de dar o fora dali, e eles não entendiam. Ofereciam-se para me levar para casa.

Eu queria gritar.

De alguma forma, sem querer, eu tinha feito algo que me fizera mudar de estereótipo aos olhos da população escolar, e não sabia como lidar com isso. Era mais do que confuso — a profundidade de sua fraqueza era de querer *morrer*. Agora, sabe-se lá como, eu não era mais terrorista. Tinha sido promovida. Agora me viam como uma espécie de dançarina de *break* exótica. Nosso desempenho havia baixado suas guardas.

Agora eu era considerada estilosa. Era seguro ficar perto de mim.

Sinal verde.

Mas foi só quando o treinador Hart levantou o boné ao passar por mim no corredor e disse "Parabéns pela apresentação" que de repente tive certeza de que entraria em combustão espontânea.

Eu tinha terminado com Ocean por causa daquilo.

Tinha me afastado de uma das pessoas mais incríveis que conhecia porque tinha sido coagida por seu treinador, por seus colegas, por sua própria mãe. Meu rosto, meu corpo, minha imagem como um todo estavam prejudicando sua vida. Eram uma ameaça para sua carreira. Para suas oportunidades.

E agora?

E se Ocean tivesse se apaixonado por mim *agora*? Agora que os alunos não me achavam mais tão assustadora. Que as pessoas olhavam na minha direção e sorriam; que eu não conseguia mais atravessar o corredor sem que alguém tentasse falar comigo; que meus professores me perguntavam depois da aula onde eu tinha aprendido a dançar daquele jeito.

O momento teria feito diferença?

Os níveis surreais de hipocrisia me davam enxaqueca.

Vi Ocean novamente numa quarta-feira.

Estava no meu armário muito tempo depois que o último sinal tinha tocado, pegando as minhas coisas para o treino — o show de talentos tinha passado, mas ainda queríamos fazer muitas coisas —, quando Ocean veio falar comigo. Eu não havia trocado uma única palavra com ele desde o dia em que o vira na aula de biologia e, pela primeira vez em um mês, tive uma real oportunidade de observá-lo. Olhar em seus olhos.

Mas o que vi só fez eu me sentir pior.

Ele parecia cansado. Esgotado. Mais magro. Faltava constantemente às aulas, e eu não tinha ideia de como estava conseguindo se safar.

— Oi — ele disse.

Congelei apenas com o som de sua voz. Me senti tensa. Um pouco como se estivesse prestes a chorar.

— Oi — eu disse.

— Eu não... — Ele desviou o olhar, passou a mão pelo cabelo. — Na verdade, não sei o que estou fazendo aqui. Eu só...

Ele parou e olhou para cima, para longe. Eu o ouvi suspirar.

Ele não precisava explicar.

Eram meados de fevereiro, perto do Dia de São Valentim. Os corredores estavam lotados de imagens de cupidos e corações de papel. Algum clube no campus estava vendendo doces para os namorados se presentearem, e pôsteres violentamente cor-de-rosa pareciam me atacar a todo lugar que eu ia. Eu nunca tinha precisado de motivos para pensar em Ocean, mas, a dois dias daquela data romântica, estava difícil não ser constantemente lembrada do que eu tinha perdido.

Finalmente, ele me olhou nos olhos.

— Não tive a chance de dizer que te vi dançar no show de talentos — disse. Sua boca ameaçou um sorriso, mas ele não sorriu. — Você se saiu muito bem — ele disse baixinho. — Foi ótima.

E eu não consegui mais controlar as palavras que disse a seguir, assim como não conseguia controlar o terremoto que ele provocava no meu esqueleto.

— Estou com saudades — eu disse. — Sinto muito a sua falta.

Ocean vacilou, como se eu tivesse lhe dado um tapa. Ele desviou o olhar e, quando me olhou, jurei ter visto lágrimas em seus olhos.

— E o que eu faço com isso? — ele perguntou. — O que devo responder?

Eu disse que não sabia, pedi que ele me desculpasse, mandei-o deixar pra lá, e minhas mãos tremiam, e deixei cair meus livros por toda parte no chão. Tentei recolher tudo e Ocean tentou me ajudar, mas eu lhe disse que estava tudo bem, tudo estava bem, e empilhei os livros no armário antes de dar um tchau desajeitado, e a coisa toda foi tão horrível que não percebi que tinha esquecido de trancar o armário — que nem tinha certeza se havia encostado a porta do armário — até muito tempo depois do treino.

Quando voltei para verificar, dei um suspiro de alívio. Tudo ainda estava ali. Mas, quando estava quase o fechando novamente, percebi que meu diário, que eu sempre, sempre escondia no fundo do armário, agora estava no topo da pilha de livros.

# trinta e cinco

Passei o resto da noite me sentindo vagamente apavorada. Será que estaria imaginando coisas? Eu tinha colocado meu diário ali enquanto estava reorganizando tudo? Era uma coincidência ou um acidente?

E depois...

E se *não* fosse a minha imaginação? E se Ocean realmente tivesse lido meu diário?

Eu estivera longe por menos de duas horas, então não achava que haveria perigo de ele ter lido tudo, mas mesmo pequenos trechos do meu diário eram extremamente íntimos para mim.

Eu o peguei do lugar onde agora estava escondido no meu quarto e comecei a ler tudo de trás para frente. Achei que, se Ocean fosse ler meu diário, estaria mais interessado no que eu tinha escrito recentemente. Bastou folhear as páginas por um segundo para me sentir subitamente tomada pela vergonha. Fechei os olhos com força. Cobri meu rosto com uma mão.

Eu tinha tido um sonho extremamente intenso com Ocean na noite anterior. Se ele lesse aquilo seria... horrível. Eu me sentei na cama, afogando-me em outra onda de vergonha, e continuei virando as páginas, voltando no tempo.

> Minha raiva da forma como os outros alunos me tratavam agora; como fingiam que nunca tinham sido cruéis.
> Meus pensamentos sobre ver Ocean em seu uniforme; meu medo de que ele pensaria que eu estava interessada em Yusef.
> A agonia de voltar para a escola; minha preocupação com o impacto da suspensão de Ocean.
> Minha conversa com meu pai; meu medo de ter feito a coisa errada.

Reflexões sobre conversas com Yusef; sobre como nunca tinha de me explicar para ele.

Páginas e páginas tentando capturar como me sentia com relação à ausência de Ocean na minha vida; quanto eu sentia falta dele; como tudo que tinha acontecido me fazia me sentir péssima.

Uma única página que dizia "Eu também te amo tanto, tanto".

As coisas desenrolaram-se assim naquelas últimas semanas. Eu ficava mais sozinha do que qualquer outra coisa, lidando com meu coração partido da única maneira que conhecia.

Dei um suspiro longo e nervoso e fiquei olhando para a parede. Minha mente estava em guerra consigo mesma.

Havia uma parte de mim que sentia verdadeiro horror diante da ideia de Ocean ter lido qualquer coisa. Parecia uma intrusão, uma traição. Mas havia outra parte de mim que entendia por que ele estava procurando respostas.

Eu odiava como as coisas entre nós tinham terminado. Odiava como tinha sido forçada a me afastar dele, odiava que ele não soubesse a verdade, odiava que ele tivesse dito que me amava e eu, simplesmente, o havia ignorado em resposta. Especialmente depois de tudo — depois de tudo pelo qual tínhamos passado, depois de tudo que ele tinha me dito e de quanto tinha lutado para ficar comigo...

Ele tinha dito que me amava e eu o tinha ignorado.

Só de pensar nisso, meu coração se partia de novo. E, de repente, esperei que ele realmente tivesse lido aquelas páginas. De uma hora para outra, era isso que eu queria. Queria que ele soubesse. De repente, queria lhe contar tudo.

Quanto mais eu pensava nisso, mais a ideia de Ocean descobrindo aquelas páginas parecia libertadora. Queria que ele soubesse que eu o amava, mas sabia que não poderia simplesmente lhe dizer isso agora, não pessoalmente, não sem uma explicação sobre o nosso término. Era constrangedor, de tantas maneiras, imaginá-lo lendo os meus pensamentos. Mas, por outros aspectos, também era meio libertador.

Ainda assim, não sabia ao certo se ele tinha lido alguma coisa.

Foi então que notei um rasgo, bem pequeno, em uma das páginas do diário. Abri nela. Estava datada do último dia de aula antes das férias de inverno. O dia em que tinha terminado com Ocean.

A primeira parte falava sobre como o treinador dele me havia encurralado. Todas as coisas horríveis que ele tinha me dito. Como tinha ameaçado expulsar Ocean se eu não terminasse com ele. E, um pouco depois, o texto falava sobre a mãe dele. Como ela não tinha mais dinheiro para mandá-lo para a faculdade. Como tinha me pedido para nunca lhe contar nada sobre aquela conversa.

E então, no final, havia algo sobre como, independentemente de todas as ameaças, eu só achava que todos os sacrifícios que ele estava fazendo por mim não valiam a pena.

Fechei o caderno. Estava sem ar.

# trinta
e seis

O dia seguinte na escola foi louco.

Ocean foi expulso.

Estava sentada com Amna debaixo da minha árvore quando ouvi a comoção. Os alunos no pátio estavam gritando — tinha gente correndo — e alguns entoavam: "Briga! Briga!".

Senti um súbito pressentimento horrível se formando dentro de mim.

— O que você acha que tá acontecendo? — perguntei.

Amna deu de ombros. Levantou e deu alguns passos para a frente para conseguir enxergar mais adiante. Ela tinha passado para me dar um saco de bala de gengibre que a mãe dela tinha feito, e me lembrei disso porque, quando ela se virou de volta, de olhos arregalados, deixou o saco de balas cair no chão.

Havia balas para todo lado.

— Ai, meu Deus — ela disse. — É o Ocean.

Ele tinha dado um soco na cara do treinador. Eu corri para o pátio a tempo de ver dois caras tentando separar a briga, e Ocean tentando se livrar deles. Estavam gritando uns com os outros.

Ocean berrava:

— Vocês são todos um bando de hipócritas.

Alguém tentou puxá-lo, mas ele disse:

— Não toca em mim... Não toca em mim, porra!

Ele sairia do time.

Acabaria sendo expulso mais tarde naquele dia. Aparentemente, tinha quebrado o nariz do treinador Hart, que precisaria fazer uma cirurgia.

Eu não tinha certeza se voltaria a ver Ocean.

# trinta e sete

Minhas manhãs sempre eram mais ou menos assim:

Navid e eu brigávamos para ver quem tomaria banho primeiro no banheiro que dividíamos, porque ele sempre fazia o favor de encharcar o chão inteiro e, depois de se barbear, deixava aqueles pelinhos minúsculos por toda a pia, e não importava quantas vezes lhe dissesse como aquilo era nojento, ele nunca parecia se tocar. Mesmo assim, ele costumava ganhar o direito de tomar o primeiro banho porque tinha que estar na escola uma hora antes de mim. Meus pais, então, nos forçavam a descer para tomar o café da manhã, durante o qual minha mãe nos perguntava se tínhamos feito as nossas orações matinais, e Navid e eu comíamos cereal enquanto mentíamos que sim, e a minha mãe revirava os olhos e nos dizia para, pelo menos, fazermos as nossas orações da tarde, e mentíamos que faríamos, aí minha mãe suspirava pesadamente e Navid partia para a escola. Meus pais saíam para trabalhar logo em seguida, e eu geralmente tinha a casa para mim por pelo menos trinta gloriosos minutos antes de me arrastar até a prisão.

Não tinha me ocorrido que eu havia contado isso para Ocean quando ele quis me levar para a escola pela primeira vez, e que essa informação continuava sendo útil para nós.

Tinha acabado de trancar a porta quando, ao me virar, dei de cara com Ocean parado na frente da minha casa. Ele estava na frente do carro dele. Olhando para mim.

Quase não pude acreditar.

Ele ergueu a mão, quase dando um tchauzinho, mas parecia incerto. Eu me aproximei, com meu coração batendo forte no peito, até ficar bem na frente dele e, de alguma forma, isso pareceu surpreendê-lo. Ele estava encostado no carro, mas, de repente, se endireitou. Enfiou as mãos nos bolsos. Respirou fundo e disse:

— Ei.

— Oi — cumprimentei.

O ar estava frio, até bem gelado, e, para mim, tinha o mesmo cheiro de todas as manhãs: como folhas mortas e xícaras de café inacabadas. Ele não estava de jaqueta, percebi, e não sabia há quanto tempo estivera ali. Suas bochechas estavam rosadas. O nariz dele parecia frio. Seus olhos pareciam mais brilhantes na luz da manhã; mais azuis e mais castanhos, mais nítidos.

E então...

— Desculpa — dissemos ao mesmo tempo.

Ocean riu e desviou o olhar. Eu apenas fiquei olhando para ele.

Finalmente, ele disse:

— Quer matar aula comigo hoje?

— Sim — topei. — Sim.

Ele sorriu.

Eu o observei enquanto ele dirigia. Estudei seu perfil, os contornos do corpo dele. Gostava da maneira como ele se mexia, da maneira como tocava as coisas, da maneira como erguia a cabeça com uma dignidade tão casual. Ele sempre parecia tão confortável em sua própria pele, e isso me lembrava do que eu amava na maneira como ele andava: pisava com segurança, determinado. A maneira como ele se movia pelo mundo me fazia achar que ele nunca se perguntara, nem uma vez, nem mesmo em um dia realmente difícil, se poderia ser uma péssima pessoa. Para mim, era óbvio que ele não desgostava de si mesmo. Ocean não dissecava a própria mente. Não agonizava sobre suas ações e não suspeitava das pessoas. Nunca parecia sentir vergonha do jeito que eu sentia. Sua mente parecia, para mim, um lugar extremamente tranquilo. Sem espinhos.

— Nossa — ele disse, e sua expiração saiu um pouco irregular. — Eu não, hum, quero te mandar parar, tipo, de olhar para mim, mas esse seu olhar fixo tá me deixando nervoso.

Recostei-me de repente, com vergonha.

— Desculpa.

Ele olhou na minha direção. Tentou um sorriso.

— No que você tá pensando?

— Em você — eu disse.

— Ah — ele disse, mas soou mais como um suspiro.

E então, de repente, estávamos em outro lugar. Ocean estacionou o carro na garagem de uma casa que não conhecia, mas tinha certeza de que era sua própria casa.

— Não se preocupe, minha mãe não está — garantiu ele depois de desligar o carro. — Eu realmente queria falar com você em algum lugar privado, e eu não sabia aonde mais ir. — Ele me olhou nos olhos, e eu senti pânico e paz, tudo ao mesmo tempo. — Tudo bem por você?

Assenti.

Ocean abriu a porta para mim. Pegou minha mochila, pendurou-a no ombro e me acompanhou em direção a sua casa. Ele parecia um pouco apreensivo. *Eu* estava um pouco apreensiva. A casa dele era grande — não muito grande, mas grande. Bonita. Gostaria de ter prestado mais atenção nos detalhes quando entramos, mas a manhã já tinha sido pontuada por momentos tão intensos que tudo parecia uma enorme aquarela. Clarinho e um pouco desfocado. Tudo de que eu realmente me lembro é de seu rosto.

E de seu quarto.

Não era um espaço sofisticado. Na verdade, lembrava o meu quarto. Tinha uma cama, uma escrivaninha, um computador. Uma prateleira de livros que não estava cheia de livros, mas o que pareciam ser troféus de competições de basquete. Havia duas portas, o que me fez pensar que ele tinha seu próprio banheiro, e talvez um closet. As paredes eram brancas. O carpete era macio.

Era agradável. Não havia desordem.

— Seu quarto é muito limpo — eu lhe disse.

E ele riu.

— Sim — disse —, bem, eu realmente esperava que você viesse aqui hoje. Então, dei uma arrumada.

Olhei para ele. Não sei por que fiquei surpresa. Era óbvio que ele tinha feito uma espécie de plano para ir me encontrar. Para falar comigo. Mas havia algo sobre imaginá-lo limpando seu quarto em antecipação à minha possível visita que me fez adorá-lo. De repente, queria saber tudo o que ele tinha feito. O que tinha mudado de lugar. Queria saber como era o quarto dele antes da arrumação.

Em vez disso, sentei-me na cama. A dele era muito maior do que a minha. Mas ele também era muito mais alto. Ele ficaria encolhido na minha cama.

Ocean estava parado no meio do quarto, me observando observar os detalhes de sua vida. Era tudo muito minimalista. Seu edredom era branco. Seus travesseiros eram brancos. A cama era feita de madeira escura.

— Ei — ele disse baixinho.

Levantei os olhos.

De repente, ele pareceu quase às lágrimas.

— Eu sinto muito — falou. — Por tudo.

Ele me contou que tinha lido meu diário. E se desculpou, mais de uma vez. Disse que sentia muito por ter feito isso, mas que apenas queria saber o que tinha acontecido entre mim e a mãe dele — o que ela tinha me dito para causar tudo aquilo —, porque ele achava que eu nunca lhe contaria. Ele disse que perguntara mil vezes à mãe o que ela tinha me dito naquele dia, mas que ela se recusava a responder a qualquer uma das suas perguntas, que tinha se fechado completamente para ele. Mas, então, no processo de buscar os trechos sobre sua mãe, ele tinha visto todo o resto também. Como seu treinador havia me agredido. Gritado comigo. Todas as coisas horríveis que tinham acontecido comigo na escola. Tudo.

— Sinto muito — ele repetiu. — Lamento que tenham feito tudo aquilo com você. Me desculpa, eu não sabia. Queria que você tivesse me contado.

Balancei a cabeça. Brinquei com o edredom embaixo da minha mão.

— Na verdade, a culpa não é sua — eu lhe disse. — É minha. Eu é que estraguei tudo.

— O quê? Não...

— Sim — continuei, encontrando seus olhos. — Eu não devia ter deixado isso acontecer. Eu devia ter te contado o que sua mãe me disse. Eu só... Não sei... Ela fez eu me sentir tão idiota... E disse que você não teria dinheiro para a faculdade, Ocean, e eu simplesmente não podia deixar você...

— Não importa — ele me interrompeu. — Eu vou dar um jeito. Ligar pro meu pai. Fazer um empréstimo. Tanto faz.

— Sinto muito — disse. — Sinto muito por tudo isso.

— Não se preocupe — respondeu. — Mesmo. Vou dar um jeito.

— Mas o que você vai fazer agora? — perguntei. — Sobre a escola?

Ele exalou pesadamente.

— Tenho uma audiência com o juiz daqui a uma semana. Eles ainda não me expulsaram *oficialmente*, mas tenho certeza de que vão. Por enquanto estou suspenso. Eu posso acabar tendo que ir para uma escola num distrito diferente.

— Mesmo? — Arregalei os olhos. — Ai, meu Deus.

— Sim — disse ele. — A menos que, você sabe, consiga convencer a todos na audiência que estava realmente lhes fazendo um favor ao quebrar o nariz do técnico. Embora pense que as chances disso sejam mínimas.

— Nossa — exclamei. — Eu sinto muito mesmo.

— Não sinta. Gostei de dar um soco naquele imbecil. Faria de novo num piscar de olhos.

Ficamos os dois em silêncio por um momento, apenas olhando um para o outro.

Finalmente, Ocean disse:

— Você não tem ideia de quanto senti sua falta.

— Hum, acho que tenho, sim — falei. — Acho que venceria essa competição.

Ele riu de leve.

E, então, aproximou-se e sentou-se ao meu lado na cama. Meus pés não tocavam o chão. Os dele, sim.

Subitamente, fiquei nervosa. Fazia tanto tempo que não ficava tão perto dele. Foi como começar de novo, como se meu coração fosse ter todos aqueles ataques cardíacos novamente; meus nervos faiscavam e minha cabeça parecia estar soltando fumaça quando, muito gentilmente, ele pegou na minha mão.

Não dissemos nada. Nem sequer olhamos um para o outro. Ficamos olhando para as nossas mãos, entrelaçadas, e ele passou o dedo por cima das linhas da palma da minha mão, e eu mal conseguia respirar conforme ele deixava trilhas de calor na minha pele. E, então, de repente, percebi que a mão direita dele estava machucada. Os nós dos dedos pareciam destruídos.

Cuidadosamente, toquei seu machucado. As feridas mal tinham começado a cicatrizar.

— Sim — disse ele em resposta à minha pergunta silenciosa. Sua voz estava tensa. — Isso é, hum... Sim.

— Dói? — perguntei.

Nós dois erguemos os olhos. Estávamos sentados tão próximos que, quando levantamos a cabeça, nosso rosto ficou a apenas alguns centímetros de distância. Eu podia sentir sua respiração contra a minha pele. Podia sentir o perfume dele — sua colônia suave, um cheiro inteiramente seu...

— Humm... Sim — ele disse e piscou, distraído. — É meio que... — Ele respirou fundo, repentinamente. — Desculpa, eu só...

Ele pegou meu rosto em suas mãos e me beijou, beijou com tal intensidade que fui inundada, de uma vez, por sentimentos tão dolorosos que emiti um som, um som involuntário que foi quase como um soluço. Senti minha mente embaçando. E meu coração se expandindo. Toquei sua cintura, hesitantemente, corri minhas mãos por suas costas e senti algo se abrir dentro de mim, algo que parecia se render. Eu me perdi na sensação, no calor da pele dele, na forma como seu corpo tremia quando se afastou, e senti como se estivesse sonhando, como se tivesse esquecido da maneira de pensar. "Estava com saudade", ele continuava dizendo, "que saudade", e me beijava novamente, profundamente, e minha cabeça girava, e ele tinha um gosto, sei lá, de puro calor. Enfim nos separamos, lutando para respirar, segurando-nos um no outro como se estivéssemos nos afogando, como se estivéssemos perdidos, abandonados sozinhos na vastidão do oceano.

Pressionei minha testa na dele e sussurrei:

— Eu te amo.

Eu o senti ficar tenso.

— Sinto muito por não ter dito isso antes — falei. — Eu queria. Devia ter dito.

Ocean não disse uma palavra. Não precisava. Estava agarrado ao meu corpo como se nunca mais fosse me soltar, como se estar agarrado a mim fosse uma questão de vida ou morte.

# trinta e oito

No fim, o que nos separou não foi todo o ódio. Não foram os racistas, nem os babacas.

Nós é que iríamos nos mudar de novo.

Ocean e eu tivemos dois meses e meio de perfeita felicidade antes do meu pai anunciar, no início de maio, que deixaríamos a cidade assim que Navid se formasse. Iríamos embora em julho.

Nesse intervalo, as semanas passaram-se numa agonia doce e estrangulada. No fim das contas, Ocean acabou não sendo expulso. Sua mãe contratou um advogado para a audiência e, numa reviravolta que surpreendeu apenas a Ocean, ficou claro que ele era muito querido por todos. O conselho escolar concordou em suspendê-lo por uma semana a mais e pronto. Tentaram convencê-lo a voltar para o time, mas Ocean recusou a proposta. Disse que nunca mais queria jogar uma competição de basquete, nunca mais. E, quanto a isso, ele parecia muito mais feliz.

Quanto a outras coisas, nem tanto.

Estávamos cientes do prazo que se aproximava rapidamente, e passamos o máximo de tempo que podíamos juntos. Minha posição social havia mudado tão drasticamente — tinha ficado ainda mais popular quando a notícia de que Ocean havia socado o treinador por minha causa se espalhara — que ninguém mais nem piscava para nós, o que sempre nos deixava atordoados e confusos sobre o perfeito ridículo que era a escola. Ainda assim, aceitávamos essa paz. Estávamos muito envolvidos um com o outro, nos sentindo felizes e tristes ao mesmo tempo, praticamente o tempo todo.

A mãe de Ocean percebeu que, me tirando da vida de seu filho, tinha apenas destruído seu próprio relacionamento com ele, então me aceitou de volta. Até tentou se aproximar de mim, embora não tenha se saído bem nisso. Tudo bem. Ela ainda era meio estranha, mas, pela primeira vez em muito tempo, estava ativamente envolvida na vida de Ocean. A ameaça de expulsão realmente pareceu colocar sua cabeça de volta no lugar; ela talvez tivesse ficado mais surpresa do que qualquer outra pessoa ao saber que Ocean tinha voluntariamente quebrado o nariz de alguém e, do nada, resolveu de fato conversar com o filho. Queria saber o que estava se passando com ele. Começou a aparecer para o jantar e a ficar em casa nos fins de semana, e isso o deixava muito feliz. Ele adorava ter a mãe por perto.

Então, eu sorria para ela. Comia sua salada de batatas.

A escola continuou estranha. Nunca ficou normal. Lentamente, depois de muito examinarem as profundezas de sua alma, meus colegas finalmente encontraram forças viscerais para falarem comigo sobre outros assuntos além de *breakdance* e sobre o que eu usava na cabeça, e os resultados acabaram sendo divertidos e reveladores. Quanto mais eu conhecia as pessoas, mais percebia que éramos todos apenas um bando de idiotas assustados caminhando no escuro, esbarrando uns nos outros e entrando em pânico sem razão nenhuma.

Então, comecei a acender uma luz.

Parei de pensar nas pessoas no coletivo. Como hordas. Massas sem rosto. Me esforcei, muito, para parar de ficar imaginando como as pessoas eram, especialmente antes mesmo de falar com elas. Ainda não era muito boa naquilo — e, provavelmente, teria que trabalhar pelo resto da minha vida para ficar ótima —, mas estava tentando. Realmente estava tentando. Me assustou perceber que eu fazia com os outros exatamente o que não queria que fizessem comigo: generalizava sobre quem eu pensava que fossem e sobre como viviam suas vidas; generalizava sobre o que pensava que eles estavam pensando, o tempo todo.

Eu não queria mais ser aquela pessoa.

Estava cansada de me concentrar na minha própria raiva. Estava cansada de focar apenas nas lembranças de pessoas terríveis e das coisas terríveis que já tinham dito e feito contra mim. Estava cansada disso. A escuridão ocupava um espaço valioso da minha mente. Além disso, eu já tinha me mudado vezes suficientes para saber que o tempo era um recurso limitado e fugidio.

Não queria mais desperdiçá-lo.

Tinha perdido tantos meses repelindo Ocean e me arrependia tanto disso, todos os dias. Queria ter confiado nele antes. Ter saboreado cada hora que passamos juntos. Eu desejava tanta coisa. Tantas coisas com ele. Ocean tinha me feito querer encontrar todas as pessoas boas do mundo e ficar sempre perto delas.

Pensei que talvez fosse o suficiente saber que existia alguém como ele neste mundo. Talvez fosse o suficiente que nossas vidas tivessem se fundido e depois divergido, nos transformando no processo. Podia ser que bastasse a lição de que o amor era uma arma inesperada, a faca que eu precisava para romper a armadura que costumava usar todos os dias.

Talvez aquilo fosse o suficiente, pensava.

Ocean tinha me dado esperança. Tinha me feito acreditar nas pessoas novamente. Sua sinceridade tinha me dilacerado, descascado as teimosas camadas de raiva sob as quais eu tinha vivido por tanto tempo.

Ocean tinha me feito querer dar uma segunda chance ao mundo.

Ele ficou parado no meio da rua quando nossos carros partiram naquela tarde ensolarada. Ele ficou lá, imóvel, e nos assistiu indo embora. Quando sua figura foi finalmente engolida pela distância entre nós, eu me virei para a frente no assento. Estava tentando juntar os cacos do meu coração, que parecia ter se estilhaçado fora do peito.

Meu celular vibrou.

"Não desista de mim", ele escreveu.

E eu nunca desisti.

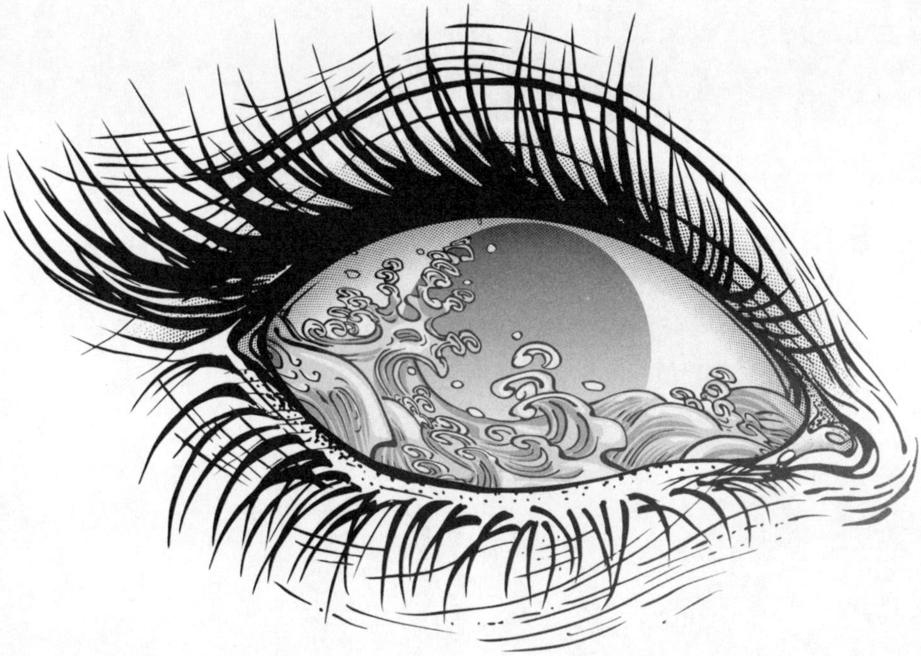